U0076218

Ⅱ
시체를 보는 사나이
죽음의 설계자
看見屍體的男人
死亡設計者
上
空閑K
黃莞婷 譯

*本書中提及的地名、政府機關名等皆屬虛構，與現實無關。

目次

第1話
月光下的屍體

某個月光格外皎潔的夜晚。一名男子像是喝醉了一樣踉蹌著，勉強踏進大樓的入口，又搖搖欲墜地往前走了一步。時間很晚了，大樓社區裡沒多少亮燈的人家。

男人想再多走幾步，似乎是覺得吃力，一屁股坐到大樓遊樂場空地的長椅上。今天四下格外寂靜，坐下的聲音如打鼓般響亮。

男人貌似想找個舒服的姿勢躺下，脫掉了外套和皮鞋。當他躺到長椅上時，一輛汽車大燈突然發出「嗶」一聲閃爍起來。男人被嚇了一跳，猛然坐起挺直了腰，接著不知從何處傳來急促奔跑的皮鞋聲。沒過多久，隨著車門打開的聲音，車頭燈照亮了長椅，男人感到刺眼用手遮擋光線站起身。當他看到車子開出大樓大門時，酒意似乎稍微消去，他拍打了幾下自己的腦袋，揉了揉眼睛，繼續邁開腳步。

然而沒走幾步，便因為沒看見樓梯前的段差直接踩空再次癱坐在地。他跌跌撞撞好不容易走到202棟，抬起頭用力瞪大眼。幸好似乎找對了地方，他咧嘴笑著，看起來很開心。

他扶著欄杆走上樓梯旁的斜坡，走沒幾步就跌坐在地。這次不是踩空，男人渾身哆嗦，急忙地想從口袋裡找出什麼。

大樓門口的花壇裡躺著一名頭破血流的人，周圍早被鮮血浸濕。男人雙手顫抖，好不容易拿起手機撥打119……不對，是112[*1]嗎？男人不確定該打哪個號碼，猶豫片刻之後好不容易按下撥號鍵。

砰！

一輛汽車撞上了停著的汽車，卻絲毫沒有要煞車的跡象繼續行駛，一輛巡邏車緊隨其後。

吱——哐！

車主可能是酒駕，撞到停著的車之後試圖逃逸，直到又撞上一輛路過車輛的前保險桿後才停下。然而，失控的車子再次發動試圖逃跑。

嗶嗡！嗶嗡！嗶嗡！

「南巡警！給我好好開車！打起精神眼睛睜亮點！」

「是，警查[2]！」

「真是個瘋子，喝酒還鬧事，唉……。」

「要繼續追嗎？好像會波及無辜的路人。」

「喂！誰不知道？但我們一定要抓到他，聽到沒？少廢話，馬上請求支援。4485停車！4485停車！我叫你停下來！」

坐在副駕駛座上的警察將頭探出車窗外，對逃逸的車輛揮手，並用廣播器大聲警告。

「酒後駕駛車輛21-RA-4485，正往汝矣橋地下車道方向行駛。請求支援，請求支援。」

＊1：韓國報警電話。

＊2：韓國警銜，位階高於巡警、警長，低於警衛。

正在開車的南巡警一手拿對講機，急忙請求支援。

「那傢伙……給我加速！再往前開！」

「啊？但是逃逸的車輛……」

「嘖，廢話少說，往前開！」

「啊，是！」

眼見逃逸的車緊急右轉，但巡邏車沒有追上，直接往前開過去。

「在那裡右轉！快！」

跟在後面的巡邏車趕緊轉向右方斜對角的巷內。

「在這裡，右轉！」

在巡邏車開出巷子之際，逃逸的車輛從對面開來。

「對，趁現在擋住！我叫你擋住！」

「是！」

吱——！砰！哐！哐！

「啊！呃啊！可惡！」

巡邏車減速擋住了路，逃跑的車輛緊急剎車卻沒能來得及停下，直接撞上巡邏車。

「啊……靠，南巡警！你還好吧？」

「……是，警查……。呃……。」

「還等什麼？快下車！」

「啊，是！」

六月初夏某天，我在追捕酒駕車輛的過程中險些喪命，幸好安全氣囊及時彈出，傷勢並不嚴重。但成為巡警不到一年的我，差點就這麼去見閻王了。

為了躲避酒駕管制而逃逸的車輛，和警方巡邏車突然展開了一場市區追擊戰，所幸只有造成幾輛車毀損，沒有人員傷亡。那天原本應該由帶我的前輩負責駕駛，但由於當下太著急，我一下子坐上了駕駛座。在追逃逸車輛時，前輩不斷的嘮叨導致我分心，我甚至想不起來當下是怎麼開車的，只記得自己用力抓緊方向盤。

哇，那傢伙車子都撞爛了，人竟然沒事。不知道是不是車子性能好，所以配備的安全氣囊也不錯。那名車主自己走下車，搖搖晃晃走「Z」字形到了引擎蓋前。我和前輩也下了巡馬[*3]走向他。

「現在以犯下酒後駕車、妨礙執行公務罪、破壞公物罪，駛過中線，以及殺人未遂罪等的現行犯罪名逮捕你，你可以聘請辯護人，可以請求法院審理逮捕拘留適當性[*4]，可以行使緘默權，而你現在開始說的每一句話都會成為呈堂證供，明白嗎？」

＊3：指巡邏車。

＊4：拘留適當性指法院對強制將犯罪嫌疑人拘留在某處是否合法進行的審查。

「快上車！」

「是！這位先生，請你乖乖坐這裡。」

當我走近那名酒駕司機，想替他上手銬時，他揚起手向後退並看了看自己的車。

「別碰我！搞什麼鬼？我的車怎麼變這樣？」

「所以叫你停車的時候就該停了。」

「你知道我是誰嗎？你們都死定了！聽到沒？」

「是，是，知道了。你喝多了。快上車吧。」

「喂！好痛！啊，好痛！放開我！」

我抓住酒駕司機的手臂，向後彎折壓制並銬上手銬。

「抱歉啊，我也沒辦法。要逮捕就是得上手銬，請先生安靜配合。」

「南巡警，你會不會對他太客氣了？」

「是嗎？那再凶一點？」

「唉唷，不是啦。動作放輕點，要是被投訴瀆職暴行*5可就大禍臨頭了。」

「你們在開我玩笑嗎？瘋子……啊！好痛！你這……啊！」

「先生，說話請小心一點。快上車吧。」

我壓著他的脖子阻止他說下去，並讓他坐進巡邏車的後座。

「啊……我們的巡馬該怎麼辦？幾乎報廢啦，真是該死。」

「嗯，應該要算在這位先生頭上啊。對吧，先生？」

「什麼？哎，不關我的事！啊啊！我什麼都不知道，不是我！我……」

酒駕司機大喊著並全身掙扎，接著把頭靠在車窗上睡著了。

「南巡警，去他車上拿行車記錄器的記憶卡。還有，以後你不准開車了，知道嗎？」

「呃……是。」

我從酒駕事故車輛裡拿下行車記錄器記憶卡後，將車子交給遲來支援的其他警察。之後自己開著引擎蓋凹陷變形的巡馬前往派出所。

在抵達派出所時，那個該死的現行犯已經躺成舒服的大字型，我花了好一番力氣才將他揹進派出所，而派出所和我離開之前一模一樣，仍舊亂成一團。有酒後拳打腳踢被抓來，卻還在互相咆哮飆髒話的人，也有喝醉倒在地上的人。多麼熱鬧又富有人情味的派出所啊！

然而，在忙碌之中卻不見三組的組員，聽說他們被派去處理克吉柯爾大樓的自殺事件。通常出動去現場一次是兩人為單位，最多四人。在這個黃金時段，三組居然全員出動？看起來不是普通事件。

我搖醒酒駕現行犯，做完酒精測試後把他關入拘留所。酒精和睡意發揮作用，他胡言亂語了一陣子

＊5：指履行人身拘留的人員濫用職權逮捕、拘禁或對刑事嫌犯或其他人採取暴力或粗暴的行為。

後，很快地又睡著了。多虧那傢伙，我不得不檢查和彙整行車記錄器畫面，還有他疾馳過的道路與巷弄裡的監視器影片。

「南巡警，辛苦了。你知道該做些什麼吧？」

「是，警查。」

「好。對了，你知道前面那棟克吉柯爾大樓吧？聽說住在那裡的李弼錫委員自殺了。他可是大韓黨的四選委員，可是院內代表*6啊。離總統大選沒剩多久了……。反正大家都趕去那裡了，說人力不足，現在鬧得不可開交。組長說今天要支援三組，你趕快蒐集完證據就去幫忙。啊！別忘了拍一下巡馬的照片，還要檢查嫌犯的車輛。知道嗎？」

「全都我一個人做嗎？」

「難道要我來？喂！我現在就得出發去支援三組！」

「是的，是的。我知道了。我會儘快處理完。」

「ＯＫ！」

每次都這樣。雜務都扔給我處理。

我嘆口氣走出派出所，先拿出巡馬的行車記錄器記憶卡，裝在收集證物用的塑膠袋裡後，再仔細從各個角度拍下巡馬毀損的狀況。我只需要再查看案發現場，以及嫌犯車輛逃逸路線會經過的所有監視器畫面就行了。

我正要走到監視器監控中心拿影像資料時，手機的鬧鐘響了。

大方十字路口人行道中線附近，七十多歲的老奶奶，凌晨一點十分。肇事逃逸事件。

啊，就是明天了。我設了手機鬧鐘提醒卻忘得一乾二淨。就像我記在鬧鐘上的內容一樣，這起事件將於明天發生。

明天凌晨一點左右，在離派出所不遠的十字路口人行道上，有人會死。

華麗霓虹燈閃耀的江南市區，看似充滿活力，但總覺得有些黑暗和寒冷的氣息。

儘管是凌晨時分，街道上依然充滿人潮。在這之中，一名喝醉的女人坐在一家掛著精緻招牌的小酒吧前，而她旁邊站著一名抽菸的男人，男人正偷偷打量著她。初夏的天氣裡，穿著清涼的女人看起來喝得爛醉，頭抬起之後又垂下。她努力想要抬起頭來卻無法控制，一次次地低下了頭。

女人和自己的頭搏鬥了一陣子後，將頭靠在酒吧樓梯旁的牆上睡著了。男子扔掉抽過的菸，想叫醒她，但已經熟睡的女人動也不動地任由男人的手拍打。男人也脹紅著臉，看起來好像喝醉了。

男人大概是因為叫不醒女人而惱火，又掏出一根菸點燃，用力吸了一口。用手指彈了彈連續吸了幾口

＊6：類似台灣的黨副主席職位。

的菸後，男人又努力想叫醒她，但最終還是放棄，搖著頭離開。

沒過多久，伴隨著警笛聲，一輛閃著警燈的巡邏車出現，好像有人報了警。巡邏車停在熟睡女人的前面，緊接著兩名警察開門走下車。女巡警走近醉倒的女人，試圖叫醒她，但熟睡中的女人毫無反應

巡警無奈地一把抓住她的肩膀，試圖拉她起來，女人這才醒來開始胡言亂語說自己沒事，「再來一杯馬丁尼！」巡警前輩要女巡警叫喝醉的女人回家，自己則是先上了巡邏車。

女巡警又搖晃了幾下喝醉酒的女人，要她清醒一點，交代她回家小心之後也上了巡邏車。巡警並不是接到報案才來的，而是在巡邏時目睹了情況才暫時停車。女人好像清醒了，慢慢挪動腳步，但沒過多久就坐在和腰差不多高的花壇上。看來是醉得走不動了，巡邏車掉頭停在她面前，確認女子沒有睡著後就直接開走。

隨著時間過去，霓虹燈接二連三地熄滅。這時女人坐著的花壇附近也逐漸暗下。路過的人漸漸少了，女人只是一直打瞌睡，看起來並不打算回家。

這時一輛黑色轎車停在她的面前，副駕駛座的窗戶降下，看似想確認什麼，隨即車窗又升了上去。酒醉的女子因為前燈亮光清醒了過來，在副駕駛座窗戶降下的那短暫瞬間，她與轎車的駕駛對視。雖然只是一下子，但看得出她的眼神裡帶著笑意。

車子一離去，她似乎感到放心，站起身環顧四周確認自己在哪裡。女人試著往大路上走，但不斷搖晃的身體逼得她只好停下腳步。她深深地嘆了口氣，又跌坐在花壇上。

失去重心的她，身體向後仰，消失在花壇樹叢之間的黑暗中。

「組長！快起來！又發生殺人事件了。」

正在打瞌睡的閔警正擦了擦嘴角的口水，睜開眼。

「喔！嗯……咳咳……你說什麼？」

「有殺人事件！」

「什麼？又來了？豈有此理……這次在哪裡？」

「聽說是江南VIP俱樂部附近。快走吧，組長。」

「好，動作快。」

閔警正和安警衛一個箭步衝出警察廳主樓，上了車。

「安刑警！報告你收到的消息。」

「是，組長。據目前確認的消息有，被害者女性年齡為二十三歲，嘴巴被貼上膠帶，胸部和腿上都有多處刺傷[*7]。直接死因與最近發生的江南殺人案相同……。」

「頭蓋骨破裂？」

＊7：釘子、針、錐子等鋒利物造成的傷口。

「是的。是頭蓋骨破裂造成的腦出血，凶手又用錘子之類的東西……。」

「安刑警，是同一個傢伙幹的吧？」

「看起來是。組長，這已經是第三起了，會不會是連續殺人……。」

「是啊，我本來希望不是……。先做好準備吧。首先準備成立特別搜查本部，請求韓瑞律檢察官和犯罪行動分析組長都敏警監支援。」

「什麼？韓瑞律檢察官？」

「怎樣？」

「沒事。可是，為什麼偏偏是韓瑞律檢察官……？」

「什麼為什麼？韓檢察官可是有能力，又不會看上頭臉色，對自己負責的案子充滿熱情的大人物。你是看她年輕瞧不起人家嗎？」

「哎喲，不是啦。組長你不是也知道嗎？韓檢察官……」

「知道什麼？廢話少說，照我說的……喂，綠燈了！好好開車！」

安警衛看到號誌燈轉為綠燈，連忙踩下油門。

「看看你，怎麼還是一個菜鳥樣？所以說你要嘛就該留在監察系累積經驗，不然就去申請調職到搜查科好好待著才對，幹嘛跑來廣域搜查隊，還偏偏是當我下屬？我們為什麼……喂！安刑警，你在幹嘛？左轉！要左轉啊！打方向燈！」

「對不起。不過還不都是因為組長在旁邊唸，我才沒辦法專心開車啊。而且，話必須說清楚，不是我自己申請過來的，是組長非～得點名我，要我接這個位子的，不是嗎？你以為我不知道嗎？早就都聽說了。組長應該讓我去搜查科的，為什麼要害我這麼累？」

「什麼？你早就知道了？這樣啊？哈哈哈，真是的……。是啊，是我自討苦吃。既然你都清楚，那就好好開車吧。」

「所以說啊，為什麼每次都只帶我去？找開車技術很好的吳敏亨刑警一塊去，不是很好嗎？」

「那你要跟誰……喂，這麼快就想跑去找其他前輩了嗎？要找誰？李尚熙刑警？難道……你對李刑警有興趣？」

「你在胡說什麼？別鬧了。好！我們到了。」

「哎，真可惜。先看看現場，晚點再說。」

「就跟你說不是了，是還要說什麼……。快下車吧。」

「好，晚點再說……。」

「吼，幹嘛要晚點……」

先下車的閔警正從口袋裡拿出手套戴上，走向了案發現場的警戒線。安警衛沒能把話說完，急忙追上閔警正。

「你好，我是江南派出所的李大成警衛。」

閔警正拿出了警證。

「我是廣域搜查隊閔宇直組長。現場管制就交給你了。」

「是的，警正。曹巡警！曹巡警，你來這裡，金警查去那裡。不要讓記者進來！」

李大成警衛向轄區的警察下達指示後，走向正在查看被害人屍體的閔警正。

「李警衛，請說明一下發現被害人時的情況。」

「那個……第一發現者是凌晨來清理垃圾桶的垃圾車。發現時間是凌晨五點二十分左右。發現時，正如你現在所看到的，左額頭骨下陷，胸口和腿部有出血。清潔工看到屍體嚇得抓不住垃圾桶，垃圾桶掉到屍體身上，造成了幾處擦傷。」

「查過身分了嗎？」

「是的，立即確認過了。幸好死者隨身物品都在附近。花壇前面有個小手提包，確認過後發現錢包裡有證件。這是被害者的身分證。」

李警衛遞出裝有身分證的證物塑膠袋，閔警正拿出身分證，一個字一個字仔細確認。

「警正，這是連續殺人案嗎？」

「現在還……嗯，好像是那樣沒錯。現在應該先加強江南地區的巡邏。」

「喔，是的……真是糟糕，這樣的重案竟然接連在江南發生……」

「就是啊。在人流這麼多的江南出現了三名被害者，居然都沒有任何人目擊……到底是怎樣的傢伙做的……？」

「唉，真是的。接下來可麻煩了。」

李警衛自言自語地嘆了口氣，望向警戒線方向。在案發現場周圍繞了一圈的安警衛這時走了過來。

「安刑警，有什麼異狀嗎？」

「沒特別發現什麼。」

「好吧。那你去問一下鑑識組，看他們有沒有找到能作為證據的東西，請他們鑑識結果一出來後馬上提供，收到之後再向我報告，知道嗎？」

「是，組長。」

「這次也沒發現凶器？以防萬一，再好好搜索一下附近。」

「我會和前來支援的警察們徹底搜查。」

「這樣啊。好，那待會見。」

「是。忠誠！」

「太誇張……辛苦了！」

安警衛一副不好意思的樣子，用敬禮的手順了順頭髮。

「不好意思。他有點誇張了……。你是李大成警衛？以後我們可能會經常見面，請多多協助調查。」

「啊，你客氣了。我們還得拜託你早日抓到凶手。」

「那是當然的。辛苦了。」

「是，你也辛苦了。忠……。」

李警衛正想要敬禮，閔警正抓著他的手臂阻止道：

「不用了啦，你去忙吧。」

「啊……是的。」

閔宇直警正被調到首爾地方警察廳廣域搜查隊已經兩年了。雖然廣域搜查隊的案件大多為重案，但這是他來到廣域搜查隊後第一次負責連續殺人案。雖說他過去在警局時經手過多次，但當時只是從旁協助的角色，從未以組長的身分坐鎮指揮。

發生最近第一起殺人事件時，料想不到之後會演變成連續殺人事件。誰能預期到在到處都安裝了監視器，深夜裡人來人往的鬧區街上，會發生相同手法的殺人事件？誤判犯人很容易就會被抓到，現在看來實在是大錯特錯。將第一起殺人事件判定為單純的情殺案交給轄區警局處理，成了扣錯的第一顆鈕扣。

事實上，在第一起殺人案中出現了很多看得出是連續殺人案的跡象，像是凶手在被害者屍體上留下了特殊花紋、被害者隨身物品完好無損，還有殘忍的殺人手法。另外，調查被害者的人際關係卻找不到有殺害動機的對象，也是可能的線索之一。

閔警正從凶手以喝醉女性為目標做案的特徵推斷這很有可能是連續殺人案。然而警方沒有任何人也有此聯想……不，應該說是不願意這麼想。

如果發生第二起命案時，能承認有連續殺人案的徵兆，並與轄區警局合作調查，那麼至少能事前阻止這次命案的發生了吧？閔宇直為此悔恨莫及。

結果在什麼對應都沒做之下，就這樣發生了第三起殺人事件。這一次是用同樣手法對二十多歲女性犯案的殘酷事件。此次也必須從驗屍查看死者身上是否有特別的圖案。因為這個圖案非常奇特，在案發現場無法直接看出，必須等到被害人死後，屍體逐漸硬化才會逐漸顯現。因此必須經過一段時間才能用肉眼看見圖案。

那就像是用烙鐵用力按壓破壞皮膚組織的傷痕，星形圖案逐漸顯現出紫紅色的光澤，變得鮮明。第一個被害者的圖案是出現在右大腿後側，第二個被害者則出現在左前臂。剛進行驗屍時只是依稀可見，直到驗屍快結束時才變得清晰。

如果第三個被害者身上也出現了星形圖案，就能推斷是同一人所為，並將在江南接連發生的殺人事件，明確界定為連續殺人事件，成立特別搜查本部，屆時將安排專責檢察官，與分析犯罪行為的犯罪側寫師。另外，還能召集警察廳最優秀的菁英成立專責小組。

過去曾有過雖非連續殺人案卻成立了專案（Task Force，簡稱ＴＦ）組的經驗。目的有二，一是為了掃蕩某毒品犯罪組織，一是要營救祕密潛入犯罪組織的臥底刑警。儘管專案組成功掃蕩了毒品犯罪組織，但未能一網打盡與他們勾結甚深的警方高層與政界人士。雖然有些遺憾，但往好處想，至少安全救出了臥底刑警。

「組長，你回來啦？」

崔友哲警衛正在首爾地方警察廳廣域搜查隊，等待閔警正。

「咦！崔刑警，你怎麼會來這裡？你那邊不忙嗎？」

「不是的，事情比預期得更糟糕。我是指李議員的事。」

「李弼錫那傢伙！」

「組長，這裡還有別人……怎麼可以這樣叫他？你到了廣域搜查隊之後變得很刻薄。」

「我能不刻薄嗎？像他那樣的傢伙我看多了。少廢話講重點，有什麼問題嗎？」

「啊，對。李弼錫議員昨天凌晨在住處自殺了。」

「什麼？真的？他察覺到我們正在進行內部調查嗎？」

「他肯定老早就心裡有底了。雖然那起案件他被判無罪，但你也清楚、大韓民國絕大多數的人也都知道他們那腐敗的習性。總之，既然主嫌自殺，這條線也斷了……現在怎麼辦？要調查一下當時那些一起被指控的議員嗎？」

「崔刑警，不要把事情鬧大。越是這種情況，我們越要從周圍慢慢縮小範圍，再觀察一下。」

「我也明白，但情況不容許，如果再拖下去……不對，你也想想為了冤死的女兒，在法庭上待了將近一年的被害者父親吧。一無所獲，徒然患了絕症被醫師宣告日子所剩不多……。而且從那之後他就音訊全無。」

「我知道！我當然知道！所以才會被你糾纏到現在。那起事件牽連的……唉，不說這個了。要是被上面知道的話，我可是會丟飯碗的，你知道吧？」

「知道啊，我怎麼可能不知道。你別再說了，每次都這樣講……總之，組長心裡有個底吧。可能還需要一段時間。我們就趁這個機會把上面的人拉下來吧。」

「喂！你很清楚這案子有可能跟檢警的高層有關吧？一個弄不好，可能還沒開始就結束了。我說過多少次了，這需要確鑿的證據和物證？有力的證人都死了，可惡，那時候……」

「啊，好了好了。我知道了。不提過去的事了。對不起，組長。」

「知道了。我也在努力忘記，所以拜託別再讓我想起來了。不過，比起我……崔刑警你也不要放在心上，知道嗎？」

「不是的，組長，那是我的錯，我應該道歉。我沒事，組長不需要感到抱歉。」

「但是……好，都忘記吧，嗯？我們得比對方更快找出線索，不是嗎？你還在找那位老人家的下落嗎？你說他還剩多少時間？」

「聽說還剩下六個月的壽命……。但是怎麼也找不到他，不知道去哪了。」

「真是的，得在六個月內解決嗎？你知道我剛才去了哪裡嗎？」

「喔，我聽說了。是連續殺人案嗎？」

「百分之百是連續殺人案，我們真的得開始熬夜了。你做好準備吧，公文馬上會批下來。不過同時還是要繼續調查那起事件，知道嗎？」

「謝謝組長。」

「好，再辛苦一下，你去忙吧。……友哲啊，就算是為了那老人家，我們也要加油，好嗎？」

「知道。我先走了。」

閔宇直警正和崔友哲警衛，至今仍對於沒能保護握有關鍵物證，並且能提供證詞的被害者男友而耿耿於懷。特別是閔宇直警正想起了過去曾承諾過要保護的姜素曇，那時沒能阻止死亡的降臨，依舊是他心中拔不去的刺。

雖然當時被害者男友被判定為自殺，但崔友哲警衛仍然認為是他殺。據醫師的意見，被害者男友是出自對女友自殺的失落感和歉疚，再加上出庭作證的壓力，導致憂鬱症惡化。而醫師之所以給出這樣的意見，是根據被害者男友家發現的遺書和大量的安眠藥。然而，目前還沒能證實，遺書是否為被害者男友親手所寫。

因為遺書是用電腦打好後印出來的，所以閔宇直警正懷疑其真偽。當然，沒人支持崔警衛的主張，就連負責該案的檢察官也不採信。

崔警衛自責，認為明明有察覺到被害者男友的危險徵兆卻沒能保護他，才導致他喪命，至今仍過意不去。之所以放不下已經結案的案件，是出自於未揭開案件真相的責任感、對被害者父親的歉意、還有沒能保護被害者男友的愧疚。

閔宇直警正知曉崔警衛的心思，因此毫不猶豫地從旁提供協助。這其中包含了他對未能保護被害者男友的歉疚之情，另外也因為他無法對不當判決視而不見。

一年前，李敏智死亡當天

凌晨六點。一大清早，京畿南部地方警察廳刑事科就響起了電話鈴聲。因為崔友哲警衛正在打瞌睡，於是從洗手間回來的羅相南警查接了電話。

「喂?這裡是南部警察廳重案二組……」

「您好,我是道松派出所的朴哲順巡警。」

「喔,您好,有什麼事嗎?」

「我們接到報案,說在長安洞長安大廈後面花壇中發現屍體,正前往調查。似乎是從大樓頂樓跳下來的,也許是自殺……。」

「明白了,我馬上過去。先請留意保存好案發現場,鑑識組出發了嗎?」

「是的。他們現在應該出發了。」

「好的。收到。」

羅警查掛斷電話,急忙跑向崔警衛。

「崔刑警!快醒醒。有案件發生了,要聯絡組長嗎?」

「啊?喔……喔,好。在哪裡?是什麼案件?」

「是命案。快走吧。」

「什麼?快向組長報告。」

崔警衛揉著眼睛站起來,拿起外套急忙跑了出去。羅警查跟在崔警衛後面,向朴哲基組長報告趕往案發現場,而還在家的朴組長表示會立刻前往會合。

今日凌晨,長安大廈保全人員在巡邏時發現一名年輕女性倒在地上,立即撥打112報警。派出所警察判斷為自殺事件，馬上封鎖現場，在搜查大廈頂樓時發現了一大疊的文件和USB等物品。不久後，鑑識組趕到並勘查了案發現場。

當崔警衛和羅警查抵達時，鑑識組的現場調查已經進入尾聲。兩人看了屍體後見了第一個發現屍體的人，也就是保全。在聽完保全對當時情況的說明之後，崔警衛和羅警查判斷為單純自殺，收集了大廈樓頂的證物後便返回警局。

「崔刑警！報告案情。」

「是。死者姓名李敏智，年齡二十三歲。民成大學大二生，現在休學中，與父親同住。從遺書內容來看，應該是單純的自殺。驗屍結果也顯示死因是墜落的頭蓋骨骨折造成的嚴重腦損傷。沒有發現外部脅迫或遭受暴力的傷痕。」

「是嗎？看來這是單純的自殺事件。那你就寫好報告交上去吧。」

「那個，組長，在現場發現的遺物中，隨身碟裡有死者親自拍的影像，但內容有點……。」

「怎麼了？什麼影片？」

「組長親自看一下比較好。死者曾被現任國會議員性侵……」

「什麼？誰？哪位議員？」

「那個，李……」

「喂，算了，把影片拿過來！我自己看。」

「好的。我去拿。」

羅警查從證物保管室拿來了遺書和USB。死者在遺書上詳細地留下了給父親和男朋友的最後遺言，以及自己選擇自殺的原因。

她之所以不得不選擇結束生命，是因為曾遭到一名國會議員侵犯，對方並以此為藉口強迫她提供性服務。與那位議員相關的內容都詳盡地寫在遺書上，USB則記錄著死者被強迫提供性服務時的對話內容。

「哇，這……太驚人了，如果這是真的……」

「我們該怎麼做？現在就申請拘捕令嗎？」

「羅警查，你在開玩笑嗎？拘捕令？喂，你不知道李議員是誰嗎？他可是韓國人人都認識的在野黨院內代表。憑這點東西就要得到拘捕令嗎？」

「可是，組長，這些證據已經很足夠了吧？聲音和事發當下的情況都這麼清楚了。崔刑警你看，難道不是嗎？」

「羅警查！你現在想怎樣？根本看不清楚臉，更不要說當時的情況？聲音？你清醒一點好嗎？」

「不是啊，已經有這種程度的證據……」

崔警衛抓住羅警查的手臂，對他使了個眼色。

「是，組長。我們會繼續調查，找出證據。」

「沒錯，先找出確切的物證。這是第一要務，知道嗎？」

「不過你要立刻向上級報告嗎？如果上級知道了，不會放過……」

「喂！瘋了嗎？說什麼上級……」

朴哲基組長突然提高音量打斷崔警衛，又壓低聲音繼續說：

「管好你的嘴。我會看情況向上級報告的。你們要特別小心記者。這可是寶貴的收穫，要是被媒體先報出去就沒戲唱了，知道嗎？」

「這些基本的事情我們知道，組長。」

「那就找出確切的物證，散布到媒體，利用輿論壓力向政界施壓，申請拘捕令，那些傢伙應該就會立刻夾著尾巴了吧？是不是？」

羅警查神情激動，輪流看著崔警衛和朴組長。

「當我們有了證據，還需要媒體嗎？不要光嘴上說，快出去找！動作快！」

「是，組長！我們這就去。」

崔警衛和羅警查為尋找新的證據，與被害者父母和熟人見面，展開了調查。另一頭，朴組長再次確認遺書和錄音後，將身體靠在椅背上，閉上眼睛陷入沉思。

不一會，他好像想起了什麼，猛然睜開眼睛，急忙往某處打了電話。

●

我的第一輛巡馬在汽車維修中心享受了久違的長時間休息。據維修人員說，損壞情況比預期得嚴重，要一週左右的時間才能修好，不過經我一番死纏爛打，最終得到四天內修好的承諾。

多虧如此，我改開前輩的私人車去巡邏。剛過晚上十一點時，前輩懇切地祈禱千萬不要有醉漢。他一直碎唸這台車新買不到幾個月，絕對不能容忍醉漢吐在車上。

當我們順利結束巡邏，正要把車停在派出所前時，正門那邊不知道為什麼傳來一陣騷動。是一名喝醉的壯漢正在大吼大叫，要找離家出走的妻子。

幾天前，這名壯漢因夫妻吵架……不，因為家暴而被派出所緊急逮捕。當時，他妻子也以證人的身分一起來到派出所，不過她的狀況看來不應該是來派出所，而是去醫院才對。她的頭髮沾黏著凝固的血塊，臉腫得厲害還有瘀青，而且走路一拐一拐的。在這種情況下，她還親自跟來派出所，向警方求情，希望能釋放因鄰居報警而被捕的丈夫。

救護車在接到派出所的通報後也趕來，但妻子拒絕就醫，自始至終都用彆扭的韓語堅稱丈夫是無辜的，請警察放了他。我別無選擇，只好寫份報告就放了他。

那名壯漢今天跑來派出所找妻子。他的拳頭在出血，看來是又動手了，他妻子大概為了躲避家暴的丈夫才逃跑的吧……。金弼斗警查跑過去制止壯漢繼續撒野。我應該也得一起去幫忙，但沒有時間了。現在不出發，我可能會救不到人。

我拿出手機看了眼時間，不知不覺已經過了午夜零點二十分。幸運的是，我看見屍體的地方離派出所不遠。現在出發還來得及趕到，救人一命。雖然對前輩很抱歉……但我也無可奈何。

我看見了屍體。準確地說，我擁有提前看到將死之人屍體的能力。我也是不久前才知道這件事。

大約在三年前，在救她的過程中，我意識到自己擁有的特殊能力，而且能運用這種能力救人。今年已經是第二十次了嗎？大部分都像這次一樣，是因為交通事故而喪生的人。救人變成使命這件事，不知不覺已經過了三年。

在她為了救我而喪命時留下的那句遺言，對我來說就像宿命一樣。那一刻，我明白了往後應該做些什麼，這成為了我活下去的理由，同時也是我對她的承諾。一週前，我巡邏返回派出所時看見了屍體。沒有時間拖延了，我一路跑到先前看見屍體的十字路口行人穿越道。

一週前

金弼斗警查喜歡自己開車。其實他是不放心別人開車，所以裝作是成自己喜歡開車。但那一天因為太睏了，只好請南巡警開車。

兩人巡邏結束，正在返回派出所的路上。經過十字路口時，南始甫巡警從前車燈的光線看到一個黑色物體倒在地上，馬上察覺那個物體是人，於是急忙踩了剎車。暫時閉眼休息的金警查，因為緊急剎車身體向前衝，頭部重重地撞在窗戶上。幸好他繫著安全帶，沒有受太重的傷。

南巡警打開警示燈後下了車，跑向行人穿越道。金警查被他突然的舉動嚇了一跳，只是茫然地看著他。

金警查這時感受到遲來的頭痛，用手摸著頭，小心翼翼地下車，然後拿出後座上的警用螢光棒，走向南巡警蹲著的地方。幸好時間是凌晨，沒有其他車輛經過。

「南巡警！發生什麼事？有什麼東西嗎？」

「什麼？」

「你在那裡幹嘛？有東西嗎？你在看什麼？」

蹲在地上的南巡警看著金警查，緩緩站起來說：

「前輩看不見這裡有……沒事。我好像看錯了。快走吧。金警查，請問你知道現在幾點嗎？」

「現在？嗯……一點十分。怎麼了？」

「喔，又過一天了。好累！快走吧。」

南巡警再次低下頭像是在看什麼，然後伸了個懶腰，隨口打哈哈。

「什麼！你在開玩笑嗎？我問你為什麼突然停車？」

「因為突然有東西從車前面閃了過去……我才下意識緊急剎車，對不起。」

「什麼？難道是野豬出現在市區了嗎？是嗎？」

「不是，那個……以防萬一，我才停車看了一下，結果沒什麼。我好像看錯了。」

「真是的……。你這樣緊急剎車怎麼行？你看這裡，有流血嗎？」

金警查用手指著自己的腦袋一側說。

「前輩指的是哪裡？在哪？」

「這裡！這裡很痛。啊，腫起來了。所以說我才沒辦法放心讓別人開車！」

「對不起，前輩。拜託原諒我一次，好嗎？」

「嘖，年紀這麼大還撒嬌……。噁心！快走吧。我來開車。」

「是！謝謝前輩。」

南巡警坐在巡邏車的副駕駛座上，設定了一週後同一時間的手機鬧鐘，並且追加設定前一天與一小時前的鬧鐘。

南巡警看到的並不是野豬。他下了巡邏車，跑向行人穿越道時，那裡倒著一位七十多歲的老奶奶，頭部與嘴流著血，手臂和腿都斷了。應該是被肇事逃逸的車輛撞死的。

南巡警知道金警查沒看見，便確信是屍體的幻影，於是迅速檢查了老奶奶的瞳孔是否有殘影。果然看見了她眼中閃亮的車前燈。如果老奶奶是因肇事逃逸事故而死在這裡，那麼要在事發十幾分鐘前到達才能救下老奶奶。

南巡警設置了手機鬧鐘，簡單地記下了地點、時間和人物。

南始甫遠遠看到十字路口的行人穿越道，在十二點鐘方向一位老奶奶正吃力地拉著手推車，走到人行道旁的四線道。行人穿越道的號誌亮著綠燈，時間剛過零點五十分。

南始甫直覺認為那位老奶奶就是那天看到的屍體，心急地加快了腳步，跑向老奶奶。他必須盡可能阻止老奶奶靠近那天看見屍體的地方。在老奶奶過馬路之前，無論如何都要阻止。

車道的號誌燈轉黃，很快變成紅燈，行人穿越道則是燈號轉綠，但是綠燈的秒數開始減少。老奶奶拉著兩輪手推車，似乎來不及過馬路。

「啊！」

老奶奶還沒走到斑馬線，就突然走入第三車道！南始甫連忙大聲呼喊老奶奶。他來到行人穿越道附近，注意到兩點鐘方向有一道微弱的車頭燈光亮。看來事故會比預測的時間早發生。如果南始甫再晚一點，也許就無法阻止事故的發生。老奶奶看到穿著警服的南始甫，加快過馬路的速度，很快就走到中線。號誌依舊亮著紅燈，但倒數秒數顯示為11。這是一條雙向四線道，共有八線道的大馬路，對一名拉著裝滿東西的手推車的老奶奶來說，時間太短了。南始甫穿過斑馬線，加速跑向老奶奶所在的地方。

「呃啊！」

就在這時，南始甫感到頭部一陣疼痛，腳步不禁放慢，雙腿無力，搖搖晃晃地停了下來。

每次在看到屍體的現場救人時，南始甫的頭都會感到嚴重的疼痛，且隨著他拯救的生命越多，疼痛強度就越大。過去他在看到屍體幻影的地方見到屍體本人就會暈過去，也是相同的道理，幸運的是他最近很少昏倒。

南始甫雙手抱頭，緊閉雙眼，雖然只過了一下子，但他看見了老奶奶的屍體幻影。影像越來越清晰，南始甫的視線開始變得模糊，頭部疼痛也加劇，痛得他一步都跨不出去，但一想到如果就此停步就救不了老奶奶，費力地睜開了眼睛。

南始甫雙腿發軟，但還是用盡全力，一步步搖搖晃晃地前進。這時，頭痛似乎逐漸好轉，原本模糊的視線也重新變得清晰。剎那間，南始甫感到汽車前燈變得更加明亮和強烈。行人用的紅綠燈秒數變成了1，迎面而來的汽車根本沒有停下來的跡象。南始甫全身一顫，不由自主地撲了過去，好不容易抓住了老奶奶拉著的手推車後方一角。

嘎噔！

手推車突然停下，老奶奶支撐不住身體，倒坐在地。車前燈的燈光從老奶奶身邊掠過，瞬間消失，只剩下車子駛過的強風吹得老奶奶的頭髮無力地飄動。

幸好老奶奶沒事。南始甫這次也沒有失誤，順利救下了一條生命。在摔倒在地的短暫瞬間，他也沒有忘記身為警察的職責，留意了飛馳而過的汽車車牌。那輛車很明顯地違反限速與闖紅燈。

雖然是天色未亮的凌晨時分，但是人行道附近的路燈很亮，南始甫因此看到了車牌號碼「271-RA-3124」。是一輛黑色汽車，車款是Grandeur。雖然只是一瞬間，但南始甫看得一清二楚。因為自從他利用能看見屍體的能力開始救人，他多了另一種能力。不，應該說是養成了另一種能力，那就是大幅提升的瞬間記憶力，就像拍完照片馬上印出來一樣，哪怕是短暫瞬間看見的影像也能清晰地留在腦海裡。雖說這些記憶無法持續太久，但要仔細觀察短時間內發生的現象和物體等，南始甫還是擁有比他人優異的能力。

南始甫坐在原地，用手機記下車牌號碼和車款。

這傢伙，給我等著，準備栽在我手裡吧，哈哈！

他馬上去找老奶奶，確認她是否安然無事。

「奶奶，妳還好嗎？」

老奶奶看起來沒有受傷，不過似乎受到了很大的驚嚇，還沒有回神。

「嚇壞了吧？快站起來吧。待在這裡會更危險。」

南始甫觀察了一下四周，扶住老奶奶的雙肩，艱難地將她扶起。

「沒事吧？手推車交給我，先去人行道上吧，奶奶。」

老奶奶一言不發地點了點頭，走往人行道上的途中不斷偷瞄著南始甫。他拉著兩輪手推車來到人行道，並問老奶奶家在哪裡。

「對不起，警察先生，剛才，紅綠燈……」

「對，我知道妳很急，不過以後還是要小心。再急也要走斑馬線，好嗎？」

「那個……你現在，那個……警察先生，你不會要開我罰單吧？我沒錢。我這個老太婆哪來的錢？能不能不要開罰單？」

「好，好，別擔心。我不會罰妳錢……不會開罰單。別擔心。妳有沒有受傷？」

「哎喲，謝謝，真是謝謝你。我沒關係。你忙你的吧，我可以自己拉車。」

「我送妳回家，奶奶住在哪裡？我跟在後面幫妳拉手推車。」

「哎喲，怎麼好意思讓你……謝謝你，警察先生。」

「以後絕對不能擅自穿越馬路，知道嗎？」

「嗯，好，知道了。」

南始甫拉著手推車，跟著走在前方帶路的老奶奶。

南始甫剛走到一棟屋子門口，一名蹲在大門前的中年男人突然站起身來，打量了他一眼，一言不發地帶著老奶奶走進了兩層高的連棟住宅內，然後自顧自走到通往地下室的樓梯，打開半地下室的正門，砰地一聲關上。按理說，看見警察帶老奶奶回來，應該會問發生了什麼事，但那名男人只是看了一眼就走了，讓人心裡不太舒服。儘管如此，南始甫還是懷抱著拯救了一條生命的喜悅，回到派出所。

那個肇事逃逸犯……不，不對。現在我救了老奶奶，所以那個人不是肇事逃逸犯。不管怎樣，那傢伙不用受到任何懲罰，應該向我磕頭感謝才對……我可以放任那傢伙不管嗎？他會不會又造成其他事故呢？

南始甫擔心起在那樣危險情況下也沒有停下來，繼續行駛的那輛車。由於事故現場沒有監視器，所以沒辦法懲罰他，但即使有，頂多只能罰款。

要不要查一下車主是誰？

南始甫煩惱了一陣子，這才想到要查看手機。不知何時來了電話，有五通未接來電，而且都是前輩打來的。

「閔組長，被害者的驗屍結果出來了。」

「好，結果怎樣？」

「是的。頭蓋骨破裂，腿和手臂多處被刀割傷，死因是出血過多。」

「失血過多？什麼啊？意思是並非當場死亡，而是遺棄致死？」

「是的，沒錯。還有因為被害者的褲子是鬆開的狀態，所以也檢查了是否被性侵，但確認沒有。褲子被脫掉的理由是那個圖案……。」

「啊！果然如此，絕對是同一個犯人幹的。這次也沒有發現犯人留下的痕跡嗎？」

「聽說沒發現指紋、唾液、血痕和任何毛髮。」

「好吧……。啊，我已經交出報告，請求成立特別搜查本部。我說過被害者的驗屍結果出來後會馬上著手成立。該死，我當初說要設立本部的時候，要是能立刻成立就好了，一定要等到死了這麼多人才……」

「能怎麼辦？上面不想把事情鬧大。只有出大事了，他們才會做做樣子，這不是尸位素餐的人最愛幹的嘛？我們也只能遵守這個屎一般的規則。」

「什麼？屎？呃，這樣比喻也……。因為要做簡報，你把所有案件都整理好了寫成報告給我。」

「啊，好的。我再把這起案件加進去。」

在江南發生的殺人案，與之前的兩起殺人案是同一人所為的事實顯而易見。這次也是在驗屍過程中發現死者左大腿後方有星形圖案。

到目前為止，被害者的共同點是「二十多歲女性」，屍體身上留有「星形圖案」，以及命案發生週期約為一個月。至今還沒有出現目擊者，也找不到可以查明犯人身分的指紋、唾液、汗水等體液。犯人就連像鼻毛般的細小毛髮都沒留下。

令人遺憾的是，在出現第三名被害者後，警方才成立了特別搜查本部。第一名被害者出現的時候，閔宇直警正認為很有可能演變成連續殺人案，於是向上級報告，但上級給出的答案是「先交給轄區警局處理」，而報告也沒能上呈到警察廳廳長手上，在次長手上就被攔下了。閔警正本想與轄區警局合作調查，但由於轄區警局的反對，只好單獨進行調查。

閔警正為了應對可能引發連續殺人的情況，提前準備成立特別搜查本部，並且事先討論了是否從各部門抽調人員，成立搜查小組，同時打算向各部門發送協助調用人員的公文。令人遺憾的是，距離第一起殺人案已經過了很長的時間。這一次，他重新提交報告，正在等待高層批准。

「組長你已經提交報告了嗎？什麼時候要簡報？」

「我已經交出去了，今天之內應該會進行簡報。等到上面批准後，就立即向各部門發送公文，請求協助調用人員成立小組。向江南警察署請求提供本部使用地點，知道嗎？」

「是的。批准後我會馬上發公文，也會打電話通知。但是廣域搜查隊只有我和組長在調用名單上，這是怎麼回事？」

「因為還有很多其他案件，能怎麼辦？沒辦法，上面說不能再調走更多人手了。問這個幹嘛？你想退出嗎？」

「啊……不是啦。是因為……」

叮鈴，叮鈴。

放在閔警正桌上的電話這時響了起來。

「你好，我是廣搜隊閔宇直……」

「是我。」

「啊！是，科長。」

「廳長要你現在過來，做好準備。」

「好，我知道了。我馬上上去。」

閔警正表情嚴肅放下電話，噗哧一聲輕笑道：

「上面要我馬上去報告。文件在這裡，USB在這裡……報告書在這裡。嗯，這樣可以了。那我先上去了。」

「是，組長。我會準備好，等組長一個指示，我就立刻開始。」

「很好，準備行動吧。」

第2話 連續殺人案

「南巡警！你去哪裡了，怎麼現在才出現？」

「對不起。有什麼事嗎？」

「喂！你剛才沒看到發生什麼事嗎？究竟跑去哪裡了？只剩我……唉。」

「發生什麼事了嗎？」

「別提了。沒見過那種無賴。為什麼來這裡找自己老婆……。我叫他報案說太太離家出走，幹嘛就對我發脾氣？好不容易讓他冷靜下來，還送他回家，到現在還沒辦法交班……但是你……」

「啊！對不起，突然發生了一些事情……。」

「什麼事？」

「呃……那個……。」

我什麼話也說不出來，徒然撥亂自己的頭髮。

「喔齁，又來了。你不時就會這樣耶。南巡警，難道……你在做副業？我只是說說，打打工還可以，但要是被逮到……」

「喔，沒有，不是的。其實……嗯，因為我父母偶爾會突然跑來找我。我要他們上來前先聯絡，但每次都直接跑來，啊哈哈……對不起，前輩。」

「是嗎？喂，那你至少說一聲再走啊。父母來的話，我當然能讓你先走，下次先報告後再消失，知道嗎？」

「是的，以後會的。前輩，交班後，我們去前面的路邊攤喝一杯怎麼樣？」

「是嗎？你請客？」

「咦？喔，好的。」

「OK！」

南始甫想過好幾次是要不要坦白發生在自己身上的現象，但從前輩的性格來看，似乎不會輕易接受。再說，從目前為止的狀況看來，還無法完全信任前輩，前輩是否能保守祕密也是個疑問。因此，每當發生這樣的情形時，南始甫都會用酒作為人情交換。雖然明天不值班會想喝點酒，但為了往後幾個月裡能安心工作，他決定今天先巴結一下前輩。

「南巡警，在做什麼？快換好衣服走吧。啊，對了。昨天酒駕肇事逃逸事件的報告交上去了嗎？」

「啊……我忘了，我馬上交，我已經寫好了……對不起。」

「又怎麼了？你真的寫好了吧？」

「是的。我馬上印出來交上去。」

「好吧，那我先換好衣服在外面等。快點出來。」

「我馬上就出去。」

我已經將昨天發生的酒駕肇事逃逸事件，與當天對嫌犯的調查結果，還有調查相關文件、移交意見等整理好寫成進度報告，現在只要交給檢察機關獲得批准就可以了。但上午卻忘了處理這件事，於是連忙把報告印出來，放到組長的座位。

我換好衣服出來一看，前輩正在和女朋友講電話，可能是吵架了，聲音有點激動，遠遠就能聽到通話內容。前輩慢一步看見我，急忙掛了電話，說道：

「這麼慢才出來？」

「為什麼這麼急著掛電話？不是『大嫂』的電話嗎？」

「喔？你聽見了？沒什麼，已經說完了。你交出去了嗎？」

「是的。組長不在，我放在他座位上就出來了。」

「是嗎？那我們走吧。」

「你和大嫂吵架了嗎？」

「沒有，不是吵架。只是……算了，快走吧。」

我們去了派出所警員愛去的後巷路邊攤。攤位就位於通往市區的街道口，從晚上十點開始營業到早上六點。

幾杯酒下肚，前輩開始聊起他的女朋友：

「欸，南巡警，我女友一直說要結婚，我快被逼瘋了。」

「是嗎？那不是很好嗎？」

「很好，是啊，沒錯。好到我快瘋了。」

「為什麼？」

「你還不懂……不，不對。抱歉，我老是忘記你的年齡，哈哈。說實話，我們這個年紀結婚還太早，不是嗎？現在還是享受的時候啊。我什麼都還沒做，就說要結婚，你不會想發瘋嗎？她最近一直吵著結婚，我真是受不了了。她剛才還纏著我，要我和她爸媽吃飯，我拿工作當藉口掛斷了。」

「喔，這樣啊……。你們不是交往很久了嗎？」

「是啊，已經五年了。」

「還沒見過家長？」

「你是說結婚前雙方家長見面的那種嗎？欸！要是見家長的話，就得開始準備結婚了耶。我想盡各種藉口躲過了……你這臭小子都不懂我的心情！你也找個結婚對象吧，到時你就會懂了。」

「啊……好的。不過前輩……」

「南巡警，想結婚，就得先有房子。」

「喔……。是啊。」

我試圖要轉移話題，但前輩還是繼續談結婚的事情，抱怨憑警察薪水很難找到傳貰房[*8]、女友連這個都不懂、用貸款也解決不了的現實等等。前輩燒酒一杯又一杯，不見他動筷吃下酒菜，只是不停往杯子裡倒滿燒酒，再一口飲盡。

「吃點下酒菜吧。」

---

*8：韓國特有的租屋方式，租客繳大筆保證金給房東，租約期內不用再付租金，租約結束後房東會全數退還。

「不用了。酒苦嗎？人生更苦啊，南巡警，一定要結婚嗎？你說啊？」

從那以後大概過了兩個小時了吧？我們的桌上多了七瓶空的燒酒瓶，一瓶還剩下一半左右。大概有五瓶是前輩喝的。前輩已經醉到變成了大舌頭，我聽不懂他在說什麼，前輩還是說個不停。我好不容易勸阻他，送他搭計程車回家。

顧著聽前輩說話，沒能好好享受喝酒的樂趣因此覺得可惜，於是我又回到了路邊攤。又點了下酒菜雞腳和一瓶燒酒，細想著前輩問的問題：「你談過戀愛嗎？」我想起了三年前我和素曇在一起的日子，想起送走她的那天，眼淚不知不覺地流下。

「始甫哥……對不……對不起。我好像……要去和爸爸團圓了。始甫哥……你是一個特別的人。呼……請用你的能力……救更多的人……。不要……不要太傷心……。不要……自責……。還有，謝……」

「素曇，素曇！睜開眼睛！不可以！不可以！」

她的最後一句話至今還清晰地留在我的腦海裡。直到一年前，我只要躺在黑暗又安靜的房間裡，仍然會出現錯覺，彷彿自己有聽到她的聲音，經常流著淚入睡。但現在我只有喝酒才能聽到她的聲音。

我沒喝完那瓶燒酒就從座位上站起來，走出路邊攤。加上和前輩一起喝的量並不算少，卻覺得自己精神更加清醒。然而，現實和我想的相反，身體開始搖搖晃晃。

我現在住的地方離派出所不遠，想散步醒酒走回家。這麼一想，那天也是初夏的夜晚。我和素曇一起喝酒，一起走到她家……。啊，不能再想了。淚水又不由自主地流下來。

我擦乾眼淚，腦中想著明天要做的事，在我經常路過的窄巷裡，有個女人靠牆而坐。在清晨時分，坐在如此黑暗的巷弄裡，看來應該是喝醉睡著了。裝不知道好像不是警察該有的行為，我試圖叫醒女人，請她回家。

但我越靠近那個女人坐的地方，就越感到奇怪和毛骨悚然。這種熟悉的氣息難道……。

「……！」

我希望事情不如我所想，然而，那女人並不是喝醉睡著。她的頭上沾著血，低垂的臉上看得見她醜陋腫脹的額頭，以及眼周的瘀血。我把手放在她的鼻下，感覺不到呼吸，又找到她的頸動脈檢查了脈搏，但依然感覺不到任何生命跡象，只感到冰冷的皮膚。這是一具屍體。

正當我要拿出手機聯絡派出所時。

這真的是屍體嗎？

我忽然有了這樣的想法。會不會是屍體的幻影？問題是它過於清晰，我甚至能感覺到皮膚的觸感，這麼一來好像不是幻影……。唯一能弄清楚的方法是看她的眼睛。為了看清低垂著的眼睛，我蹲下來仔細打量了她的臉。

「呃……」

她的模樣難以直視。我不由得皺著眉頭閉上了眼，調整呼吸後，又看了看她的眼睛。一隻眼睛腫得很厲害，看不見瞳孔，另一隻眼睛沒有受傷，可以看見瞳孔。

怎麼回事？眼裡有殘影。難道她真的是屍體幻影？我又看到超自然現象了？但為什麼眼前的像是一具真正的屍體，我明明就感覺到了皮膚的觸感，在這之前只有聞到過味道……。

仔細一想，因為屍體幻影總是慘不忍睹，過去我從沒想過要觸摸，是到了我當上警察，在案發現場看過屍體之後才開始試圖觸摸幻影。

的確，是這樣沒錯。一週前，那位老奶奶的屍體幻影也像是一具真正的屍體。如果當時不是前輩出聲，我有可能會誤以為是實際存在的屍體而報案。我身上又發生了什麼變化嗎？還是我的能力正在增加而自己卻不知道？從幻覺也能感受到五感，現在要分辨是否真是幻覺，只能看眼睛了……對了！眼睛！

我趕緊拉回注意力，確認屍體眼中的殘影。她其中一隻眼睛的瞳孔中，清楚映著一名男人的臉。那男人面紅耳赤，舉起握拳的手。

我拿出手機查看現在的時間，設定了鬧鐘。四點二十分。殺人事件大約發生在四點，或者是她在被毆打後，一路走到這裡才死去。我把想到的可能性全都記了下來。

女人眼中映出的男人不是別人，就是昨晚到派出所吵著要找妻子的男人。

但是，此次事件即使我算準時間阻止，也很難保證救得回她。她很有可能是被毆打致死的。這次她應該也是被丈夫施暴，束手無策只好逃跑到了這裡，卻仍舊傷重而死。那麼，我應該在這起事件發生之前，從丈夫手中救出她才對，但我應該要怎麼做？一時之間想不出辦法。

回想起來，最近有很多屍體幻影都十分逼真。自從我在案發現場看到真正的屍體後，就很難區分眼前的是幻影還是真正的屍體，因為從真實屍體感受到的五感，與我從屍體幻影中感受到的相差無幾。因此我每次都只能觀察周圍人的反應來判斷，雖然這次我從屍體的眼睛看到了殘影，但仍然無法肯定，我覺得還是請別人來確認一下比較好。

這時剛好有兩個穿著西裝的男人搖搖晃晃地朝這邊走來。

「兩位先生，不好意思。」

「啊？什麼？是誰？」

黑暗的小巷裡突然出現了一個人，男人驚訝地眨眼睛看著我，旁邊的另一個男人抓住了朋友的手臂。

「嚇到兩位了嗎？抱歉。」

「哎喲，嚇死我了。我還以為見鬼了。」

「不好意思，我想請問兩位一個問題。你們有看到坐在那裡的女人嗎？」

「他在說什麼？」

「不知道，問我們能不能看到女人，你有看到嗎？」

兩個男人搖搖晃晃勉強支撐著身體，注意看我指的地方。

「女人？哪裡？這個人在說什麼？」

「真是個瘋子。」

「等等……你們沒看到吧？」

「喂，年輕人你瘋了吧……啊，你喝醉了？你這傢伙，喝醉了就快回家睡覺，竟敢捉弄大人？」

「是啊，王八蛋，嚇了我一跳。」

兩人往地上吐了口水，嘴裡咒罵著一邊踉蹌地走開，途中還回頭看了幾次，大笑說「好久沒看到瘋子了」。他們可能以為在自言自語，但巷子裡不斷傳出他們罵人的聲音。

比我還醉的人是在說什……。不管怎樣，我已經確定那是屍體幻影，要在一週前……不，在事情發生前，我要快點找出辦法。

時間接近五點鐘，黑暗的天空染上了深藍色的光芒，彷彿是傍晚的景色。我一路小跑回家，想在日出前回家小睡一下。

●

「組長，大家都到齊了，請到指揮室。」

「你先過去吧。我等檢察官來再帶她過去。」

「是，我知道了。」

首爾地方警察廳廣域搜查隊警正閔宇直向上級報告了共三起殺人案的情況，獲准成立特別搜查本部，專門負責調查連續殺人案。閔警正隨即向各部門發送協助調派人員的公文，並親自會見負責的檢察官，詳細說明案情經過。

應閔宇直警正的要求，由韓瑞律檢察官負責此案。閔警正與韓檢察官因三年前的蔡非盧系長與金範鎮警衛犯下的殺人案而結緣。當時除了殺人案之外，兩人還一起調查了蔡非盧系長父親，也就是國會議員蔡利敦和政界人士之間的貪腐案。

「閔組長，對不起。今天判決有點晚了。」

短髮女人身穿黑色套裝，一手拿著公文包，一手拿著保溫杯。

「不會。檢察官，我們走吧。」

「會太晚嗎？」

「不會，我們現在過去就可以開始了。」

「啊！真是……。抱歉。」

韓檢察官和閔警正急忙趕往指揮室。

安敏浩警衛正在指揮室簡單說明目前的進展。首爾地方警察廳刑事科的崔友哲警衛和羅相南警查，情報科的朴旼熙巡警，科學搜查隊的犯罪行動分析系組長都敏警監，以及科學搜查系的羅永錫警衛都被調來搜查本部。

「各位好，抱歉遲到了。安刑警，你跟大家說明過目前狀況了吧？」

閔警正打開指揮室的門，進來時大聲打了招呼，韓檢察官跟在他後頭。

「是，組長。已經說明過了。」

「在來之前我已經看過了案件的經過和紀錄。閔宇直組長，你好嗎？」

都警監從座位上站起來，走向閔警正。

「哎呀，你好。都警監，歡迎。幸會，能這樣見面是我的榮幸。」

「說什麼榮幸……。」

閔警正用雙手與都警監握手，都警監也向閔警正點頭致意。

「啊！我來介紹一下我們的組員，這位是……」

「沒關係，組長。我提前拿到了組員名單，都記下來了。啊，這位是羅永錫警衛，是負責這次案件的犯罪側寫師。雖然他在這塊的經歷還算淺，但他是被國科搜（國立科學搜查研究院）認可的人才。所以這次我把他從科學搜查隊帶過來了。」

「啊，這樣嗎？幸會，我是閔宇直。我是這次特搜部總負責人。請多多關照。」

羅警衛上前與閔警正握手

「很高興見到你。我是警衛羅永錫。我來之前有先了解過案情了，還請組長多多指教。」

「哇，科學搜查隊的人辦事都這麼仔細的嗎？啊！哎呀，還沒介紹這位。檢察官，請到前面來。」

閔警正顧著和都警監寒暄，回頭一看才想起韓檢察官在場，連忙請她上前。

「我應該最先介紹這位的……。都警監你應該也知道她吧。」

「是的，我知道。檢察官可是位名人。您好，我是科學搜查隊犯罪分析系組長都敏警監。」

「妳好。我是科學搜查系的羅永錫警衛。很高興見到妳，檢察官。」

「是，幸會，我是首爾地方檢察廳特別搜查二部檢察官韓瑞律。我有那麼有名嗎？」

「當然，我一直想見妳一面。很榮幸能親自見到本人。」

「喂，這裡有這麼多專家。我們重案組要更加把勁才行了，是吧？」

「啊？喔……是的。」

重案組的刑警們可能是不以為然，回答得猶豫，羅警查嚴肅地從座位上站了起來。

「聲音怎麼這麼小？我們可是重案組的刑警，一定會展現我們的實力！」

「喔齁，很好。不愧是羅警查。」

「很高興見到妳，檢察官。我是首爾地方警察廳的重案組刑警羅相南警查。我一定會親手抓到那個殺人犯。」

「羅刑警，我可以期待你的表現吧？就這麼說定了。」

「當然，崔刑警。我羅相南說到做到！哈哈哈。」

「檢察官，很高興見到妳，我是首爾警察廳刑事科警衛崔友哲。請多多指教。」

「你好，也請你多多指教。」

「我是……從情報科調來的朴旼熙巡警。很高興見到妳，檢察官。」

「妳是這裡唯一的女性警察，我們好好合作吧，朴巡警。」

「啊，好的。謝謝，檢察官。」

閔警正看著彼此互相問候的樣子，高興地開口道：

「來！這位是安警衛，大家都認識吧，那麼寒暄結束了，現在開始吧？」

「是！」

羅警查帶頭，其他刑警跟著一同大聲回應。

閔警正走到中央的會議桌前。

「哇嗚，重案組的刑警們精神抖擻呢，組長。」

都警監跟著閔警正走向會議桌，低聲說：

「呵呵，對吧？」

「組長，我們分析了這起凶殺案的資料……能給我一點時間說明嗎？」

「啊，當然，請務必跟我們分享。」

都警監提高聲音對大家說：

「那請各位參考手邊統整好的資料，我一邊說明。」

「都警監，你已經都分析完了？哇。」

韓檢察官坐在座位上，向都警監豎起大拇指。

「閔宇直組長從第一次殺人事件發生時，就把資料交給我們分析，所以最近發生的事件也能很快整理，大家請先聽羅永錫警衛的說明後再聊吧。」

羅永錫警衛站在了事先準備好的投影屏幕前，屏幕上顯示的是被害者的照片和現場照片，旁邊有案件概要。

「那麼開始為各位簡報。第一起殺人事件的被害者A某，年齡二十五歲，血型O型，大學生，推測是在四月三日凌晨三點死亡，並在凌晨五點三十分在江南派樂斯住商大樓後被發現。死因是頭蓋骨凹陷，雙腿和手臂上的刺傷導致出血過多。到目前為止，還沒有發現任何關於犯人的物理證據，也沒有目擊者。特別事項是被害者右大腿後側因屍斑顯示了六角星的圖案。」

羅警衛說明的同時搭配手部動作。

「也就是血液沉積[*9]，皮膚出現暗褐色的痕跡便稱為屍斑。在此過程中，犯人有意在被害者身體上印下圖案，被害者在死亡後大腿下方被犯人放了星星圖案的物體。據推測，該物體應該是相當重的金屬材質製成的。我看到這個就認為很有可能會演變為連續殺人案。因為犯人在被害者死亡後，伴屍的時間非常長，是個非常大膽的傢伙。」

「這件事我稍後再說明。羅警衛，繼續說明下個案子吧。」

「是，警監。第二起殺人事件的被害者B某，年齡二十九歲，血型O型，職業是上班族，據推測死亡時間是五月十四日凌晨兩點左右。在驛三千禧大廈地下停車場被發現，發現時間是早上六點。這起事件同樣沒有能確認犯人身分的物證，也沒有目擊者。死因與第一次殺人相同。頭蓋骨凹陷、雙手雙腳等部位的刺傷導致出血過多。被害者身上也有星形圖案，位置是左上臂，也就是手臂上肱二頭肌的部位。這個部位的屍斑是人為地扭轉屍體的手臂製造出來的。從這一點來看，我們認為犯人隱藏著某種意圖。」

「意圖？意思是星形圖案和屍斑的位置是有意義的？」

＊9：指人的心臟停止跳動後，血液循環停止，紅血球往下沉積在身體低處的現象。

「沒錯，檢察官。關於這一部分，我先說明最後的第三位被害者再解釋。」

韓檢察官於是點頭表示了解：

「喔，好的。」

「那我繼續報告。最後第三起殺人事件被害者女性，年齡是二十三歲，血型O型，待業中。推測死亡時間是六月五日凌晨三點，死亡地點在江南站VIP俱樂部附近，屍體於凌晨五點三十分被發現。這個案件也沒有目擊者和物理證據，死亡原因和之前的殺人案一樣。這次星形圖案也在左大腿後面。綜合來看，到目前為止發生的殺人事件，被害者的共同點是皆為二十多歲的女性，被害當時都喝醉酒，雖然部位不同，但是都發現了相同的圖案。死因也都是頭蓋骨凹陷和身體的刺傷導致出血過多，還有，發生殺人事件的三處都在江南一帶。報告到此結束。」

「辛苦了，羅警衛，整理得很好。」

羅警衛結束簡報並點頭示意，閔警正拍手鼓勵他。

「嗯，不過這些情報大家都知道吧？」

「崔刑警，你這話……」

「沒錯。崔警衛說得對。到目前為止說明的內容都是已知的資訊。」

「不是，怎麼連檢察官也……」

閔警正為難地看著大家，都警監則是笑著走到屏幕前，說道：

「沒錯，到目前為止只是整理了案件資料而已，我們只是將收到的資料進行了分析……結果由我來說明。大家都很急性子，那我就直說了。從現在開始請仔細聽。這些分析結果，可以成為解決這次事件的起點。」

「哈哈哈。是啊。哎……刑警個性都比較急，請見諒。」

「我可不是刑警，組長。」

「啊哈，啊哈哈哈。檢察官妳可真會說笑。」

「我不是在說笑。怎麼能拿如此重案來開玩笑？」

「啊，是的。啊哈哈，都警監，快繼續吧。」

韓檢察官的回應讓閔警正感到尷尬，看向都警監催促他繼續。

「犯人是不留下任何physical evi……我是說物理證據與目擊者，想法周全的智慧型連續殺人魔，在大約一個月內便犯下了三起謀殺案，但我們至今沒能鎖定任何嫌犯。另外，他的手法相當殘忍。犯人先攻擊被害者女性的頭蓋骨，等她完全昏迷，就用尖銳的物品在被害者身體各處留下傷痕。」

朴旼熙巡警緊閉雙眼，低下了頭。

「被害者就這樣流著血慢慢死去，犯人卻在一旁泰然自若地看著整個過程。當被害者斷氣時，犯人就會把準備好的金屬圖案放到他想留下圖案的身體部位。整個過程結束之後，犯人便從容離開。推測是在一個小時內完成。但在那段時間裡，沒有人看到他的犯罪行為。這是一起非常大膽的謀殺案，而且是經過精心策劃。」

「犯人是比想像得還要可怕的傢伙……。」

「是的，沒錯。他選擇了無法resist……反抗的女性。在一旁看著自己殺死的女性，然後在屍體上留下圖案。更令人驚訝的是，在江南這個人流眾多的地方竟然沒有半個目擊者。顯然犯人很有可能是熟悉江南地區的人。」

「是精心策劃的謀殺案。」

閔警正像自言自語一樣低聲說道。韓檢察官聽了也點點頭，都警監也對此回應繼續說道：

「是的。從犯人只挑選喝醉酒的女性，與傷口深度和傷痕來看，犯人很有可能是身材矮小，身高與體重都在平均值左右的男性。犯人用利器在女性身體造成多處傷痕看來，以此判斷也許是仇視女性的男性。犯人可能童年時曾遭受abuse，也就是虐待，或是現在也處於受虐狀態。」

「源於仇恨的虐待……。」

閔警正又自言自語道。這時崔友哲警衛舉起了手問道：

「警監，你說過屍斑的位置和圖案有關，那是什麼意思？」

「啊，對了。屍體上留下的是星形圖案，是以色列國旗上的大衛之星，是像用兩個正三角形拼在一起的圖案。」

「所以可能是外國人或猶太人做的嗎？」

羅相南警查生氣地插嘴，一旁的安警衛歪著頭回答：

「羅警查，怎麼可能。」

「他說是以色列國旗的圖案，所以我才……」

「羅警查，怎能光憑國旗的圖案就……」

「安刑警，羅警查！安靜！警監，請繼續說。」

科學搜查系的羅永錫警衛在一旁觀察情況之後，從座位上站起來說道：

「讓我來說明吧。正如羅警查所說，也有可能是外國人，但可能性不大。我們調查了大衛之星的含意。據說它作為猶太教的一種儀式，被中世紀猶太教神祕主義者廣泛使用，用來表明上帝是大衛的監護人。相傳大衛王的盾牌具有神奇的力量。還有一種理論認為，大衛之星被用來抵禦惡靈。」

「那不就有可能是宗教人士嗎？我說得沒錯吧，如果不是猶太人就是以色列人……」

「不是的，羅警查。」

羅警查正拍手看向安警衛，但一聽到都警監說「不是」後，再次望向都警監。

「他就是個瘋子。」

「什麼？瘋子？」

「對。他在女性身上留下大衛之星，把她們當作祭品，很有可能是犯人認為這麼做能保護自己不受惡靈傷害，所以，我才說他是一個陷入極端妄想的瘋子。犯人很有可能近期住過精神病院，或正在接受精神科治療……。要是他長期受到父母虐待，那麼就是將父母視為惡靈。之所以要提出這點，是因為犯人有可能還在被虐待，他極可能是為了擺脫父母長期的虐待才犯下罪行。」

閔警正仔細想了想，終於開口：

「也就是說，犯人是熟悉江南一帶，身高和體重都在平均值左右的男性……是男人做的沒錯吧？」

「是，組長。雖然尚未確定，但很有可能是憎惡女性的男性。」

「嗯，範圍縮小到有精神科住院紀錄或正在接受治療的人，啊……範圍還是太廣了……。光靠這些要抓到殺人犯……」

「沒錯，組長。但如果我們能預測出下一個謀殺發生的地點，就能縮小範圍。首先，我們認為留在被害者身上的星形圖案位置和案發地點有某種關聯。」

「警監，又不是玩猜謎遊戲，請說清楚一點。」

「哈哈。檢察官，吊人胃口才有趣啊，妳應該也會用這招對陪審團吧？」

「看來警監你可以當檢察官了。」

「的確，就像韓檢察官說的，我聽得津津有味呢。」

閔警正因為韓檢察官的話笑了出來，跟著望向都警監。

「警監，請快點說明這其中有什麼關聯。」

一旁靜靜傾聽的朴旼熙巡警開了口。

「很好。這就是我所希望的。大家都專心聽，那我現在就告訴大家吧。請看這裡，圖案位置和事件發生的地點之間的關聯性。」

都警監按下簡報雷射筆切換了畫面。

「喔！這不是江南區的地圖嗎？」

「安警衛說得沒錯。接下來再疊上一張圖吧。」

「啊！怎麼會？」

閔警正的眼睛瞬間瞪大。

「來！各位看到什麼了？現在應該……」

「哇！星形圖案的各個頂點和事件發生地點的位置一樣。那麼下一個做案地點應該是那剩下的頂點之一。但是這樣子範圍也還是很大，我們無法得知犯人何時會出現，就算只搜查一個地點，也需要動員大規模的警力……。」

將江南區的地圖與大衛之星重疊，命案發生地點與星形的頂點正好一致。韓檢查官對眼前的情景感到驚奇，但又對下一起犯罪的預測地點太廣而感到不安。

「檢察官說得沒錯。警監，在目前的情況下，我們頂多把警力安排到一個地點，很難同時分配到兩個地點。應該要把下一起犯罪地點縮小到單一範圍。你有預測的地點嗎？」

「嗯……是的，組長。我們可以用屍體上的屍斑來預測。」

「被害者的屍斑嗎？」

「是的。把被害者屍體上留下的圖案位置連接起來，以及把案發地點連接起來，比較兩條線，就像這樣，幾乎呈現一致。」

都警監指著圖像畫面繼續說：

「第二起事件發生在第一起事件發生地點的對角線，也就是對稱點的頂點。星形圖案位置也對應到第二具屍體的左臂上，由此可確認。」

崔警衛掩飾不住興奮的心情，急忙說道：

「啊！第三個被害人圖案是在左大腿後側……和第三個案發地點一致。啊！那麼，第四起事件可能是右臂的位置，就是你標記的A點，對嗎？」

「是的，但還不能肯定。重要的是，我們必須在凶手再次動手之前抓住他。最有可能是凶手的祕密基地或住處的地方，就是星形圖案的中心，也就是B點。」

都警監用雷射筆的光點指出大衛之星中央，在那裡有一個圓形圈住了一個英文字母B。

「警監說得對。要在下一個被害者出現之前抓住犯人，但犯人沒留下任何痕跡，有什麼物證能證明他的罪行呢？我們真的能在這麼大的範圍找出犯人的祕密基地或住處嗎？」

被預測為殺人犯祕密基地的區域範圍很廣。另外，在三起殺人案中，凶手沒有留下任何證據。韓檢察官深知這一點，對日後的調查感到憂慮。

閔警正明白韓檢察官在擔心什麼，搶先回答：

「當然可以，檢察官。我們先在科學搜查隊預測的A點安排最多的警力。另外，在發生殺人事件之前，以B點為中心進行調查，盡全力抓到連續殺人犯。現在我們應該從機率較高的地方開始吧？隨著調查的進行，相信能發現更多的證據。」

都警監點點頭說道：

「是的，正如組長所說，應該開始進行初步調查。那麼，最後我來談談事件發生的時間。通常，連續殺人案件會有固定模式，就像犯人在被害者身上留下的星形圖案一樣。到目前為止，殺人事件的犯罪週期接近一個月，但確切來說是不到一個月。從殺人犯的心理狀態來推測，他將犯罪地點設在人流多、容易引人注意、燈火通明的江南區，說明他是長期居住在該地區，非常了解江南一帶的人。另外，我假設凶手處於精神衰弱狀態……他可能從來沒有離開過這一區。精神狀態衰弱的人，有可能選擇最昏暗的日子犯案，所以我查了一下。」

都警監在屏幕上展示另一張照片，接著說道：

「這是月亮。他會選擇月光最暗的日子做案。從月亮的週期來看，他有可能在殘月到新月的那一週犯案。事實上，月相變化與月亮的光亮程度沒有太大關係，但從心理上看，犯人有可能會選擇那一天。到目前為止發生的殺人事件幾乎都發生在殘月變成新月的那一週。」

「哇，真的耶。」

羅警查看著畫面，驚訝地合不攏嘴。

「喔？怎麼說？」

「請看那張照片。那是月亮週期與殺人事件的發生當天的資料比較。」

面對閔警正的提問，羅相南警查用手指著畫面回答：

「組長，你可以看下面的圖表。」

羅永錫警衛看著閔警正，指了指屏幕下方。

「啊，真的耶。那麼下一起案件發生的日期會是殘月轉為新月的那一週？」

「沒錯。只要我們在那一週做好準備，就有可能阻止案件發生。當然，最好是在那之前抓住凶手，所以盡量把B區……」

「啊！我想到了一個好辦法。警監、檢察官。」

閔警正突然打斷了羅警衛的話，來回看著警監和韓檢察官。韓檢察官驚訝地看著他，都警監也睜大眼睛問道：

「什麼辦法？組長。」

對於都警監的提問，閔警正停頓了一下，不輕易開口。大家都把視線投向閔警正，愣愣看著他的時候，崔警衛開口說道：

「組長，你該不會……是在模仿警監吧？

羅警查的大拇指朝下，發出了嘲弄的「嗚嗚」噓聲。包括都警監在內的所有人都無奈地笑出來，這時候安警衛拉住羅警查的手臂，站了起來。

「組長，我知道你想說什麼。」

「喔，安刑警，你也想到了嗎？」

「到底是什麼？讓大家都聽一下吧？」

「哈哈。好的，檢察官。我認識一個有特殊能力的年輕人。他應該能對逮捕犯人有很大的幫助。不，我想只要用對方法，我們應該能輕鬆地抓到犯人。」

「哎呀，所以說，到底該怎麼做？」

羅警查再也受不了，嗓門也變大了。

「好，我會告訴大家的。那小子……不，不對。我會盡快親自帶他過來。安刑警，我們一起去吧。」

閔警正原本要說什麼，卻突然站起來往外衝。

「什麼？這麼突然？先解釋清楚……」

安警衛站在後面很是驚慌，話都說不完，呆看著閔警正。

「抱歉。我覺得最好動作快。我會親自帶他過來介紹給大家認識。那麼，崔刑警和羅刑警就負責調查江南一帶的精神科醫院，以住在B點一帶的人為中心，找出他們的病歷和住院紀錄。喔，還有去B點調查看看，知道了嗎？」

「是，組長。」

「檢察官，我帶那小子過來後，立刻介紹給你認識。警監，請你協助崔刑警。」

閔警正和安警衛急忙走出指揮室。兩人離開後，留在指揮室的人們望著他們離去的方向，陷入了好一陣子的沉思。

房間裡瀰漫著濃厚的酒味。單人房各個角落散發出的霉味，混合了酒味成了惡臭。伴隨著難聞氣味的還有充斥房裡的鼾聲。

南始甫直到凌晨才睡著，日正當中了也還沒醒來。突然間鼾聲停止了，他低聲說著什麼，好像在焦急地呼喚著誰。

「素曇……。素曇，對不起，素曇……妳要去哪裡？不要走，不要走……。拜託……。嗚嗚……啊啊！不要走！」

雖然已經過了三年的時間，但南始甫依然會喊著她的名字，流下眼淚。

他大吼著醒來，擦乾眼淚和嘴角的口水。即使醒過來了卻還沒從夢境中回神，悶悶不樂呆坐好一陣子後才起床。今天南始甫和往常一樣，閉著眼睛跑向了洗手間。比起憂鬱的心情，現實中還是本能優先。

他走出洗手間後打開了冰箱，想找東西解酒，但裡面除了酒和礦泉水什麼也沒有。老媽已經很久沒來了，沒有能吃的小菜，泡菜桶裡也只剩最後的白菜泡菜，沒有適合配泡麵吃的泡菜。

南始甫為了緩解胃的不適感，隨便穿了件衣服便出門，在常去的血腸湯店點了一份血腸湯，坐在那裡發呆了一陣子，這時手機響了。是派出所打來的。

「你好，我是南始甫巡警。」

「南巡警，我是李南熙巡警。」

「李巡警怎麼會打來？今天不是我值班……。」

「是的，我知道。我是因為你拜託的事才打來的。」

「啊！對。好的，妳確認過了嗎？」

「是的。我會把車主的資訊傳給你。是肇事逃逸車輛，沒錯吧？」

「當然是。謝謝妳，李巡警。請儘快發給我。昨天還有沒有接到其他肇事逃逸的報案？」

「喔……請等一下。」

李巡警看著電腦螢幕，敲了幾下鍵盤，接著說道：

「沒有。發生什麼事了嗎？」

「啊？沒事。那……以防萬一，妳能查一下從一個月前到今天有沒有肇事逃逸的報案嗎？查到再聯絡我。」

「好的。不能跟我說是為什麼要查嗎？」

「抱歉，等確定了再告訴妳。」

「好，我知道了。你休息吧。」

「嗯，謝啦！」

沒多久，李南熙巡警發了訊息給南始甫，撞了老奶奶後逃跑……不，是差點撞到……不，是曾經有撞到……。總之，昨天南始甫離開派出所的時候，曾拜託李巡警查詢肇事逃逸車輛的車牌。

車主是李萬福，七十五歲。住在江南九道浦洞道龍村。從年齡和住址來看，懷疑是贓車。如果是贓車恐怕就很難抓到駕駛人。沒有希望了嗎？還有其他方法嗎？

在南始甫陷入苦思，手倒是非常勤快，血腸湯不知不覺間已經見底了。在他買單要離開餐廳的時候，李南熙巡警打來了。

「李巡警，查到了嗎？」

「是的，南巡警。我調查了最近的報案，發現有輛車在三週前在德沼三牌交流道被測速照相機拍到。

而且在一個月裡，僅首爾和京畿地區就接到了五起肇事逃逸的報案，不過德沼三牌交流道附近沒有。」

「這樣啊。德沼三牌交流道……完全是反方向。呼，我了解了。那繳罰款了嗎？」

「啊，還沒，駕駛沒有繳罰款，好像經常拒繳，看起來應該是贓車。」

「對吧？我也覺得是。」

「南巡警，到底是什麼事？」

「啊……沒有啦，就是今天凌晨，有個老奶奶差點被超速車輛撞到，我剛好救了她。那輛車不但闖紅燈，還超速。所以我擔心會不會有其他被害者，才拜託妳查一下。」

「什麼？差點被撞，那就不是肇事逃逸吧？下次別再這樣了，不然我和南巡警都會受罰的。」

「知道了，抱歉。那……我可以看看測速相機拍到的照片嗎？還有這輛車以前被抓到的地方。可以嗎？拜託一次就好。」

「嗯……好吧，我知道了。我會整理好，你來上班時再看一下。」

「謝謝妳，李巡警。我希望今天就能看一下……。妳整理好後馬上聯絡我，我會馬上趕去派出所，反正我住很近。」

「好，那麼整理好後會馬上聯絡你。還有，要是想感謝我，就請我吃頓飯啊。」

「知道了，一定請。真的很謝謝妳。」

我掛斷電話準備回家的路上電話又響了。是久未聯絡的閔組長！我高興地接起。

「喂？始甫！」

「大哥，最近過得好嗎？」

「我很好，你很忙嗎？最近怎麼搞失蹤啊？」

「你也曉得，雖然我現在不是局裡的菜鳥，但還是一樣忙得要命，大家都是同行，你明明就很了解……。」

「哇，現在不是菜鳥了，還變得這麼伶牙俐齒。同行？哈哈哈。」

「哈哈，你怎麼知道我今天剛好休息？大哥你今天也不值班嗎？要不要喝一杯……」

「喂！話說慢一點，一提酒，我還真想開喝了。你最近還會邊喝酒邊哭嗎？」

「大哥！幹嘛提這個……。我現在不會哭了，不會了啦！有什麼事嗎？如果你不想請我喝酒，我要掛電話了。」

「小子，你怎麼還沒改掉這個壞毛病，幹嘛鬧脾氣？始甫，有什麼好事嗎？你今天聲音莫名聽起來很開心。」

「才沒有。我難得跟大哥通電話，心情莫名很好。」

「原來，聽到你這麼開心真好。但怎麼辦？我不是來約你喝酒的。」

「發生了什麼事？需要我幫忙嗎？」

「小子！原來你知道啊，答對了，哈哈。」

「當然。大哥會聯絡我，不是要喝酒就是出事了。」

「你這麼一說，我更覺得不好意思了。對不起啊，始甫。」

「哎喲，沒有啦，我開玩笑的，不要當真。是因為很高興才這樣說的，大哥不要小心眼愛計較，小氣。」

「小心眼？這小子！變得真油條。」

「是嗎？哈哈哈。」

「但是，始甫，這次事件很嚴重，相當棘手而且很急。」

「發生什麼事了？跟我說吧。」

「別在電話裡說，我們見面聊吧。我正在去你家的路上，馬上到……啊，你現在在家吧？」

「看來真的很急，沒先問我在哪裡就直接衝到我家……。我會準備好的，大哥到了就打給我，我馬上出去。」

「好，謝了。一會見。」

「是，大哥。」

我和閔組長通完電話就立刻跑回家，先進浴室沖澡，擦乾濕頭髮，打開電視。在換衣服等閔組長電話的時候，突然看見電視的新聞快報。主播說有人自殺了，畫面中出現一名男人的照片，字幕說是他是大法官。據說他昨晚跳進了漢江，現在才在南漢江下游發現了屍體。我本想再聽聽是什麼原因，正好手機響了，是閔組長打來的。我接起電話同時走出家門。前幾天，不是也有個國會議員自殺嗎？這次竟然是大法官。雖然不知道是什麼原因，但選擇自殺實在令人遺憾。

公職人員接二連三死亡……感覺不太對勁……雖說是自殺，但真的是自殺嗎……？等等，怎麼回事？我怎麼會有這種想法？這時候想這些幹嘛呢。自從當上了警察，我越來越常在腦海中編造莫須有的推理，無謂地放大一些小事……。

「南始甫！始甫！你在聽嗎？喂！南始甫！」

「啊，嚇我一跳！」

「喂！你在幹什麼？沒聽到我說話嗎？」

「啊，沒事。你現在在哪裡？」

「我在你家門前。是盧皮亞住商大樓，對嗎？」

「是路比亞大樓。你找對了，我這就出去。」

「喔！對，路比亞。哈哈，這小子……還不是一樣。」

「大哥，盧皮亞和路比亞哪裡一樣？我這就過去。」

「搞什麼？你聽到了啊？哈哈，好，快過來。」

閔組長跟我一樣記性不好，一直都記不住大樓的名字。他平時對案件一絲不苟，在這方面卻不在行，而我只是因為腦筋不好。

我推開大樓大廳的門走出去，就看見一輛布滿灰塵的老車停在面前。不知道上次洗車是什麼時候，一看就是閔組長的車。

我向車揮了揮手，駕駛座的車窗降下，我看到了閔組長的臉，旁邊的是安敏浩刑警。因為很久沒見到安刑警了，實在是很開心。

但是……啊，不。我又想起了原本忘記的事。雖說忘了，心中似乎還無法擺脫過去的感受。

這時，有人狠狠地搖了搖我的肩膀。

「喂！始甫！唉，這傢伙又來了，你在想什麼？」

「喔喔！是！大哥什麼時候走過來的？」

閔組長下車的時候好像叫了我好幾次，看來我恍神有一陣子，不僅沒看到閔組長靠近，也沒有聽到他說話。

「你還是老樣子，一專注就聽不見別人叫你。」

「啊哈哈，抱歉。我也沒辦法。」

雖說不是第一次發生了，但我仍覺得有些難為情，搔了搔頭。

「算了，反正你又不是第一次這樣。啊，安刑警也一起來了，沒關係吧？」

「當然了，沒關係。你這麼著急有什麼事？」

「先上車再聊吧。」

「始甫哥好。」

坐在副駕駛座的安刑警開心地轉頭，對後座的我打招呼。

「是，你好啊，安刑警。」

「不要這麼客氣，我年紀比你小。」

「不，我是巡警，你是警衛，一定要遵守禮貌，我如果不是警察的話那就無所謂。」

「是這樣嗎？組長。」

「嗯，現在是工作中，你們就按職級來吧。階級就是一切！」

「到底發生了什麼事？快告訴我吧。」

「喔，好。我要開車，先讓安刑警解釋一下，我在旁邊聽，你要一字不漏地好好說明。」

「組長你又來了，幹嘛老是緊迫盯人？我當然會好好說明，你說對不對，大哥？啊，我是說，南巡警？」

「別管他。他那臭個性改不了的。」

「就是說啊。」

「什麼？你們這些傢伙……」

閔組長豪爽地哈哈大笑，發動了汽車。

在前往目的地的車內，安刑警簡單扼要地說明了案情，閔組長也從旁補充了更多的細節。

安刑警說明完畢，這時車穿過江南警察署正門，停在了主樓前。

第3話
可疑的星形圖案

都敏警監和羅永錫警衛將至今收集的所有資料貼在辦公室一面牆上，試圖以分析結果的碎片拼湊出全貌。韓瑞律檢察官則回到首爾中央地方檢察廳，向檢察長報告目前為止的調查情況。朴旼熙巡警留在警署，對接受過江南地區精神病院和心理諮詢中心等治療，且居住在B點的人為對象進行調查。接下來，都警監和羅永錫警衛將分頭調查值得列入名單的嫌疑人。另外，崔友哲警衛和羅相南警查前往被認為是凶手居住地的B點，展開了現場詢問調查。

「崔刑警，真的就像都警監說的，這裡可能是殺人犯的祕密基地嗎？就算他是犯罪側寫專家……」

「羅刑警，不知道就不要亂說。你不清楚都警監是怎樣的人才會這樣懷疑。傳聞說，他在美國聯邦調查局內部也是一等一的高手，連他們都極力挽留，不願意放他走。聽說不惜提出了誘人的條件，但都警監為了栽培韓國的犯罪側寫師，不顧一切來到這裡。」

「真的嗎？那他應該去當教授講課，為什麼要跑前線……？」

「羅刑警！哎呀，別再說些無知的話了。前線才是教育的產房。都警監只有經手過美國的案件。他想親自負責解決在韓國發生的連續殺人和精神病態事件，親身體驗一下，這對培養韓國式的犯罪側寫師才有幫助。不是嗎？」

「喔，原來有這麼深的意義。哇，真是了不起的人啊。他在美國的待遇應該更好，年薪一定也更多。FBI究竟提了什麼誘人的條件？要放棄應該不容易……。」

「欸，你就是這樣，才會有人說你是醃蘿蔔[*10]。」

「崔刑警，怎麼可以這樣說我？太過分了。」

「所以講話要先經過大腦。有錢就好了嗎？名譽、使命感和愛國心，不就是這麼回事嗎？對都警監來說，這些可能比錢更重要不是嗎？就像我一樣，懷抱身為警察的使命感、對國家的忠誠。喂，在這一點上，我可是非常尊敬都警監。」

「咦，崔刑警你有那種東西嗎？」

「什麼？」

「哈哈，我開玩笑的啦……。喔，崔刑警，電話。好像有電話。」

「啊！等一下……。是，我是崔友哲刑警……。」

「崔刑警，是我，朴巡警。」

「啊，怎麼了嗎？找到什麼了嗎？」

「不是，沒有找到……。警察廳沒有打給你嗎？」

「警察廳？為什麼？」

「啊，李大禹大法官自殺了。」

「什麼？李大法官？自殺了？」

「是的。現在剛跳出新聞快報，警察廳在找你，你沒接到聯絡嗎？」

＊10：指單純、無知又愛發神經的人。

崔警衛把手機拿離耳邊，急忙查看通話紀錄。有好幾通不知道何時打來的未接電話。

「可惡……。朴巡警，我知道了，先這樣。」

李大禹是負責被告李弼錫議員的性暴力及性招待案件判決的大法官之一，在最高法院最終判決中，他一審宣判李弼錫議員有罪，二審最終判決則宣判無罪。而現在李大禹法官自殺了。

透過內部調查發現了李弼錫議員與李大禹大法官之間有利益勾結，自殺的消息對於一直在調查其中內情的崔友哲警衛來說，無疑是晴天霹靂。繼李弼錫議員之後，李大禹法官也自殺，這聽在崔友哲警衛的耳裡，就像是暴風雨前夕的不祥預感。

「崔刑警，怎麼了嗎？誰自殺？李大禹大法官嗎？」

崔警衛眼神呆滯陷入沉思，被羅刑警的詢問嚇了一跳，轉頭看著他。

「啊？喔，不，等一下。羅刑警，不好意思，現在得由你獨自行動了，我要去個地方，抱歉。調查結果回到局裡再說，在我聯絡你之前不要聯絡我，知道嗎？」

「有什麼事嗎？講清楚再走。」

「不了，你不需要知道，抱歉。今天我得一個人行動，我再打給你。辛苦了。」

「欸，崔刑警！」

羅警查不知道究竟發生了什麼事，只是呆看著崔警衛跑走的背影。崔警衛則是按下某個未接來電的號碼，撥給了某人，並急忙攔下一輛計程車離去。

一年前

「本席宣判被告李弼錫有罪，判處有期徒刑三年，緩刑四年。」

咚！咚！咚！

一名坐在旁聽席上的老人家聽到一審判決結果站了起來，身子微微晃了一下。坐在旁邊的崔警衛急忙扶住他。老人家就是被害者的父親。

「伯父，你還好嗎？」

「刑警，什麼緩刑？而且是短短三年……。那傢伙對我女兒做了什麼！因為他，我的女兒……嗚嗚，嗚嗚……。」

被害者父親一把抓住崔警衛，額頭靠在他胸前流著淚。

「對不起，伯父。這真的是……。實在是太骯髒了，居然會有這樣的判決……。」

坐在檢察官席上的檢察官走到旁聽席，向被害者父親低頭致意。

「對不起。我請求判處最高刑，結果卻是這樣，實在慚愧。我會繼續上訴，再審時我一定會讓他進監獄。」

「嗚嗚，檢察官……。請一定要抓到他，拜託了。請幫我女兒敏智伸冤吧，檢察官，一定要！拜託了！請把凶手……」

被害者父親抓住檢察官的手哀求道。

「檢察官，是需要更確切的證據和證詞嗎？還是被告方的論點有效呢？」

「那個，對方的律師團幾乎都是法官出身，所以不用說……。但如果有確切的物證就能拘留被告，結果就不一樣了。那個，崔警衛。李敏智的男朋友是怎麼回事？我突然聯絡不上他。」

「啊……我也不清楚什麼原因，他決口不提。我一直試著說服他，他好像還是拿不定主意，他明明知道一些事卻不願意告訴我……。我會盡量說服他，讓他在再審時出庭作證。」

「我……刑警，請問我可以見見他嗎？」

「伯父，那個……他說誰都不想見，他感覺非常不安。」

「這樣子啊……。是不是有人威脅他……？」

「我們也這麼認為，但他什麼都不說，最近也不願意見我了。」

「我們是不是應該把他從警察那裡轉移到安全的地方進行保護？」

「這必須得到當事人的同意，本人不願意，我們也沒輒。別太擔心，先靜觀其變吧。我們會一直守在他家門口。伯父不要太擔心，你最近臉色看起來更差了，我陪你去醫院看看吧。」

「不，沒關係。到上訴法庭審理之前還有時間，我休息一下就可以了。無論如何，謝謝刑警先生的關心。」

「崔警衛，伯父，我先走了。下次開庭日期確定後，我會馬上通知你。」

崔警衛原定於一審判決結束後調到首爾地方警察廳刑事科。他本以為這次一審判決很容易就能結束才接受調動。但由於被害者男友突然改變主意，使得審判的走向發生了變化。

不知道被告用了什麼方法，被害者男友不僅不願意作證，還推翻自己的證詞，說從一開始就沒有證據。最終沒能取得關鍵物證，被告僅被判為單純的猥褻及強迫陪酒罪，而非性暴力。

警方掌握的證據只有企劃公司代表和被害者之間的簡訊內容和對話錄音，沒有能證明被告李弼錫議員有性侵事實的確切物證。但在與公司代表的談話內容裡被承認的部分，只有企劃公司代表強迫被害者性招待李弼錫議員。

「刑警先生，敏智不是為了看到這種情況才自殺的。她明明被性侵了，還被議員威脅。如果不是那樣，她不會留下那種遺書。她絕對不會編造子虛烏有的事。」

「是的，我知道。但僅憑您女兒留下的遺書，無法證明性暴力和恐嚇。」

「刑警，不光是性暴力和恐嚇，她不是也說曾被多次強迫陪酒，還被陪酒的人性侵了嗎？放任這種沒良心的混帳是對的嗎？」

「我明白伯父的心情，連我都快要氣瘋了，何況是伯父。我們會盡全力尋找證據的。伯父，真的很抱歉。」

「除了我女兒，應該還有其他被害者吧？也許能透過她們找到更多的證據，不是嗎？」

「我們也考慮到這一點進行了調查，但現在還沒有找到其他被害者。在可能的上訴審理之前，我們會盡最大努力找到的。我會先再去試圖說服敏智的男友，他一定知道真相，現在一直躲著也很可疑。他也說過自己有新的證據，請再耐心等一下。」

崔警衛與被害者父親分開，為了再次說服被害者李敏智的男友去到他的住家。到達家門口後，立即與埋伏在車上的刑警們會合，觀察情況。

「有什麼動靜嗎？」

「沒有，崔刑警。他好幾個小時都沒出來，一直待在家裡。」

「是嗎？會不會……」

「哎呀，不會啦，別擔心。中餐館和披薩店的外送員有來過，他應該是叫了外賣。」

「這樣啊，辛苦你們了。再辛苦一下，交接的時候有特別注意事項，也要記得交代好，一刻都不能移開視線，知道嗎？」

「好，知道了，請不要擔心。」

「嗯，辛苦了。」

崔警衛拍了拍埋伏刑警的肩膀，下了車並往某處打了電話。

「欸，友哲。是今天吧？怎麼樣了？」

「系長，你能再給我一點時間嗎？」

「你在說什麼？怎樣？他該不會被判無罪了吧？」

「不是無罪……但跟無罪差不多。」

「什麼……啊，是緩刑啊？」

「是的，可惡，法律都能這樣搞，那抓犯人有什麼用？不是嗎，系長？」

「崔友哲，怎麼連你都這樣。詳細的事情見面再說。現在這裡也忙得不可開交。你什麼時候要上來？」

「明天上午上去再說，可以吧？」

「嘖，也沒辦法，那就明天見。辛苦了，不要太傷心。」

「是，謝謝系長。」

崔警衛掛斷電話，走向被害者男友呂南九的家門口。

叮咚、叮咚。

「哪裡找？」

「呂南九先生，我是崔友哲刑警，方便借用……」

「刑警先生，我無話可說。請回吧。」

呂南九說完便慌忙切斷對講機，但崔警衛若無其事地再次按了門鈴。

叮咚、叮咚。

「……。」

叮咚、叮咚、叮咚。

「我已經說過了，我沒有話要說，幹嘛一直這樣？真是的！」

「呂南九先生，判決結果出來了。」

「啊？怎麼樣……不，那跟我有什麼關係……。」

「呂南九先生，我們面對面談談吧，好嗎？」

「刑警先生，我真的無話可說，請回吧……。」

「不是的，我不是要聽你說什麼，而是我有話要跟你說。還有，你一個人待在這很危險。」

「什麼？」

「詳細情況我進去再說。是真的，我有話要說。我絕對不會問任何問題。這樣可以嗎？」

「啊……那好吧。請稍等。」

嗶嗶，喀鏘！

門終於打開，崔警衛鬆了一口氣，微笑著走進門，呂南九就在門口等著。

「刑警，判決結果是……？」

「太好了，你還會關心判決的結果。」

「不，那是因為……」

「好，我知道。你也感到很混亂。你還是學生就被捲入案件中處境很艱難。今天的一審宣判有罪。」

「真的嗎？太好了，啊……。」

呂南九既高興又感激，無法掩飾激動的心情，流下了眼淚。

「不知道該不該高興，因為是緩刑，被告不會被收押，所以我們打算上訴。」

沒想到呂南九聽了崔警衛的話後，低下頭抽泣著喃喃道歉。

「呂南九，你是不是被威脅了？如果是那就更危險了。你是重要證人，不是還有重要的物證在你這嗎？對方知道之後威脅你了吧。對方說了什麼？不要再自己面對，申請人身安全保護怎麼樣？」

「嗚嗯……。不，沒關係，拜託不要再來找我了，拜託。」

呂南九用袖子擦去眼淚，鄭重又堅決地說道。

「到底是誰讓你變成這樣的？敏智的死最憤怒、最悲傷的人是誰？不就是你嗎？你怎麼變了這麼多？你說啊？」

「刑警先生，你答應過什麼都不會問的。拜託請不要管了，我沒什麼好說的了，拜託！」

「這樣做對敏智小姐來說真的好嗎？還有時間，二審……不，就算上到最高法院，我們也一定要讓那個怪物受到處罰，所以你再考慮一下，呂南九先生。」

等呂南九終於轉過頭看著自己，崔警衛從皮夾裡掏出名片遞給他。

「如果你改變心意，隨時聯絡我，拿去，這是我的聯絡方式。」

「刑警，一定要是我嗎？你能保證我出面，他們就……會為此付出代價嗎？是嗎？」

「呂南九，你說『他們』？除了李弼錫議員，還有誰？還有其他線索嗎？你知道些什麼吧？對吧？」

「啊……沒有。」

呂南九瞬間慌亂，避開崔警衛的眼神。

「南九，我們會保護你不受他們的威脅。要將他們定罪，就需要你的幫助。把你知道的實情說出來，好嗎？」

呂南九低著頭沉思一會後搖了搖頭，再次抬起了頭。

「你能保護我嗎？你真的能保護敏智和我嗎？不只我們，敏智的爸爸你也有辦法保護嗎？」

「啊？敏智小姐的……父親？這是什麼意思？」

「你能承諾可以保護我們的父母嗎？」

「到底是誰在威脅你的家人？」

呂南九再次撇開頭避開崔警衛的視線。

「我答應你。但你要我保護敏智小姐，那是什麼意思？」

「……。」

「你真的什麼都不說嗎？」

「……。」

「我們會保護你的安全，但是，這樣做也是有極限。所以你申請人身保護吧，好嗎？」

「……。」

「呂南九先生，你連我們警察都不相信嗎？也是，很抱歉，讓你無法相信警察，真的很遺憾。我沒有要責怪你的意思。因為我們目前犯了一些錯誤，所以我能理解你不相信警方的心情，但是南九先生，如果有需要，請隨時聯絡我。我不是以刑警的身分這麼說，而是作為一個人真心想幫助敏智小姐和你。」

呂南九始終緊閉雙唇，什麼話也沒說，崔警衛把名片放在桌子上說道：

「好吧，我先走了，謝謝你抽空見我，請好好休息。」

「對不起，請不要再來了。」

閔宇直警正接到某人電話，皺起了眉頭。通話結束後，他指示安敏浩警衛把車開到門口。安警衛聽從閔警正的指示跑向停車場。

閔警正再度撥出電話，一邊急忙要趕往某處。南始甫巡警一臉茫然地看著安警衛跑遠，不知道自己是該跟閔警正一起出去，還是在座位上等，猶豫不決之際，閔警正在遠處大聲說：

「始甫呀！那扇門。你進去指揮室裡等著。朴刑警馬上會來帶你，知道嗎？」

閔警正沒交代是什麼急事，只說朴刑警要來，又把手機放到耳邊急忙走了過去。南始甫呆看著他遠去的背影，並推開閔警正說的指揮室的門走了進去。

指揮室裡空無一人。南始甫只能尷尬地站著觀察四周，不知該如何是好。南始甫進入的地方是特別搜查本部指揮室。大約過了十分鐘，在他一個人看著指揮室的資料時，有人打開門走了進來。

「咦！請問你是哪位？這裡非相關人員禁止出入……。」

「啊，是閔宇直組長要我在這裡等……。」

「啊！你就是閔組長說的那位嗎？」

「喔，是的。沒錯，請問妳是朴刑警嗎？」

「是的！我是巡警朴旼熙，很高興見到你。」

「妳好，我是南始甫巡……」

「啊，你是實習[*11]的？閔組長說是位有特殊能力的人，我還很期待地說。」

「不，不是那樣的……」

「哎！南實習生！你是因為隸屬不同部門才不把我當回事嗎？還是因為我是巡警？我都先自我介紹了，你是不是應該馬上敬禮並自我介紹呢？你是哪個單位的？」

「呼……是的！忠誠！我第一次來這裡，所以疏忽了，朴旼熙刑警。」

「好吧，在實習期犯錯難免，以後無論在哪裡見到上級，請立即舉手敬禮，知道嗎？就叫我朴巡警吧。」

「是的，朴巡警。我隸屬大方派出所。閔組長突然帶我來這裡。不過閔組長和安刑警都離開了，有什麼事嗎？」

「喔，他們去了案發現場。剛才接到大法官李大禹自殺的消息，得趕緊過去。」

「啊，自殺……。大法官，是新聞快報上的那個……？」

「沒錯。雖然不知道一開始怎麼傳出去的，但聽說警方才剛確認死者身分，就馬上出現了新聞快報。因為這樣，現在轄區警局鬧得沸沸揚揚，案發現場很失控。不管怎樣，組長給了我案發現場的資料，要我負責詳細說明給你聽，可以開始了吧？」

「啊，是的。麻煩妳。」

正當朴巡警看著資料開始進行說明的時候，指揮室的門被打開，有人走了進來。

「人都去哪裡了？」

「檢察官妳來了。現在崔友哲警衛和羅相南警查正在B點進行調查。閔宇直組長和安敏浩警衛因為李大禹大法官的案件去了案發現場。」

「對，李大禹大法官……。但這位是……？」

「啊，這位是閔宇直組長說的，會對這次調查有幫助的人，是大方派出所南實習警員，我正要向他說明案件……」

「什麼？實習？還沒有正式被任命啊。啊，抱歉，我不是因為你是實習就瞧不起你，但畢竟是這樣的案件……。我會打電話給閔組長確認的，在那之前請稍等一下。」

「不，那個……」

「先帶他到旁邊的會議室。快。」

「啊，是的。請跟我來。」

南始甫在這難以化解的誤會氣氛之中，尷尬地站在原地。

「你在做什麼？還不快跟去。」

＊11：韓文中始甫和實習為同音。

「啊……是的。呼……。」

河南市三國醫院前擠滿了採訪記者，媒體之所以搶在警方發布前報導了大法官李大禹死亡消息，是因為一名記者在拍攝南漢江水質汙染的報導時，偶然發現了大法官的屍體。

閔宇直警正和安敏浩警衛把車停在醫院前，小心翼翼地穿過擠滿記者的醫院大廳，進入了太平間。太平間裡有來自京畿南部地方警察廳的刑警，站在一旁的是崔友哲警衛。

「閔組長你來了。安刑警也來啦？」

「這是怎麼回事？」

崔友哲警衛帶著進到太平間的閔警正到放置李大禹大法官遺體的地方。

「組長，這位是南部警察廳刑事科組長朴哲基警監。警監，這位是首爾警察廳廣域搜查隊的閔宇直系長。」

「你好，久仰大名。」

閔宇直警正、安敏浩警衛與朴哲基警監進行了簡單的問候。

「李章宇刑警！過來一下。」

「是！」

正在查看遺體的李章宇刑警一聽到朴哲基警監的呼喚立刻跑來。

「這位是李章宇警衛。打個招呼吧，李警衛。」

「是，你好，我是警衛李章宇。」

「辛苦了，我是閔宇直。」

「你好，我是警衛安敏浩。」

「很高興見到兩位。」

「打過招呼了，來聽聽是怎麼回事吧？」

「李章宇刑警是最先抵達案發現場的。」

「是，系長。我接到報案電話後，與鑑識組一同前往案發現場時，採訪記者已經到了，很難控制媒體。最先發現屍體的是在案發現場進行其他報導的記者和工作人員。據說是由接到報案的１１９救援隊把屍體從河裡搬到岸上。鑑識組建議驗屍後看報告，但家屬反對。」

「為什麼?有什麼特殊的理由才建議驗屍嗎?」

正在查看遺體的安警衛突然插話，看向李章宇警衛，李警衛猶豫著沒能馬上回答，於是崔警衛接著說：

「鑑識組說屍體上有多處瘀青和傷口，要驗屍才能知道是自殺前造成的，還是漂到南漢江時造成的。」

「崔刑警，就只有這個理由嗎?」

閔警正觀察李章宇警衛和朴哲基警監的臉色，試探地問了崔警衛。

「啊……。那個，有他殺的……」

「崔警衛！」

朴警監急忙打斷他，望著閔警正說道：

「系長，這還沒有確認。鑑識組組長個人推測，從漂流到南漢江的屍體發現地點來看，應該是自殺後才有身體上的傷口或瘀青。另外，車上發現了遺書。這裡屬於我們的管轄範圍……」

「即便如此，還是要說服家屬……」

安警衛又在朴哲基警監說話的時候突然插嘴。

「你是安敏浩警衛？上級在說話……」

「不，那是因為……」

「安刑警，朴警監沒說錯，你老實點。」

眼看朴警監和安警衛就要發生爭執，閔警正於是出面制止。

「讓系長開口我都不好意思了。畢竟我是上級，正在說話突然被插嘴……」

「朴哲基警監，我已經聽懂了。就這樣吧。」

「啊……是的。」

「話說回來，剛才說有遺書……。我知道了。崔刑警，等等讓我看一下。」

「是的，組長。」

「安刑警你先去車上。不知道始甫怎麼樣了，打電話問問看。」

「好，我知道了。朴哲基警監，有冒犯之處還請見諒，很抱歉。」

「不會。因為案件的關係，我變得太敏感了……。下次再好好聊。」

「好，那我先離開了。李刑警下次見。」

「安刑警，慢走。」

安警衛離開太平間，閔警正和崔警衛查看遺體，並短暫地討論。沒過多久，兩人也走出了太平間。

「怎麼這麼快就出來了？」

「哪有快？該看的都看了。」

「話說回來，組長，有點奇怪……。」

「你跟始甫通過電話了嗎？」

閔警正打斷安警衛的話，問道。

「啊……。我現在就打，不過你打算什麼時候回去？」

閔警正沒有回答安警衛的問題，而是看著崔警衛。

「……為什麼要看我？哈啊，我還要待一會才離開。」

「聽到沒，你現在知道答案了，快打給始甫。」

「是，知道了，呼……。」

安警衛嘆了口氣，拿出了手機。

朴旼熙巡警帶南始甫巡警來到了指揮室旁邊的小會議室。由於韓瑞律檢察官突然出現，中途也不方便打斷重新自我介紹，南巡警只能任由朴巡警介紹自己。

「你在這裡等一下。我再跟檢察官說說看。啊，不然我打給組長吧。要不要喝杯茶？」

「沒關係，我來打給組長吧。」

「啊，這樣啊。那我跟檢察官說一下再過來。」

朴巡警走出去再次回到指揮室。南始甫撥電話給閔警正，同時環視著會議室。嘟嘟聲持續響著，但沒人接電話。他掛斷電話後呆望著前方等待朴巡警。

雖說是會議室，但照明太暗，感覺就像偵訊室一樣。

南巡警呆坐著胡思亂想，這時手機震動響起，他心不在焉地看了看手機畫面，按下了通話鍵。

「南始甫巡警，我是安敏浩。」

「安刑警，你人在哪裡？」

「這裡是京畿道河南，你見過朴旼熙刑警了嗎？」

「有。但是那個……檢察官來了之後，我就被趕出指揮室了。」

「被趕出來了？發生什麼事了嗎？」

「沒有什麼事，但這解釋起來有點……。我有打給閔組長，但他沒接。」

「你有打給他嗎？什麼時候？」

「啊，我幾分鐘前打的……。看來他很忙？」

「是的，可能是忙著工作才沒接到。不過什麼叫你被趕出來了，什麼意思？你說檢察官，是韓瑞律檢察官嗎？」

「我不知道她的名字，還沒來得及打招呼就被趕到了旁邊的會議室。反正就變成這樣了。不過你們怎麼會去那裡？是因為李大禹大法官的事嗎？」

「你是聽朴刑警說的嗎？對，沒錯。詳情……不，現在這不是重點……。我知道了，我來打給朴刑警吧。」

「不用了，請先快點回來吧。大概什麼時候過來？」

「還不確定，但應該很快就會回去了。你再等一下。」

在南巡警和安警衛通話的時候，朴巡警在指揮室向韓檢察官說明剛才的情況。

「檢察官，他雖然還是實習卻被閔組長親自引薦，從這一點來看，應該是能對調查有所幫助的人。妳有跟閔組長通過電話了嗎？」

「他沒接。話說回來，都警監也不在嗎？」

「啊，是的。警監和崔友哲警衛一起離開的，好像是回科學搜查隊。要我打電話嗎？」

「不用了，我來吧，調查進行得如何？」

「崔友哲警衛和羅相南警查正在B點進行調查，閔組長和安敏浩警衛也會過去……。他們剛才帶實習警員過來這裡，先去處理李大禹大法官的案子。」

「這樣啊。那麼，預計下一起犯罪會發生的A點，那裡的人力部署進行得如何？」

「我們首先會對A點進行調查，正在整理沒有監視器的偏僻場所或死角的清單，並且向轄區警局請求協助，也盡可能投入了派出所的人力，正在進行調查。等A點調查結束後，會繼續調查下一個預測犯案地點。」

「好，在預測的犯案時間集中部署人力⋯⋯，不過剛才那個實習警員叫什麼名字？我好像沒聽到他名字⋯⋯。」

「啊⋯⋯對不起。我沒問他的名字。」

「⋯⋯。」

朴巡警覺得不好意思，用雙手捂住了自己的嘴，兩頰像氣球一樣鼓起來。

「朴巡警這種時候看起來真可愛。」

韓檢察官豪爽地笑著向朴巡警擠了擠眼睛。

「他姓南，對吧？」

「是的，他說自己是南實習。閔宇直組長說他能協助這次的案件調查，是有特別能力的人。將他排除在外沒關係嗎？組長有交代我對他詳細說明案件資料。」

「嗯，現在還不確定他的身分，等我向組長確認完再說明也不遲。辛苦了。啊，對了。組長來的話，請轉告他給我打個電話，說我已經把報告呈給部長了。」

「好，我知道了。路上小心，檢察官。」

「辛苦了。」

韓檢察官離開之後，朴巡警正打算要去會議室時，卻被科長突然叫過去處理了幾項業務，結果把南巡警忘得一乾二淨。直到結束科長指示的業務，坐下來喝咖啡的時候，才突然想起南巡警還在會議室。因為對長時間獨自在會議室的南巡警感到抱歉，她端著一杯咖啡，急忙走向會議室。

朴巡警一進入會議室就無奈地笑了出來。因為開門的那一刻傳來了響亮的鼾聲。南巡警喝酒喝到凌晨，也沒睡好覺，處於非常疲憊的狀態，然後剛吃完第一餐就被帶到這，莫名被關在小會議室……。再也承受不住疲勞，趴在桌子上睡著了。

「那個……。哈囉，南實習生！起來了，南實習生！」

「啊！啊！這裡……呃！對不起，我好像睡著了。」

南巡警揉著眼睛站起來，環顧周圍，看到朴巡警瞬間清醒。

「不會啦，沒關係。你好像很累。」

「啊……是的，其實我昨天喝酒喝到很晚。」

「不好意思，剛才忙得沒問你叫什麼，請問你大名是？」

「啊？啊……那個，我的名字叫始甫……。」

「不是，我是問你的名字，看來你還沒睡醒。我不是問你職級，是名字。」

「對，我的名字……就叫始甫。」

「啊？你的名字是始甫……嗎？」

「是的，我是巡警南始甫。剛才還沒說完就被打斷了，所以……。」

南巡警覺得不好意思，搔著頭尷尬地笑了。

「啊啊……對不起，我搞不清楚狀況，還很沒禮貌地要你敬禮。啊，該怎麼辦才好。」

朴巡警用雙手捂著臉，用力搖頭。

「啊，不是的。沒關係，是我錯過了說話的時機。真的沒關係。比起那個，我要在這裡待到什麼時候？我還有工作……。」

「啊！你聯絡過組長了嗎？」

「我和安敏浩刑警通過電話了。他說很快就會回來，但好像晚了。安刑警沒有其他消息嗎？」

「對，還沒有，我被科長叫去處理一些事情，沒注意到，對不起。我先向你說明指揮室的案件分析資料。不會花太久時間。」

「檢察官還在，沒問題嗎？」

「檢察官已經離開了。而且你不是實習生，只是正好叫始甫而已。」

「啊，是的。那我知道了。」

朴巡警打開會議室的門走了出去，指了指揮室。南巡警停下腳步，朝打開門的朴巡警點頭招呼後，先行走向指揮室。朴巡警隨後跟上，關上會議室的門說道：

「坐這裡吧。如你所見，牆上貼的都是案件相關資料。這是江南區的地圖，上面的圖案是大衛之星。

你可以看到犯罪現場和星星的頂點重疊。這是預測嫌犯身分後製作模擬的嫌犯樣貌，畫像可能不準確，因為沒有目擊者。」

「那是怎麼畫出來的……？」

「啊，都警監對至今發生的殺人事件進行犯罪側寫，預測分析犯人的身體條件和長相等後製作的。很厲害吧？」

「真的嗎？哇，好厲害。但光憑這個……」

「是的。也許完全不準，但還是請相信警監的預測吧。他可是被公認的犯罪側寫專家。」

「啊，對不起。我說話不經大腦。」

「不會啦，會有疑慮也是當然的。這些是連續殺人案的共同點和案件概要，看過應該就能理解了。」

在南巡警看資料的時候，朴巡警小心翼翼地問道；

「你是怎麼認識閔組長的？」

「閔組長嗎？嗯……。這說來話長……。」

南巡警從為了救試圖自殺的姜素曇，卻被誤認為是色狼抓到了警局，於是見到閔宇直警正的事情講起。不過，他隱瞞了自己能看到屍體幻影一事。

他生動卻稍微誇大了自己與閔警正一起抓住殺人犯的故事。這時結束探訪調查的羅相南警查滿臉疲憊地擦著汗，突然打開指揮室的門走了進來。雖然是初夏，但今天白天氣溫依舊很高，他一個人到B地點一帶四處打探查訪，似乎已經筋疲力盡。

羅警查一進入指揮室就打開冰箱門，拿出礦泉水咕嚕咕嚕地狂灌。正在聊天的兩人被羅警查大聲開門的聲響嚇一大跳，停了下來。靜靜地看著逕自走到冰箱前的羅警查。

羅警查喝完一小瓶礦泉水後，又拿出另一瓶，喝了幾口之後，才來回看了看朴巡警和南巡警，拖著沉重的腳步走到他們坐著的地方。

「辛苦了，羅刑警。」

「是。朴巡警妳也辛苦了，組長和崔刑警還沒來嗎？」

「對，還沒有。羅刑警，這位是組長說過有特殊能力的人。」

「你好。我是南始甫巡警，很高興見到你。」

「實習生？巡警？什麼跟什麼？你到底是什麼職別的？名字是？」

羅警查一臉茫然地問，朴巡警噗哧笑出來。

「妳笑什麼？南巡警？南實習生？而且有什麼好高興的？看到指揮室還不清楚嗎？現在正在調查殺人事件！是要高興什麼？」

「啊，是我說錯話了。對不起。」

「羅刑警，你是怎麼了？發生了什麼事嗎？」

「什麼事？啊，是因為天氣太熱了。夏天真的不適合我，自己一個人到處跑更累。還有朴巡警，我有說錯嗎？難道我說的不對嗎？」

「是的，你說得都對，但是……。啊，這位是羅相南警查。羅刑警，這位是南始甫巡警，他的名字叫始甫。」

「喔？你叫始甫？怎麼取這種名字……。不，我不是那個意思……。你懂吧？」

「是的！我知道，沒關係。因為我的名字發音，這種狀況我常遇到……。」

「是啊，應該聽很多次了吧。不過你和閔組長是什麼關係？」

南巡警一想到又要重新說明，就覺得頭暈腦脹，猶豫片刻說道：

「啊……就是說，以前因為某件事偶然認識。可以說是兄弟般的關係，哈哈。」

「什麼？兄弟？真的嗎？」

「是的，羅相南警查，我私下喊他為大哥。」

「你語氣怎麼突然變這麼嚴謹？」

「啊……因為羅警查你紀律嚴明，所以我不自覺地……想起了剛被調到派出所的時候，哈哈哈，」

「哈哈，真是個有趣的傢伙。對了，朴巡警解釋過案件了嗎？」

「還沒有……。他說組長已經稍微解釋過了，所以我就說明分析資料……。然後聽了一些組長和南始甫巡警合力破案的故事。」

在工作時間閒聊，朴巡警不好意思笑了笑。

「是嗎？那就繼續吧。」

羅警查找了個位子坐了下來。

「啊？但是……。幾乎都說完了……。」

「什麼？這麼快就說完了？那就從頭再說一次吧。」

「啊，好的。就是說……」

南巡警再次講述了三年前與閔警正的故事。雖然是同樣的內容，但朴巡警像是第一次聽到一樣全神貫注。閔警正這些過去只能從新聞報導和傳聞中得知的事蹟，現在卻能親耳聽見，羅警查不禁拍手感到新奇，說自己不知道原來發生了那樣的事。在南巡警描述鷺梁津站蔡菲盧系長和閔宇直警正之間發生的事時，羅警查更是連連發出感嘆。聽到姜素曇因捲入槍戰而喪命，他還望著南巡警給予安慰。

「所以你才會來當警察嗎？因為受到組長的影響？」

「是的。」

「南巡警，我幫你介紹一個好女人。哇，你真是純情男子。不管怎樣，既然我們要一起工作了，以後就好好相處吧。你多大了？」

「因為我很晚才考進來，今年二十九歲。」

「什麼？二十……九……。」

「啊！和羅警查同歲，呵呵。」

羅警查一時感到尷尬，說不出話來不知道該怎麼辦。

「哎，在組織裡看的是職級。羅警查你放輕鬆就好。」

「喔？喔……。對，就是說啊，還是以職級優先，對吧？」

「看來羅刑警很顯老。我二十四歲，請多多指教。」

「什麼呀？朴巡警，妳怎麼這樣說我？」

喀噔！

三人正聊得起勁，指揮室門口傳來了關門聲。不知道門是什麼時候打開的，閔宇直警正和安敏浩警衛走了進來。

「你們在聊什麼，這麼開心？」

「我們回來了。」

安警衛站在閔警正身後揮手致意。

「你回來了，組長。」

閔警正一出現，三個人一齊從座位上站了起來。

「組長，怎麼現在才回來？難得我放假，你真是太過分了。」

「始甫呀，真抱歉。通融一下吧。朴刑警，妳有把資料都拿給始甫……南巡警看，好好說明了嗎？」

「啊……。我有給他看了資料，那……」

「是的，組長，我都聽說了，但我要做什麼……？」

羅警查突然摟住南巡警的肩膀搖晃，上下打量著他輕蔑地說道：

「就是說啊，組長。南巡警要做什麼？他看起來不像擅長抓連續殺人犯的人啊。」

「喔喔，對啊，你沒看錯。你們剛剛都沒聊過嗎？他們都還不知道？」

「組長！」

南巡警嚇一跳大喊出聲，想要堵住閔警正的話。

「幹嘛？又沒關係。南巡警，如果要一起調查這個案子就得讓大家知道。」

「什麼意思？南巡警，你還有什麼事沒告訴我們嗎？」

「你有說三年前和組長一起破案，除了這個還有嗎？」

「啊！沒錯。聽說南巡警那時幫了大忙。」

「不，我哪有幫什麼大忙……。不是那樣的，只是稍微……」

「沒錯，當時給了我很大的幫助，還救了我和安刑警的命。不是嗎，安刑警？」

「對，羅刑警你聽說的沒錯。」

羅警官激動說道：

「真的嗎？哇嗚，看來是真的。那時候我只有看電視上的報導和聽別人說，不清楚來龍去脈。哇，竟然有這種事，天啊。」

「還有羅刑警，你還是叫朴旼熙『巡警』嗎？我說過好幾次了。」

「啊，抱歉。叫習慣了……。以後會改正的，不好意思，朴巡……刑警。」

「啊……。不會啦，沒關係的。」

「哪裡沒關係？朴刑警現在也是堂堂特搜部的刑警，應該要有自覺。只要羅刑警又叫妳巡警就要糾正他，知道了嗎？」

「是，組長。」

「我會小心的，組長。」

閔警正點點頭說。

「啊，本來想聊點重要的事，結果扯遠了。總之，南始甫巡警過去幫了我很大的忙，我敢打包票，他手上掌握偵破這次連續殺人案的關鍵！」

「真的嗎？」

「哇，南巡警這麼厲害啊。」

南巡警聽了瞪大眼睛看著閔警正。

「組長？你這是在說什麼？」

羅警查將他的小眼睛瞪到最大，再次上下打量了南巡警。朴巡警則是吃驚得張開嘴說不出話來。而南巡警只能露出為難又尷尬的笑容。

●

十個月前，京畿南部地方警察廳

崔友哲警衛為了保護被害者男友呂南九的人身安全，在他家門口安排了警察埋伏，並繼續說服他，卻沒有任何效果。

二審開庭日即將到來，除了一審中提交的物證之外，沒有找到其他證據或證人。警方好不容易找到了其他被害者，但該被害者說礙於和嫌犯達成了金錢方面的協議，不能出庭作證。如果在沒有追加物證或新證人的情況下進行二審，判決結果肯定不如一審的判決。

二審開庭日就要到來，被害者父親只能無能為力地看著時間一點一滴流逝，期間伴隨著巨大的痛苦。崔友哲警衛自責，為了說服唯一的希望，也就是呂南九，費盡了心思。

「崔刑警，你還好嗎？」

「啊！系長，你來了。」

為了鼓勵因李弼錫議員的性暴力事件而受苦的崔友哲警衛，閔宇直警正來到了京畿南部地方警察廳刑事科。

「事情好像不太順利？」

「不是不順利，是走到死路了，再這樣下去對方就會無罪釋放，我真的快崩潰。」

「被害人的男朋友還是老樣子嗎？」

「對，不知道他是受到了什麼威脅，女友都被逼到自殺了……。」

「崔刑警，我明白你的心情，但話不能這麼說，他一定有什麼苦衷，你要不要再去跟他聊聊？」

「我去找他拜託了好幾次，他根本什麼都不肯說，大哥你根本不懂……」

「友哲！是啊，我不懂，但如果你不是當事人，就不要擅自下定論。還有，他怎麼可能會甘願如此，肯定有什麼不得已的原因。」

「啊，所以說啊，到底是什麼苦衷，至少要告訴我，一直說不行、沒有，什麼都不肯說。」

「喂！友哲！你為什麼一直在抱怨？抱怨就能解決問題嗎？冷靜一點，怎麼回事？為什麼會這樣心浮氣躁？發生什麼事了？」

「啊……。不，對不起，系長。我太焦慮了……才會失控，一時公私不分。」

閔警正輕輕地嘆了一口氣問道：

「你有什麼打算？」

「我不知道，很茫然，你應該也很清楚，最近吵著要司法改革、政治改革，鬧得不可開交，但那些有權有勢的人依舊逍遙法外……我卻無能為力，找不到確切的物證，真是氣死我了。每次見到被害者的父親，我都快受不了。親眼看著他日漸消瘦……心急如焚卻沒有件事是順利的。該死，這種時候我真的很後悔當警察。」

「崔刑警，我非常理解你的心情。這種情況會感到心累很正常。每當意識到法律沒能糾正不法的時候，真是會逼瘋人。我懂，我也和你有一樣的感受。不過還有時間啊，我們再想想辦法吧，好嗎？要不要我去見見他？我是說被害者的男友。」

「系長嗎？真的嗎？」

崔警衛眨了眨眼睛，但馬上回答：

「不行，系長去見也行不通的，他真的什麼都不說……」

「我還是親自去看看吧，總是要試試看，光坐著煩惱能解決什麼事？答案永遠都在現場。讓我們直接去尋找解決方法吧，快起來。走吧，崔刑警你帶路。」

閔警正從座位上站起來，抓住崔警衛的手臂，拉他起身。

「是的……系長說得對。現場，沒錯。如果可以的話，請系長好好說服他。」

「好。我去看看能不能幫上忙。」

崔警衛讓閔警正坐上自己的車，駛向被害者男友呂南九的家。他們到了門口，崔警衛按下門鈴。

「哪位？」

「呂南九先生，我是崔刑警。」

「你到底要來幾次？請回吧！」

「呂南九先生，我是首爾地方警察廳廣域搜查隊的閔宇直刑警。我有話要對你說。」

「廣域搜查隊？有什麼事嗎？我已經說得很清楚了，我無話可說。」

「不好意思，關於李敏智小姐，有了新的證據，所以我來確認一下。」

「新的證據？是什麼？」

呂南九嚇了一跳，提高音量。站在閔警正旁邊的崔警衛也同樣感到驚訝，瞪大眼睛看著閔警正。

「先讓我們進去再說吧，請開門。」

「啊……是的，請進。」

嗶嗶，喀鏘！

大門打開後，閔警正走了進去，崔警衛跟在後頭小聲問道：

「系長，你在說什麼新的證據？為什麼我不知道……」

「你說什麼？」

「你剛才說有新的證據……」

「怎麼會有那種東西。安靜，跟進來。」

閔警正說著莫名其妙的話，微微一笑。崔警衛一頭霧水眨著眼睛，搖了搖頭搞不懂他在想什麼。

「是什麼新證據？」

閔警正一踏入玄關，就看到眼前站著一名男人劈頭發問：

「啊！你好。我是閔宇直刑警。你是呂南九先生嗎？」

「是的，所以是什麼證據？」

「進屋裡再說吧，我可以進去嗎？」

「我也來了，南九先生。」

呂南九聽說有新的證據，所以沒拒絕兩人進到家裡。大門一關上，他又立刻著急問：

「請告訴我，有什麼新的證據？」

「啊，那個。你一個人住嗎？」

「什麼？對。我爸媽暫時回故鄉的親戚家去，現在只有我一個人……。」

「這樣啊。你家真不錯，很溫馨。」

「不是，別說這些廢話，快告訴我吧。新證據是什麼？」

「啊，對，抱歉。我來跟你說明，我們找到敏智小姐留下的一封信，信中有關於你的事……」

「哪裡來的信……。內容是什麼？可以跟我說嗎？」

呂南九皺著眉頭看著閔警正，在一旁的崔警衛則是驚嚇得兩眼瞬間睜大。

「那是……遺囑……所以未經敏智小姐父親的同意，不能告訴你。」

「什麼？既然你不打算告訴我，那你來這裡做什麼？」

「因為有事想跟你確認。」

「又想要確認什麼？」

呂南九皺眉，不耐煩地問道。

「呂南九，你究竟在想什麼？」

「什麼意思……？」

「你到底在躲什麼？突然說沒有證據，也不願意作證？原因是什麼？你不覺得對不起敏智嗎？你們不是相愛過嗎？」

「我已經說過了，不是突然沒證據，是本來就沒有什麼證據。沒有的東西我能證明什麼，所以我才說我沒辦法。」

「南九，敏智一定有留什麼給你，她自殺前跟你聯絡也有留下紀錄！在信中都寫了……」

就在閔警正越來越激動時，崔警衛抓住他的肩膀，低聲道：

「系長，你這是在幹什麼？」

「你說什麼？信裡有寫……她留了什麼話要給我嗎？」

「細節正在調查中，我不能告訴你。比起那個，呂南九，我知道你被威脅了，我理解你為什麼會這麼做，但如果沒有你的證詞和物證就不可能勝訴。拜託，為了敏智，請你站出來。」

呂南九可能被閔警正的話動搖了，一言不發沉思著。

「呂南九……」

「崔刑警，你等一下。」

為了給呂南九獨自思考的時間，閔警正將崔刑警拉了回來，阻止他繼續說下去。

「刑警先生。」

「是，呂南九先生。」

呂南九轉身背對，苦思後下定決心走到閔警正面前說：

「刑警先生，我雖然被威脅了……不過要是我作證的話……」

「是，如果你作證……請繼續說。」

「崔刑警，別插嘴。南九，沒關係，你慢慢說。」

「那就是……敏智……我擔心她會死兩次……。比起我自己的死，我更受不了的是敏智……敏智……嗚嗚……」

「崔刑警，拿衛生紙。」

「啊，是的。」

呂南九瞬間情緒湧上再也忍不住，放聲大哭。

「南九，用這個擦一擦。等你冷靜下來再說，沒關係。為什麼說敏智會死兩次，這是什麼意思？」

「嗚，那個……其實有一段影片。」

「影片？真的嗎？那……」

「崔刑警！」

「啊！對不起……。」

崔警衛忍不住又向前插嘴，被閔警正發火制止，崔警衛露出「糟糕了」的表情，搔著頭往後退。

「那個影片……不可以公開，但是那些傢伙……散布到網路上……那些混帳……。」

呂南九邊說邊握緊拳頭，渾身顫抖，用力咬著牙壓抑怒火。

「那些？所以不只一個人？」

「一個人？哈！所以說警察靠不住……。你們有辦法承擔後果嗎？沒有警察和檢察官有辦法解決的，所以請回吧！」

南九激動地打開門，用眼神示意閔警正和崔警衛出去。

第4話
殘酷的現實

漆黑的大廳裡一片寂靜，不知從哪裡傳來水滴落下的細微聲響也清晰可聞。是洗手間洗臉台發出的聲音，還是水槽發出的聲音？水滴聲伴隨著某人走過來的皮鞋腳步聲。燈一盞接一盞地亮起，大廳瞬間燈火通明。

這裡是開門營業前的俱樂部。在燈光之間，一位身穿整潔西裝，有著稀疏白髮的中年男人走了過來。他悠閒地穿過大廳中央，拐進了房間成排的走廊盡頭。停在了最後一個房間前，打開了門。房間內相當寬敞，看起來像把客房改造成了辦公室。角落有一張桌子，桌子前方擺滿了供客人使用的大沙發。

有人蜷縮在沙發角落裡熟睡。中年男人打開門，燈光射向黑暗的房間內部，準確照在角落裡沉睡的人身上。原先睡著的人被突如其來的燈光照亮，揉著眼睛從沙發上猛然坐起。

「小子！你又睡在這裡？」

「喔？啊！爸，你……您來了。」

「我說過不要睡在這裡！這張桌子怎麼還在？」

他猛然站起，低頭結巴地回答。

「啊……爸，那個，只有今天睡這裡，今天……我會收、收拾的，爸……爸。」

「臭小子！我叫你別在做生意的地方睡覺，就應該馬上照做！還敢給我找藉口？」

「對不起，爸。我馬上叫……叫人扔了桌子。」

「叫人？你這傢伙！給我清醒一點！我說過你沒有跟班了，現在一切都靠你自己了沒聽到嗎？混帳，這樣不行。高爾夫球桿在哪裡？過來！你只有挨打才知道振作。」

中年男人東張西望後，拿起了一根長長的高爾夫球桿。

「啊，爸，對不起，請原諒我一次。爸！啊，啊！爸！啊啊！」

咚！

「敢躲？還不給我過來！」

啪！

「啊啊！爸……。」

啪！

「啊！啊！嗚嗚……。爸，我錯了，原諒我一次就好，最後一次了，真的，啊……爸。」

男人躲過揮動的高爾夫球桿，但還是被打到了腿和背部。他好像不是第一次被打，被打之後也能沉靜地凝視著父親。

「該死的傢伙。再讓我看到這種樣子，那天就是你的祭日，聽到沒？」

「唔……是的，爸。呼……。」

砰！

中年男人把手裡的高爾夫球桿往後一扔，踢開門走了出去。

「呃啊啊！該死的……啊！啊啊！」

男人的父親昨天突然路過俱樂部，看到被裝飾得像辦公室一樣的房間，大發雷霆，命令兒子立刻恢復原狀。然而到了第二天還是老樣子，於是對違背自己的兒子大發雷霆。

父親暴躁易怒，經常對兒子咒罵施暴，抓到什麼就拿起來打，這並不是最近才發生的事情，兒子從小就經常遭受父親的暴力。

母親也沒能承受丈夫的慣性家暴，最終選擇結束了生命。但對男人來說，她是只顧著自己而拋棄孩子逃跑的母親，他只能用身體默默承受母親的空缺，埋怨母親沒有保護自己就這麼離去。

比起對父親的憤怒，他更恨母親。被拋棄的傷痛依然留在內心深處。雖然父親慣性施暴，但他也認為至少父親沒有棄他而去還養育他長大，所以始終無法反抗，承受著父親的虐待。他還認為父親願意把這家俱樂部交給他，也是出自於父愛，將暴力合理化當成一種愛的表現。因此，無論父親如何施暴和虐待，他都只是盲目地跟從。

更準確地說，他是因為害怕被母親拋棄的自己，有一天也會被父親拋棄。

閔宇直警正向其他人介紹了南始甫巡警，說是自己與安警衛的救命恩人，誇張美言。南巡警對閔警正的介紹感到不好意思，抬不起頭。同時也擔心不知道閔警正會說出多少關於自己的事。

為了偵破這次的連續殺人事件，很難完全隱瞞南巡警的能力，為了讓大家能理解而且不會感到排斥，必須小心仔細地進行說明。然而，與南始甫擔憂的不同，閔警正在談過去的事情時，並沒有提到南巡警的能力。

雖然南巡警不懂為何賣關子，但閔警正自有考量。因為韓瑞律檢察官、都敏警監，還有羅永錫警衛都不在場，他打算在特殊搜查本部的人都到齊時，再說明南始甫的能力。崔友哲警衛因三年前的「崔友植警衛命案」，早就知道南巡警的能力，所以他不在場也沒有關係。

「組長，所以呢？你說南巡警是破案的關鍵就是因為這個？因為他擅長射擊？不，可能只是在軍隊裡射擊訓練得很好吧，但要靠這個，就說他能解決連續殺人案有點……。」

「欸，羅刑警，繼續聽下去，組長還沒說完吧。」

「朴旼熙刑警很懂得察言觀色喔，羅刑警什麼時候才學得會呢？」

「啊……還有別的嗎？」

「是的。重要的事情等大家到齊再一次說，我不想說兩次嘴會痠。因為事情有點令人難以置信，尤其擔心羅刑警會大驚小怪，不行。等檢察官來了我再告訴大家。」

「啊？為什麼又是我？組長，你是不是討厭我？」

閔警正呵呵笑，整理現況：

「朴刑警去問一下檢察官和警監什麼時候回來，始甫你先坐在這裡等。你已經聽完說明了吧？」

「是，組長。我大概知道我該做什麼了……。不過這可能性會不會太多了？我很擔心能不能在時間內找到，在這麼大的範圍裡……」

南巡警一坐下，羅警查就湊上來問道：

「什麼意思？南巡警，能不能說清楚一點？」

「羅刑警，先別問，等等你就知道我在說什麼了。」

「安刑警怎麼一點都不好奇……難道安刑警你也知道？」

「等等，安刑警和羅刑警，你們這樣稱呼對嗎？」

「啊……抱歉，組長。我會注意語氣和尊稱。」

「組長，放輕鬆點沒關係吧，太客套我也會不自在。雖然我是警衛，階級比較高，但我年紀比羅刑警小。」

「你在說什麼？當這裡是學校可以開玩笑嗎？看什麼年紀。警察就看職級，以後羅警查要用對職稱叫安刑警，安刑警則是尊敬年長的羅刑警，互相尊重就行了。」

「組長，我會更小心的。」

「嗯，羅刑警當心點。」

「是的，我明白了。」

「那我們繼續說吧。」

安警衛靠近羅警查耳邊竊竊私語，說道：

「羅刑警，組長好像有他的打算，我們先等等看吧。」

「朴刑警，都警監到哪裡了？」

就在這時，等待已久的門打開，都警監終於出現。

「我來了，等很久了嗎？」

「警監你來了。」

閔警正從座位上起身迎接都警監，打招呼。

「組長好，現在就放輕鬆點吧。」

「啊……。好的。」

「組長還是老樣子呢。」

「老樣子？是啊。哈哈……那羅警衛呢？」

「羅警衛說還有事要確認，去了國科搜。」

「啊，好吧。那等檢察官來了，我就馬上說明調查計畫，等待的這段時間，大家就各忙各的吧。」

「是。」

於是大家開始各自分頭做事。南始甫走到閔警正身邊小聲地說：

「組長，那個檢察官脾氣好像很差……她年紀多大？看起來很年輕。」

「啊……。你說韓瑞律檢察官嗎？我不知道她的年紀，據我所知和你差不多，大概比你小一歲吧。」

「哇，這麼年輕就當上檢察官……。哇。」

「哇什麼哇。人家很用功讀書，才能坐上那個位置。羨慕嗎？」

「不，不是羨慕，是覺得很了不起。年紀輕輕竟然就當上檢察官。」

「雖然看起來脾氣大，但她其實很善良。啊！這麼說來……沒事，當我沒說。」

「幹嘛？什麼事啊？跟我說吧。」

「不，啊！來了。」

韓瑞律檢察官一進入指揮室，閔警正就走到門口迎接。

「我們等妳好久囉，檢察官。主角果然是最後才會登場。韓檢察官是特殊搜查本部的主角！安刑警，你說是不是？」

「當然。是特殊搜查本部的女主角。男主角是組長。」

「哎喲，不是我，男主角另有其人。好了！讓我們來介紹一下這名主角，南始甫巡警！」

「我？吼喲，又在說什麼啦？」

閔宇直警正宣告南始甫是男主角，瞬間所有人都用驚訝的表情望向南巡警。但是韓瑞律檢察官用一副漠不關心的表情，走到了南巡警的身邊。

她把手放在覺得難為情而低頭的南巡警肩膀上，說道：

「這樣啊？方才是我失禮了，不知道你是那麼了不起的人。再次鄭重問候。我是首爾地方檢察廳檢察官韓瑞律。」

南巡警發現將手放在自己肩膀上的人就是韓檢察官，非常尷尬，連忙點頭問候：

「妳、妳好，我是大方派出所南始甫巡警。之前都怪我沒好好打招呼，沒關係的，檢察官。」

「好，既然你說沒關係，那就不繼續深究了。你現在能告訴我為什麼他是男主角嗎？組長。」

「喔，檢察官果然帥氣，好，沒問題。比起南始甫巡警親口說，我說出來應該更有可信度吧？」

「別再賣關子了，快點告訴我們吧，組長。」

隨著開場白越來越長，羅警查忍不住打斷。

「知道了，我現在就要說啦，哎，你的個性真是……哼。這次事件的嫌犯沒有留下任何可以暴露身分的痕跡，只在被害者身上留下了一些線索。從警監分析案件的結果來看，下一個最有可能的犯罪地點已經縮小到A點了。」

「所以呢？為什麼又提大家都知道的事？」

「羅警查，先聽下去吧。」

「啊……是的，檢察官。」

「啊哈！所以才說需要檢察官在場啊。」

朴旼熙巡警用調皮的表情對坐在旁邊的羅相南警查笑了笑。

「妳什麼意思？朴刑警。」

羅警查似乎並不討厭朴巡警的玩笑。

「那邊，請安靜，讓組長說話。」

「啊，抱歉，警監。」

聽到警監的警告，羅警查鞠躬道歉，朴巡警見狀吐舌逗他，羅警查什麼也沒說，只是瞪著朴巡警看。

「那我繼續說。我們不可能盲目地在預測的A地點一帶安排人手埋伏，等待犯人的到來，對吧？這時候就需要南巡警。為什麼？因為他擁有一種特別的能力。那是什麼能力？就是他看得見屍體。」

「看得見屍體的意思是很有驗屍的天分嗎？我們已經有羅永錫警衛在了……。還是其他專長？不過他不是巡警嗎？」

「啊，不是那樣的，都警監，請聽我解釋完。看來我說得太不清楚了。儘管很難相信，但南始甫巡警能看見別人看不到的屍體。準確來說，就是他能提前七天看到之後會死去的人的屍體。」

「什麼？你說什麼？這什麼意思？」

都警監上下打量了南巡警，又搖了搖頭，再次望向閔宇直警正。這時，羅警查揮著手笑著站起身，說道：

「哪有那種人啦？又不是在拍電影，組長，太扯了。」

「組長說的是真的，我一開始也不相信……但都是真的。」

安警衛一直靜靜地聽著，突然用平靜但自信的聲音開口說道：

「一直以來，南巡警運用了這種能力拯救了很多人，我也是其中之一，而且是在我上幼稚園的時候。如果大家還是不相信，那我可以告訴各位最近南始甫巡警解決的一起案子。」

林女失蹤案是安敏浩警衛從監察系被調到搜查科時發生的案件。當時，閔宇直警正擔任首爾地方警察廳刑事科重案組組長。警方接到了報案，判斷為單純離家出走，轄區派出所分發了林女的照片，主要是要確定林女的人身安全。

一天後，在林家附近的空地上發現了她的手機和鞋子，這才推測並非單純的離家出走，很有可能是綁架或殺人事件，於是轉為重案並開始著手調查。由於調查遲遲沒有進展，輿論沸騰，案件被移送到首爾地方警察廳刑事科。

閔宇直警正負責此案，開始追查林女失蹤當天的行蹤。當時，閔警正去找了忙著準備警察考試的南始甫。

「大哥，我下個月要考警察公務員。而且你知道現在幾點了嗎？」

「我知道。」

「既然知道，怎麼可以隨便像是綁架一樣把我帶走？」

閔警正打電話給在考試院讀書的南始甫，沒有任何解釋，直接把他帶去案發現場。

「綁架？喂！我哪有……。現在有名女性被綁架了，我需要你幫忙找到她。」

「我嗎？為什麼？」

「去了就知道了。我的直覺告訴我這次綁架事件沒那麼單純。」

「啊？那麼就是連續綁架案……」

「喂，什麼是連續綁架？你真的有好好準備警察考試嗎？靠這種實力……」

「吼喲，所以啊。我覺得這次好像也很難合格。我已經辛苦兩年了……不，我現在也還在痛苦之中……。大哥你明明很清楚，還把我拖走。」

「我知道，認真讀書肯定很累吧。就算是這樣，我還是需要你的幫助，所以沒辦法。這次事件好像會成為連續殺人案。所以幫我個忙吧，希望是我猜錯……但很難說。你願意一起去吧？」

「知道了。但我能幫上什麼忙？」

「我也不知道，但我的直覺告訴我這件事需要你。不知道綁匪什麼時候會殺掉她，幸好你能提前看到屍體，這樣就能在犯案前抓到他，對吧？」

「啊，原來是這個意思。但你知道命案會在哪裡發生嗎？否則不是像大海撈針嗎？」

「也許吧，但是他不可能走太遠，如果移動距離太長，一定會被監視器拍下或是有目擊者，但這些都沒有。他一定離手機被發現的地點不遠。當然前提是她還活著……可惡！總之我們得做點什麼，不是嗎？」

閔警正越說越氣，用手拍打方向盤，嗓門也大了起來。

「我明白你的意思，不用這麼激動吧……。」

「喂！始甫！警察當然該激動啊！你這個未來要當警察的小子居然是這種心態……乾脆現在就放棄！」

「喔……你真的是……。大哥自從去了警察廳之後，是不是變得太暴躁了。」

「什麼？這案子不該緊張嗎？我們連那位小姐是生是死都不知道，她的父母會怎麼想？啊？你自己想想看！」

「我明白，我當然知道。但我的意思是，大哥你不是經常說嗎，調查的時候保持冷靜，感情用事會阻礙調查。」

「哼哼，咳，當然。」

閔警正無緣無故乾咳了兩聲，摸了摸無辜的鼻子。

「唉，是啊。始甫，我為什麼會變成這樣？」

「怎麼會問我……。」

「也是，我到底……。無論如何，你都要幫我，好嗎？」

「好！我當然會幫你。所以我才會跟大哥一起去。」

「是啊。」

閔警正看著後視鏡，露出燦爛的笑容。

「我該怎麼做呢？」

「查問失蹤地點附近的人，也要搜查那附近的房子和建築物。你起碼要辛苦兩天。」

「兩天？」

「還不一定，可能還要更長時間。如果不快點找到，失蹤的小姐就危險了。」

「啊！是。」

閔警正將車停在了發現林女手機的空地附近的巷子裡。安敏浩警衛已經先到達，在那裡等著。他們決定以發現手機的地點為中心，先搜查方圓一百公尺以內的房屋和建築。不過，他們決定排除監視器沒有發生故障，可以正常拍攝的建築物。他們看過了所有的監視器畫面，都沒發現可疑的人或車輛。

警方投入了最大極限的警力，一直搜查到午夜，但沒有發現任何特別的線索。閔警正認為凌晨發生案件的機率很高，所以故意深夜帶南始甫過來。在發現手機的地點按順時針方向搜索，他們經過空地並走上通往後山的步道。

這時，在步道入口，南始甫突然停了下來。

「怎麼了？你看到什麼了？」

「對，大哥。你沒看到那個嗎？」

南始甫用手指了指乾涸的水渠下方。

「你看到了嗎？在哪裡？是那個嗎？始甫你看到了嗎？」

安警衛看了看水渠，又看了看南始甫。

「是嗎？在這裡？我沒看到，那應該就是了吧？」

「我也看不到，組長。」

「那就對了。啊……好像是這位小姐。我可以看看失蹤女性的照片嗎？」

「這裡，始甫。」

安警衛從手中的資料中拿出了一張照片。南始甫看了看照片，單膝跪下，仔細地看了看水渠下面。

「是嗎？」

「喔？大哥，這位女性……」

「怎麼了？」

閔警正瞪大眼睛，俯視著南始甫。

「是你認識的人嗎？」

安警衛也皺著眉頭看著南始甫。

「不。這位女性和照片不同人……。臉腫得很厲害，脖子上有紫色的瘀血。我想她應該是被勒死的。」

「真的嗎？可能因為臉腫了，看起來不一樣，你再仔細看看。」

「大哥，我確定是不同人。」

「什麼？啊……。這樣是一週後又會發生另一起命案嗎？」

「對，應該是。請等一下，我再確認一次。」

南始甫到水渠下方，仔細觀察屍體的眼睛，瞳孔殘影出現了一名戴鴨舌帽男人的臉。一隻耳朵上掛著口罩，看起來像是在做案過程中掉了下來。幸好，如果沒有摘下口罩，就無法看清犯人的臉。

南始甫向旁邊的安警衛詳細說明犯人的相貌衣著，安警衛錄下了他的描述，並送到了警察廳情報科。

第二天，南始甫再次查看林女手機發現地點附近的所有監視器畫面，他認為從屍體眼中看到的殺人犯和林女事件的犯人有關，致力於尋找與犯人模擬畫像相似的人。

第二天晚上，閔警正和南始甫也為了尋找失蹤的林女繼續搜查，從午夜開始到了天亮才結束。然而什麼都沒能找到，身心俱疲。

兩人為了解渴走進了附近的超商。始甫抓了兩瓶礦泉水走到收銀台前拿出錢包，正想抬頭詢問店員有沒有看見可疑的人。就在那一刻，南始甫頓時說不出話，動作變得很僵硬，只是站在原地呆看店員的臉。

站在閔警正身後說話的安警衛走上前，繼續說下去：

「當時的超商店員，就是南始甫巡警從水渠的屍體幻影眼中看到的殺人犯。我們立刻在超商現場逮捕了殺人犯，並搜查了他的住處，在他家地下室發現了林女。她被犯人強暴並囚禁，要不是南始甫巡警，她一定會被殺害，我們也救不回第二位被害者。」

除了韓瑞律檢察官之外，大家都驚訝地聽著安警衛的描述。朴巡警張大了嘴，但羅警查似乎不相信，搖著頭反問安警衛：

「到底在說什麼？幻影？是預知能力之類？還是類似的東西？」

「真的嗎？南巡警有這種能力？哇！」

朴巡警這才閉上了嘴，用欽佩的眼神看著南巡警。

「組長，這是真的嗎？」

「是的，都警監。」

「哇……unbelievable！不過除非親眼見到，我還是很難相信。」

都警監張開雙臂表示驚訝。

「不過，檢察官好像不怎麼驚訝？」

閔警正悄聲地問了從頭到尾面無表情的韓檢察官。

「要驚訝什麼？我看電視節目《世上竟然有這種事》，看到世界上有很多不可思議的事情。這也沒什麼稀奇的。好，所以他是一名有這種能力的警察。」

「啊？《世上竟然有這種事》？我們的檢察官大人果然與眾不同，哈哈哈。」

「組長，你說什麼都好，但請不要叫我『大人』，這種表現地位高低的詞最好不要用。最近看你沒再講了結果又來了，麻煩你注意一下。」

「啊！是我沒注意講錯話了。我以後會小心的，檢察官。」

檢察官立刻指出閔警正的失言，南巡警對朴旼熙巡警低聲耳語：

「天啊，原來組長也會被訓啊？」

「就是說啊？檢察官好有魄力。」

「對，我嚇得都要皮皮剉。」

「皮皮剉……呵呵。」

「你們兩個在說什麼？我也要聽。」

羅警查看到南巡警和朴巡警湊在一起竊竊私語，把頭擠到兩人中間插話。一直安靜聽著的韓檢察官開了口：

「各位刑警，請專心聽組長說話。還有，我都聽到了，朴巡警。」

「啊哈哈。是，檢察官。」

都警監看到韓檢察官面不改色，用冷冰冰的語氣壓制刑警的模樣，發出了愉快的笑聲。

「果然和傳聞中的一樣。組長，請接著說。」

「那我繼續。南始甫巡警在殺人或死亡事件發生一週前，可以在案發現場看到屍體，並能從屍體的眼睛和周圍的情況找到死因。因為他能提前得知案發現場，所以能搶先阻止命案發生。以這次連續殺人案為例，只要能提前掌握犯人的長相，我們就能在犯人做案前逮捕他。」

「可是，組長，我們至今未能取得犯人的唾液或體毛之類的東西，從這一點來看，犯人很有可能是戴了口罩或遮住了整張臉，那麼就無從辨認犯人的長相。即使如此，他也能看到犯人的臉嗎？」

認真聽著說明的都警監提出了疑問。

「的確有可能看不到犯人的臉，那麼我們會採取另一種方法，查出命案發生的準確地點和時間，守株待兔等犯人出現。」

「原來如此。那麼，如果南巡警能在一週前提前巡視A點，看到被害者的屍體，就像組長說的那樣，案件就能迎刃而解。」

「是的，都警監。」

韓檢察官冷靜地觀察情況，開口說道：

「但是，A點的範圍是不是太大了？而且那只是一個預測，並非確切的地點。」

「檢察官說的沒錯，所以我指示朴刑警篩選A點附近可能的犯案地點了，是吧？」

「是，組長。我會在今天內整理好A點一帶可能犯案的地點，明天開始會著手整理其他地區的可能犯案地點。」

「好，謝謝你。檢察官，目前為止三起案子都發生在監視器的死角區域。另外，雖然案件發生在人流眾多的地區，不過犯人選擇了其中人比較少的地方。最重要的是，他選擇了最昏暗的凌晨時間，符合這些條件的地點並不多。當然，A點確實只是預測的地點，但請相信都警監的能力，以目前來說……」

韓檢察官朝著都警監揮手，連忙說道：

「我並非不相信都警監的能力。請不要誤會。」

「是，檢察官，沒關係。不過組長……不，得問南巡警吧？除了預知能力，你還有別的能力嗎？」

「南始甫巡警？」

「什麼？不……說是預知能力有點那個……。我只是能看見別人看不到的屍體，當作什麼厲害的能力有點可怕……啊，沒事。」

「啊，這麼說來也是。看到屍體也不是什麼好事。」

「是啊。這對南始甫巡警來說是很辛苦的事情。他只要看到屍體就會暈倒。」

「真的嗎？原來如此。」

「不是的，朴刑警。最近我很少暈倒了，組長幹嘛沒事提這個……。」

「南巡警，只要是在一週前你都能看到屍體嗎？從七天前到案發那天，只要到案發現場，在任何時間都能看到？若是這樣……哇，找起來真的會容易很多。」

「不，我只看得到七天後死去的人的屍體，在準確的案發時間和案發地點看到。但從我看到屍體的那一天起，狀況就會出現變化。」

「什麼變化？該不會……變得看不見吧？」

羅警查好像在不知不覺之中著迷於南巡警的能力，用擔心的語氣問道。

「不是，還能看見。大概在事件發生前後約一小時內，也就是兩小時內，我能看見屍體。只要看見一次，七天之內我都能持續看見屍體。在那一個星期內，我只要在發現屍體的地方集中注意力，就能再次看到屍體幻影。所以，如果我們能在約兩小時內檢查完所有預期的案發地點，就有可能查到……但這樣時間夠嗎？」

「都警監，你有什麼想法？你能推測出更具體的犯罪地點和時間嗎？」

「我們也在努力盡可能縮小犯罪場所和時段，會儘快跟各位報告。」

「好，拜託了。對了，我還有一件事要說。很少人知道南始甫巡警的能力，請務必保密，拜託各位了。」

「是，組長。看來南始甫巡警你真的是關鍵人物。」

「不敢當，檢察官。我很榮幸自己能幫上忙。抓到罪犯防止出現更多的被害者也是警察的職責。」

韓檢察官帶著微笑對南巡警說：

「很感謝你這麼說。組長，等這次案件解決了，我請大家吃飯。」

「真的嗎？我們當然好啊，聽到了吧？好！現在開始處理自己負責的事，在另一名被害者出現之前，這次一定要讓犯人落網。」

閔警正站起來拍手鼓舞士氣。

「是，組長！一定要抓到他。」

羅警查也站起來握緊拳頭，手臂爆出青筋。

「是啊，羅警查，用你那手臂制服犯人，知道了吧？」

「是，組長。只要查出地點，我就能找出那個殺人犯……用這條手臂……這樣子！哈哈哈。請別擔心。南巡警，就拜託你了。」

「是的，羅警查。」

安警衛用平靜的聲音開口說道：

「組長，你要去B點看看嗎？」

「嗯，得去一趟。」

「組長，我呢？如果還沒有要馬上開始，我先回家一趟……。」

「好，始甫，我已經跟派出所所長打過招呼，請他通融，你暫時來這裡上班就行了，知道了吧？」

「這麼快？好的，那我明天去一趟派出所，然後馬上來這裡。我覺得還是應該親自去跟所長報告。」

「喔齁，也是，這樣做是對的。不愧是南始甫！很有警察架式了嘛。好。那明天你就先去報告吧。快回去休息，很抱歉沒值班還突然把你拖過來。」

「不會，這是我該做的事，沒關係。那麼各位明天見。以後請多多指教。」

十個月前

「看到了吧。我是不是跟你說過了？他就只會說自己不知道、無話可說。還有，我們真的能相信呂南九的話嗎？雖然他好像真的握有什麼物證……。真的會被煩死。」

「他說的是真的。你看到他的眼神了嗎？充滿恐懼的眼神，一定是被威脅了，要不就是被抓住了什麼把柄。」

「把柄？啊，影片嗎？」

「不可能只有那樣。再等一下吧。二審還沒開始呢。」

「啊……。但是時間不多了。」

「如果操之過急，可能會把事情搞砸。怎麼了？你調查時向來冷靜，那個崔友哲現在去哪了？為什麼要這麼著急？」

「我嗎？沒……沒有啊。」

「沒有？什麼沒有，沒有就算了。哈哈哈。」

閔警正瞥了崔警衛一眼，哈哈大笑起來。崔警衛也被他的笑聲逗笑。

二審開庭日期確定後，崔友哲警衛再次去找呂南九。然而，那扇門最終還是沒有打開。呂南九堅決表示耳目眾多，要他不要再來了。崔警衛不願放棄，之後屢次前往呂南九家，但從那天以後，呂南九連對講機都不接。最終，在沒有任何新物證的情況下，二審開庭，結果法院站在了被告辯護律師那邊。

法院基於檢證調書[*12]認為證據不具效力，因此以證據不足宣判無罪。儘管崔警衛早就預想二審判決會與一審相同，卻萬萬沒想到比一審的判決更糟糕。這樣的結果讓人懷疑司法部是不是瘋了。

當法官宣讀二審判決書，宣告被告無罪，坐在旁聽席上的被害者父親李德福從座位上站起來大聲抗議，情緒激動地衝進了法官席，立即被保全制止。然而，他突然昏倒在地，失去意識。保全迅速抱他出去，崔警衛也跟在後面。

李德福暫時暈了過去，保全讓他躺在長椅上等待救護車。過了一會救護車抵達，為了照顧沒有親屬的李德福，崔警衛也一起去了醫院。

李德福到了急診室也還沒恢復意識。醫療人員表示，必須進行幾項精密檢查才能掌握他目前的狀態。在崔警衛的同意下開始檢查。檢查期間，崔警衛暫時走出醫院，打給閔警正。

「系長，是我。」

「我也聽說了，怎麼會被判無罪？」

「是我的問題，我沒找到有效的證據。」

＊12：檢證調書是指刑事訴訟中，由法院或調查機關記錄驗證結果的文件。

「不要太自責，崔刑警。自責也無濟於事，你打算上訴嗎？」

「那個……宣布審判結果後，伯父突然暈倒了，我們現在在醫院。」

「什麼？是哪家醫院？」

「沒事，你也很忙，別太擔心。伯父受到打擊，一時失去意識，很快就會醒來的。」

「是嗎？真的？那就好……。崔刑警，你不要太傷心，也不要自責，知道嗎？打起精神。」

「……是。」

「敏智的男友還是老樣子吧？」

「對，他不願意見我了，說什麼耳目眾多。唉，真是的。」

「什麼？意思是有人監視他嗎？是誰？在哪裡監視？」

「唉，不是的，一定是因為被鄰居看到很尷尬。」

「你確認過周圍有沒有可疑的人嗎？」

「嗯？」

「嗯什麼嗯？崔友哲，你給我清醒一點！到底在搞什麼？」

「喔，是的。我馬上去查看。」

「我也過去一趟，等見面再說吧。」

崔警衛掛斷電話，後腦勺像是被狠狠地敲了一記。他呆站原地片刻，趕緊離開醫院。閔警正離開警察廳後也直奔呂南九的住處。如果呂南九說的話是真的，他可能會有危險。即便審判結果無罪，對方也不會放過呂南九。而且，如果可能的話，閔警正想知道是誰在監視呂南九，也期待如能查明那些人的真實身分，就能扭轉審判結果。

「你來了，動作真快。」

「嗯！就像子彈一樣飛來了，帥吧？」

「在這種情況下，你還能講得出笑話？真了不起。」

「冷靜又不失幽默，頭腦清醒，該說這就是刑警該有的特質嗎？哈哈。我是為了搞笑才說的。快給我笑，笑一個。」

「啊……啊哈哈。是，我笑，我笑。」

閔警正把手放在尷尬陪笑的崔友哲警衛肩膀上，拍了拍。

「笑著努力吧。你問過埋伏的刑警了嗎？」

「有，他們說沒有什麼特別的狀況。我交代他們如果有任何可疑的跡象立刻聯絡我，也有要求增加人力。」

「什麼？跟警察廳嗎？」

「當然是警察廳，不然還能找誰？怎麼了？」

「喔……沒事。」

閔警正懷疑內部有人和李弼錫議員勾結，如果向上級要求增加人手，一定也得報告原因。這一點令人遺憾，但事情已經發生了，崔警衛是出於自責才那麼做，於是他裝得若無其事帶過。

「那我們去見南九吧？」

「就算去了也……」

「安靜跟我來。」

「……是。」

閔警正手輕輕搭在崔警衛的肩膀上，先行走到了呂南九家大門前，又默默地站了一下。

「系長，你在做什麼？」

「安靜。」

閔警正突然把臉貼近大門，好像很認真地在聽什麼。在一旁的崔警衛也為了聽裡面的聲音，跟著把耳朵貼上大門。閔警正用尷尬的姿勢聽了一陣子門裡的聲音，然後挺直腰，按下了門鈴。

叮咚、叮咚。

「聽到什麼了嗎？」

「沒有。」

「那為什麼……」

「有人在看。」

「什麼？」

崔警衛一臉茫然地看著閔警正。

叮咚、叮咚。

叮咚、叮咚。

「你看，他現在連應門都不願意。」

叮咚、叮咚

「沒用的，他明明在裡面，只是不回應。」

「安靜！別吵。」

「啊……是的，」

「呂南九先生！呂南九！」

閔警正後退了一步，大喊著呂南九的名字。

「你在做什麼？」

「喂，我不是叫你安靜嘛！那個，呂南九先生，我們談談吧，我是閔宇直刑警，上次來過一次，你還記得吧？」

閔警正索性在大門跳來跳去，朝著屋內大聲喊叫。

「系、系長？」

「我知道你在家。你要一直待在家裡到什麼時候？今天的上訴二審結果出來了，無罪！這像話嗎？我有說錯嗎？呂南九先生！」

「系長，其他人都聽到了。」

「又怎樣？讓他們聽。」

「什麼？」

崔警衛確認附近有沒有人，趕忙阻止閔警正，但他沒有理會，並繼續高聲喊叫。

「你要繼續這樣嗎？呂南九！無罪欸！這社會就算再怎麼亂七八糟！怎麼能被判無罪呢？太不像話了！呂南九，我們見面談吧！」

「沒用的，真是的。」

「呂南九先生！好！在你幫我開門之前，我會一直待在這裡！」

嗶！喀鏘！

崔警衛坐立難安之際，響起了大門打開的聲音。

「喔！開了。進去吧。」

「哇，怎麼會？」

「發什麼呆？快進去。」

崔警衛迷迷糊糊地搖了搖頭，跟在閔組長後頭進門。

「你們到底在做什麼？」

門一開，在玄關等著的呂南九就對兩人發火。

「對不起，急著想找你。」

「到底有什麼好急？你們知道這樣會害我處境有多危險嗎？」

「是的，我知道。」

「什麼？」

呂南九被意想不到的回答嚇到，瞪大眼盯著閔警正。

「系長，這是什麼意思？」

崔警衛也很好奇閔警正言下之意，但他連看都不看崔警衛一眼，只是望著呂南九。

「你知道？知道什麼？你明知道還故意，是嗎？」

「是的，我是故意要讓人看到。」

「故意？」

「是啊。我是故意的，要讓對方知道我們正在保護你。」

「啊？你有聽到自己在說什麼嗎？讓對方知道……哈！真是夠了……。」

「他們說過不要和警察見面對吧，我不知道對方威脅了你什麼，但當他們意識到我們不再保護你時，你的性命就難保了。」

「啊？什麼意思？」

崔友哲警衛也掩飾不住驚訝的表情問道：

「系長，這是什麼意思？」

「崔刑警，你還不明白嗎？現在正盯著南九先生的人會放過他嗎？現在是因為我們有派人守著，他們才不輕舉妄動。等審判結束，我們撤退的話，他們就會殺了他。他們不可能讓他活下去，留下後患，不是嗎？」

「啊，原來如此。那他們一定在等我們撤退，所以一直威脅南九先生遠離我們，對吧？怎麼樣？南九先生，我們說的沒錯吧？你究竟被威脅了什麼？是因為那個影片嗎？」

「不要裝懂！你們又知道什麼了？為什麼要這樣對我？我要怎麼相信你們能保護我和敏智。我上次也說過了，警察絕對保護不了我們。他們也是這麼說的！」

呂南九漸漸激動起來，大吼出聲。屋內瞬間陷入一片寂靜，閔警正臉色凝重。

「好吧，你要是更相信他們，那我就無話可說了。但呂南九先生，你必須記住，他們是罪犯。你應該也很清楚，究竟是他們威脅你的話是真的，還是我們說的是真的。我們是來幫助你的，因為你的處境很危險，我們才會來找你，我希望你能明白這一點。崔刑警，走吧。」

「系長，就這樣走了嗎？這……。」

崔警衛無法理解閔警正為何突然就這樣放棄，一頭霧水地看著他。

「廢話少說，走吧，呂南九先生不相信我們，屈服於他們的威脅不肯出面，我們能怎麼辦？」

「即使是這樣，你明知道南九很危險還是要走嗎？系長……」

「我也沒有辦法，南九先生，對不起，我們能做的就到這裡了，如果你改變主意，就打這個號碼給我。」

閔警正邊說邊把名片遞給了呂南九。

「系長……。」

「走吧。」

閔警正「啪！」地一聲啪打崔警衛的手臂後，帶頭先走出了門外。

「啊……啊，是。」

原先照亮黑夜的大樓燈光接二連三地熄滅。首爾南部地方檢察廳大樓裡最後一盞燈也關了。不一會兒，從主樓大門走出一名男人。男人的領帶解開了一半，可能是西裝外套披在身上的關係，他的領子也是敞開的，一手拿著公文包。另一手則是拿著手機正與某個人通話。

「哎，話不要這麼說，小心一語成讖。」

「就是怕有什麼萬一，所以我才叫你小心一點！」

「我要小心什麼？這跟我有什麼關係？」

「你是怎樣？以為沒人知道嗎？該知道的人都已經知道了。」

「你才是想怎樣？你說看看吧，什麼叫該知道的人？不是說自殺嗎？所以不要擔心了，我絕對不會做那種瘋狂的事。」

「這樣啊，我們檢察官大人。是嗎？那不用我操心了吧？不過你要記住一點。雖然大家以為是自殺……但那是他殺。」

「什麼？哎，又在捉弄我了。有證據嗎？」

「別不把我的話當一回事，我不會對檢察官大人隨便說這種話。」

「啊……。真的嗎？他殺？」

「信不信由你。但無論是媒體或檢方都說是自殺，為什麼？因為如果說是他殺，事情就會鬧大。這又是為什麼？你懂的吧？」

「……。」

「我已經警告過你了，今天就說到這裡。就算你打這個號碼也只會是空號。趙檢察官，小心點。」

「你……。」

嘟嘟嘟嘟。

「唉，真倒霉。什麼啊？他是說真的嗎？」

趙檢察官走到停車的地方，反覆咀嚼那段意味深長的對話。在空曠的室外停車場，只有趙檢察官的車孤零零地停在那。趙檢察官走近車子，長嘆了一口氣。

「吼！搞什麼？為什麼會這樣？好端端地怎麼會爆胎？可惡。」

趙檢察官從副駕駛座前的抽屜拿出名片，打了名片上的電話。

「喂？我是南部地方檢察廳的趙檢察。輪胎好像漏氣了，什麼時候能過來？」

「那個……是，您好，我幫您聯絡緊急服務，稍後再聯絡您。」

「要多久？」

「讓我先打電話確……」

「欸，幹嘛還要打電話啊？大概會多久你不知道嗎？什麼時候過來？」

「先生，其實您應該聯絡服務中心……」

「喂！說什麼啊？我不是為了聽這些才投保的。少囉嗦，馬上過來處理。我的車在南部地檢的停車場，你親自過來，弄好後再開回原位。欸，不對，你知道我家吧？把車停在我家地下停車場，再傳訊息告訴我停在哪裡，知道沒？」

「什麼？那個……先生，那個……」

「廢話少說，照我說的做，你不知道我是誰嗎？我沒那麼多閒時間，你要替為國家做事的人多想想啊，聽懂沒？拜託，要是你造成我的麻煩，你就等著瞧，知道嗎？」

「啊……。是，我知道了，檢察官。」

「嗯。」

嘟！

「該死，要你幹嘛就幹嘛，這些窮人就是賺錢賺得太輕鬆。嘖。我得搭計程車了，哎……現在招得到車嗎？」

趙檢察官抱怨著走出了南部地方檢察廳正門。

因為已是深夜，四周寂靜無聲，來往的車輛也不多，但幸運的是正門前方正好停了一輛計程車，是上一位客人剛下車嗎？看到計程車的趙檢察官笑著招手，計程車慢慢開近停在他面前。趙檢察官覺得自己很幸運，高興地向司機打招呼之後便坐進前座，載著趙檢察官的計程車隨即出發上路。

南始甫巡警先到了大方派出所出勤，向前輩金弼斗警查說明昨天的事情，並表示剛得到派出所所長的允許。金警官對首爾地方警察廳抽調南巡警一事感到驚訝之餘，也不禁感到嫉妒，暗自羨慕南巡警是否會因此而升職到警察廳。

南巡警向派出所所長報告後就去找李南熙巡警，拿到了昨天拜託他的嫌疑車輛超速管制清單。經過查找，那是一輛光這個月就被拍到十次超速行駛的贓車。在此之前，那輛車也被拍到過幾次，但似乎每次都沒能逮到他。值得關注的是，他被測速相機拍到的時間都是在午夜到凌晨，而且並不局限在特定少數地區，而是遍布整個首都圈。

南巡警拿著文件走出派出所的時候，突然想起昨天凌晨看到的女性屍體。他猶豫了一下，又回頭找李南熙巡警，希望能得到幾天前在派出所前鬧事的男子的個人資料。

「南巡警，對不起，我不能告訴你。」

「為什麼？拜託妳幫個忙。」

「這有點……非刑事案而查詢個人資料，並將其告知第三者是非法的。哪怕是警察，也必須已經確定對方有犯罪行為，或有拘捕令的情況下才能查詢。你明明也知道規矩。」

「我知道。唉……。但是明確的犯罪行為……」

「怎麼了？發生了什麼事嗎？那個人犯罪了嗎？」

「喔？不，沒有。不是那樣……。好吧，我知道了。」

南巡警打消念頭，準備轉身離開，然而，一直在後面留意聽李南熙巡警和南巡警對話的金弼斗警查突然插話：

「你為什麼要問？」

「啊！前輩，你聽到了嗎？」

「是啊，都聽到了。那個人怎麼了？」

「那……沒、沒有。」

「什麼啦？有什麼事嗎？說說看。」

「不是……。是因為我很擔心他的太太。」

「太太？你認識他老婆嗎？」

「啊……也不是……。我只是有不好的預感。」

南巡警猶豫了一下該怎麼解釋才好，兜了個圈子說：

「真的有種不好的感覺，好像他們夫妻之間可能會發生一些問題。」

「你在說什麼？哪來的感覺？說得好像你當了三十年的警察。雖然不知道發生了什麼事……不過我知道那個男人住哪。」

「真的嗎？你怎麼會知道？據我所知，昨天不是讓他自己回家……？」

「我還能怎麼知道？就是去過所以才知道。你以為昨天是他第一次鬧事嗎？老早就接過好幾次的家暴報案，那時候我出動去到他家，亂七八糟的，但太太說沒關係，所以我就回來了。沒辦法啊。被打的本人都說沒關係了，真是的……。啊，對了，那時候你八成也是蹺班了吧？」

「啊……是嗎？哈哈，對不起。」

「算了，所以你要幹嘛？」

南巡警欲言又止。

「怎樣？又怎麼了？你真的很奇怪耶？南巡警，什麼啦？」

「不，沒什麼。就是……其實那位太太和我爸媽很熟。」

「你卻不知道她家地址？」

「由於一些個人因素，別這樣，告訴我地址吧，前輩。」

南巡警尷尬地笑了笑，抓住金警查的手臂搖晃了一下。金警官嚇了一跳，甩開了南巡警的手。

「好嗯，幹嘛啦？嗯……還是覺得很可疑，對不對，李巡警？」

「是啊，很可疑。不過，會這樣問一定有什麼原因，你就告訴他吧。」

「反正只要是南巡警的事，李巡警一定會同意，對吧？因為南巡警……」

「金警查！你在說什麼呢，不要亂說，快告訴他地址。」

李巡警頓時臉紅，生氣地打斷了金警官的話。李巡警突然的無禮態度讓南巡警更加驚慌。

「李南熙巡警，妳怎麼了？這樣對警查講話太過分了。」

「是吧？南巡警，李巡警真的對我沒大沒小，別看我這樣，我可是個警查呢！」

「我沒有……。對不起，不過誰叫你要亂講話？」

李巡警可能是對自己不自覺地失態感到不好意思，抬不起頭來。

「亂講什麼？」

「喔？沒事，南巡警過來吧。我把地址告訴你。」

金警官揮著手，尷尬地笑了笑，快步走到自己的辦公桌前。南巡警一頭霧水，歪著頭跟在金警官後頭。

「拿去！就是這裡，收好。應該是這裡沒錯。」

「是的。謝謝前輩。」

「小事情。雖然很可疑，但我相信你這傢伙不會做奇怪的事。」

「當然，謝謝。那我就先走了，我還得去警察廳。」

「啊？喔，對。不過為什麼要去？」

「啊？哎……那個，所以……我也不清楚，我只是按照指示行動。組長沒說什麼嗎？」

「是嗎？組長也說他不知道。不對，他好像知道只是不告訴我，說是因為連續殺人案……但沒說清楚。你在那裡負責做什麼？」

「我？就是啊，我在那裡會做什麼呢？」

「還能做什麼？你能做的就只會收拾善後吧，準備文件，寫報告。」

「哎，不會吧？這種小事……。就為了那些小事嗎……？」

南巡警盡可能皺著眉頭，裝作不耐煩的聲音說。

「總之辛苦你啦，南巡警。」

「啊！我待太晚了，先走了，抱歉。」

「幹嘛一天到晚道歉？好啦，你快去吧。」

要不要老實跟他說？我們是一起出生入死的同事，應該可以告訴他吧？連特殊搜查本部的人現在也都知道了……。

南巡警思考著，離開派出所走向公車站，他下定決心，等警察廳的事情結束後，一定要對派出所的同事們坦白真相。

第5話
可疑的死亡

三個月前

離最高法院開庭日還有一週，崔友哲警衛和閔警正接到了令人震驚的消息。

被害者父親李德福在高等法院判決後，接受醫院精密檢查，不幸被診斷出患有第三期腦瘤，必須盡快進行手術，但李德福堅決反對。

崔警衛和閔警正來到了李德福住的醫院。

「敏智爸爸，您好，我們來了。」

「伯父好。」

「哎喲，刑警先生們來了啊。你們幹嘛跑來這裡，應該正忙著準備開庭吧。」

「我們沒有什麼要準備的，檢察官會負責，請別擔心。啊，您聽說了吧？」

李德福歪著頭看著崔警衛。

到醫院探視李德福的一個月前

閔警正接到了一通來自陌生號碼的來電。

「喂？我是閔宇直。」

「……。」

「喂？我是廣域搜查隊組長閔宇直，有什麼事可以直說。」

閔警正認為是報案電話，沒有掛斷電話，耐心等待。

「沒關係，慢慢來，我可以理解。我會等所以請不要掛斷。」

「……那個……您好。」

「是，您好。」

「我是……呂南九。」

「啊！呂南九先生？請說。」

「是的，我是閔宇直系長。」

「系長……。」

「那個……我想了一下……。他們真的會殺了我嗎？我都照他們說的做了，可是……」

呂南九的聲音顫抖，欲言又止。

「對，他們不會放過你的。你手上有證據吧？」

「……。」

電話那頭只傳來了粗重的呼吸聲。

「看來你還沒下定決心，是啊，的確會猶豫，我能理解。我們不要用電話談，直接見面再說吧？崔刑警方便一起去嗎？」

「……好的。」

「你能答應真是太好了，要去你家嗎？」

「不，請不要來家裡。我現在在學校，學校見吧。」

「去你念的大學嗎？」

「是的。」

「知道了，那我現在和崔刑警會合，馬上出發。」

「好，我在這裡等。你們來了請打這個號碼。」

「知道了。不過這是哪裡的號碼？教室嗎？」

「不是，這裡是助教室，你可以打這支電話。」

「知道了。到了再打給你。謝謝。」

「那個……系長，好像有人在監視我，所以……」

「別擔心這個，我會小心不被跟蹤的。我們會隱藏身分低調地去找你，別擔心，相信我。別著急。」

「那就先這樣。」

呂南九一想到有人在監視自己就很害怕，認為自己從家裡外出，即使只是去大學圖書館也被跟蹤。閔警正和崔警衛在助教室見到呂南九時，他看起來也非常不安。雖然非常後悔自己嚇唬了他，但也因此呂南九才願意主動聯絡，閔警正安慰自己這是必要的手段。

「伯父，我上次不是說過了嗎？呂南九先生決定作證，我們近期內會收到新的證據，明天會去地檢進行證言陳述。」

「啊，對，原來是那件事。真是太好了，現在願意幫忙也不遲……。唔呃。」

李德福似乎感到頭暈，閉上眼睛，一隻手撐著額頭，另一隻手撐著床。

「啊！您還好嗎？如果您累了可以躺下來。」

「是啊，伯父。」

「啊，不是的。沒關係。兩位刑警先生，請不用再過來看我了，我很快就會出院。比起這個，希望這次能得到合理的判決。」

「是啊，您說的沒錯。這次南九先生願意作證的話，一定會還您一個公道的，不是嗎，崔刑警？」

「那當然。」

「所以您不要太擔心，保重身體。」

「伯父，不要急著出院，留在醫院裡等最終判決出來，之後馬上動手術。醫生說要是再遲，說不定連手術都沒辦法……。」

「如果你們要說這個，就算了吧。我的人生還有什麼好期盼的……。我只希望看見那傢伙受到懲罰後，然後去告訴我女兒，說我這個父親對不起她……。嗚嗚，為了替妳伸冤，我這個當父親的……嗚嗚，我這個當父親的有盡到那麼一丁點的努力……」

李德福想到女兒忍不住流淚，低頭啜泣。

「伯父，敏智不會想看到您這樣，她肯定希望您能早日痊癒，健康地生活，以後再見面。所以您不要這麼想，就像崔刑警說的，等最高法院判決結果出來，您就馬上接受手術，好嗎？」

「刑警先生，真的很謝謝你們，真的很謝謝……。拜託了，拜託……請一定要讓我女兒死而無憾。」

「別擔心，這次犯人一定會得到應有的懲罰，我們在旁邊盡力協助，所以請您振作起來，好好接受治療。」

「謝謝，謝謝……。但是那個呂南九同學，不會再改變心意了吧？」

「啊，不會的。他好不容易下定決心，這次不會再變卦了，別擔心。」

「那就好。那個，崔刑警。我想見檢察官一面，方便嗎？」

「您現在不要外出比較好，等以後……」

「那麼不好意思，能幫我轉告檢察官，請檢察官來見我嗎？我想親自見他一面，拜託你們，這是最後一次了……。」

「哎……好的，我會轉告他。不過檢察官可能會很忙，無法親自來探望您，但是您也不要太難過。檢察官非常重視這個案子。」

「是啊，他一定很忙吧。檢察官肯定會好好處理的。」

「對，檢察官也在努力，事情會順利的。您只要照顧好身體再等著聽好消息就可以了。請別擔心，好好休息吧。這次最高法院的判決會實現正義的。」

「當然，一定要告訴我好消息。哎呀，兩位應該很忙，快去忙吧。」

「好的，伯父。請您再等個幾天，我們下次再來探望您。」

閔警正和崔警衛向李德福禮貌問候後走出了病房。兩人走在病房走廊上，閔警正小心翼翼開口問道：

「醫生怎麼說？」

「不動手術的話，最多六個月。」

「手術後痊癒機率有多少？」

「嗯……不到40％。」

「什麼？不到40％？真的嗎？」

「醫生說這還算高的，喔，等一下，有電話……。」

崔警衛把手伸進口袋裡拿出手機，說道：

「組長！是呂南九打來的，啊，真是的……他掛斷了。」

「回撥給他。」

「啊，是的。」

手機鈴聲響了好陣子，然而呂南九沒接電話。

「他沒接……。喔，他有打來兩次。」

「啊？什麼時候？」

「大約二十分鐘前。」

「友哲！再打一次，快點！」

崔警衛聽了閔警正的話，再次撥了電話，但是呂南九這次依然沒接。

「沒接。」

「啊……該不會發生什麼事了吧？繼續打。」

「哎喲，不會有什麼事的啦。我親自去看一下吧，他可能是為了明天一起去地檢的事才打來的，要跟我們約好見面的時間……」

「喂！現在是悠哉說這種話的時候嗎？馬上給我跑過去！我有事要向警察廳報告，沒辦法一起去，你去確認呂南九的人身安全後，馬上聯絡我，聽到沒？過去的路上繼續打給他。崔刑警！馬上過去，不要跑去別的地方，直接過去，知道嗎？」

「好，我知道了，我再聯絡組長你。」

崔警衛本來覺得沒什麼大不了，但被閔警正的喝斥嚇了一跳，趕忙衝出醫院。

「不會發生什麼事吧？為什麼感覺一陣涼意。」

閔警正莫名有不好的預感，擔心地嘀咕著走出醫院。在開車去警察廳的路上也一直放不下心來。

叮鈴鈴、叮鈴鈴、叮鈴鈴。

「喂？我是崔友哲刑警。」

「崔警衛，你現在在哪裡？」

「我現在要去見呂南九先生。」

「是嗎?那我們先見個面吧。」

「現在嗎?趙檢察官,有什麼事嗎?」

「能有什麼事嗎?跟最高法院的審判有關的事。」

「啊,不過我現在有急事……。」

「不行,你得馬上過來。事情很急。」

「那個,檢察官,我也有急事在身……。」

「被告方申請延期審理,你分不清事情的輕重緩急嗎?你可以派別的警察過去,難道那裡只有你一個警察嗎?」

「呃……話是這樣說沒錯,但……。好吧,我知道了,我該去哪裡找你?」

「還能是哪裡?到地檢來。」

「好,我馬上過去。」

崔警衛內心覺得哪裡怪,但正如趙檢察官所說,只要派其他警察去呂南九那就可以了,當務之急是了解被告方申請延期審理的原因。崔警衛立刻打給京畿南部地方警察廳,請求人員確認呂南九的人身安全後再聯絡他,接著開車前往水原地方檢察廳。

上午十點。燦爛的陽光照射在江南警察署特別搜查本部指揮室的窗戶，閔宇直警正靠在椅背上睡著了，安敏浩警衛和羅相南警查則是趴在桌子上睡。

這時都敏警監和羅永錫警衛正進入指揮室。

「警監，組長正在睡覺。怎麼辦？要叫醒他嗎？」

「沒辦法，時間緊迫，我來叫醒他。」

都警監走到閔警正面前，輕輕搖晃他的肩膀說：

「組長！閔宇直組長，醒醒。」

閔警正伸了個懶腰，慢慢地睜開了眼睛，說道：

「啊……喔，都警監，怎麼了……？啊！現在幾點了？」

閔警正突然從座位上跳起，看了掛在牆上的時鐘。

「你昨晚熬夜了嗎？現在已經十點多了，組長。」

「已經這麼晚了？昨天去了B點凌晨才回來，然後一路整理文件，啊啊……。」

「要叫醒他們嗎，組長？」

「不用了，羅警衛。讓他們睡，他們肯定也很累。啊，還是有什麼事要對大家宣布的？」

「沒有，不用全部的人都聽。」

「那就讓他們睡吧。是什麼事?都警監。」

「啊,對。羅警衛,說明一下。」

「是的,警監。組長,關於星形圖案有事要向你說明。大衛之星,還記得嗎?」

「嗯,我知道,之前解釋過了。」

「是的。在尋找相關資料的過程中,我發現了一本描述大衛之星和猶太教的靈媒的小說。」

「書?而且是小說?」

「是的。雖然是小說……但是使用的是紀實文體,有點特別,就像是記錄那些人的親身經歷一樣。」

「親身經歷嗎?是什麼?」

「書中提到,有人說要按大衛之星的模樣建造神殿,在那裡獻祭,以拯救那座城市。還有一些故事說,有人為了保護自己不受惡靈的傷害,將祭品獻給了大衛之星的六個頂點。」

「祭品是動物嗎?」

「不是。是人,而且只挑選年輕女性作為祭品。」

「什麼?小說的書名是什麼?」

「《大衛之星,真相捕捉?》是這本書,組長。」

羅警衛從包裡拿出一本書遞給閔警正。

「這是歐洲流傳下來的經典書籍,兩年前被翻譯出版。」

「所以凶手是照著這本書做的嗎?你是這個意思嗎?」

閔警正晃著那本書，問羅警衛。

「是的，就是那樣。」

都警監代替羅警衛回答，閔警正不可置信地看著都警監，說道：

「都警監，這可是小說啊，哪個瘋子……不對，所以那傢伙真的是瘋子？」

「從目前為止的犯罪手法來看，我認為至今未解懸案的連續殺人魔會再度犯行。如果他只是單純模仿這本小說的話，那麼他應該是個有parano……被害妄想，相信自己被惡靈束縛的精神異常者。」

「但是，那種傢伙，怎麼可能犯罪卻不留下任何指紋和毛髮？這不可能。」

閔警正對都警監的解釋存疑，羅警衛出面進一步解釋：

「是，組長，你的觀點也沒有錯。但假如犯人是周全縝密的人就有可能。也不排除是個膽小謹慎的人。如果都不是的話，那麼就是有共犯。」

「共犯？不只一個人？」

「是的，組長。依照羅警衛剛才的說明，我們的調查應該考慮到共犯的可能性。」

「真的嗎？」

原本趴在桌子上睡的安敏浩警衛突然抬頭問道。閔警正被他嚇了一跳，盯著安警衛：

「害我嚇一跳！什麼啊？你不是在睡覺嗎？都聽到了？」

「是的，我都聽到了，我想知道你們是不是想瞞著我們說悄悄話才裝睡。羅警查！羅警查，起來吧。」

安警衛以為羅警查也醒了，但呼喚他也沒有任何動靜，安警衛搖晃著他的肩膀，觀察了一下。

「羅相南警查！起床！」

閔警正見羅警查被搖肩膀也沒有醒來的跡象，大吼了一聲，羅警查這才從座位上猛然站起，大聲回答：

「啊！是，我在！組長，你找我嗎？」

「什麼啊？你真的在睡覺嗎？」

「嗯？喔，都警監。哈啊～。羅警衛也來了啊？」

羅警官好像還沒睡醒似的，打了個大哈欠，環顧四周。

「哈哈。好大一個哈欠。」

「啊……真的啊？」

羅警官捂住打哈欠的嘴，不好意思地笑了笑。

「不過，警監，這是真的嗎？可能有共犯。」

「是啊，安警衛。目前還不確定，但我們在進行調查時應該要留意有此可能性。當然，儘管在美國曾發生過雙胞胎聯手行凶的連續殺人事件，但有共犯的連續殺人案還是相當罕見……。」

「真的嗎？那這次的犯人也有可能是雙胞胎吧？」

「嗯，不無可能。我認為應該將這一點納入考量進行調查，才連忙過來的。」

「做得好，都警監。你說這本書是兩年前出版的，調查過譯者和出版社的相關人員了嗎？」

羅警衛回答了閔警正的提問，說：

「是，組長。雖然沒有親自見到本人，但我們調查了出版社相關人員和譯者，沒有發現特別之處。」

「是嗎？以防萬一，還是直接見個面比較好。這件事我們會負責，你們只要提供他們的資料就好。」

「對了，羅警衛，還有那件事，你跟組長說一下。」

「啊，好！組長，剛才本來想說的，突然被安警衛打斷……哈哈。總之，我試著追蹤買下這本小說的讀者，目前已經申請在首爾所有書店和網路書店購買這本書的顧客名單。由於涉及個資，需要搜查令，我已經向韓檢察官提出了申請。不過也必須考慮到有些人是用現金購買。總之，應該很快就能收到使用信用卡結帳的顧客名單。」

「喔喔，真的嗎？哇，動作這麼快呀？」

「是，組長。」

「太好了。會買那種奇怪小說的人應該不多吧？」

安警衛滿懷希望地說。

「應該是吧？嗯，應該不會太多人。等名單一出來，搜查購買者的住處與相關場所，相信很快就能找到犯罪證據。辛苦了，羅警衛。」

「沒什麼，組長，希望能順利。」

「真了不起，羅警衛。這就是所謂的犯罪側寫啊，天啊，真的太厲害了。」

羅警查向羅警衛豎起雙手大拇指。

「我就說吧？他的能力很優秀，以後有望成為韓國犯罪側寫師的權威。」

都警監走近羅警衛，自豪地把手搭在他的肩膀上。

「不敢當，警監。以後大韓民國依然得靠警監帶領。」

「聽你這麼說我很高興。」

閔警正用滿意的表情看著兩人，說道：

「哇，真好。科學搜查隊的團隊合作不錯嘛？」

「這都多虧了羅警衛，組長。」

「啊，不是的。都是因為有警監以身作則。」

「好了，好了，羅警衛辛苦了。氣氛真溫馨。」

閔警正開心地笑了，輪流看著羅警衛和都警監。

「警監，我們昨天整理好了A點的可能犯案區域，剩下的地點，預計這兩天就會整理出來。」

「喔喔，安刑警，好的。我們重案組的刑警也辛苦了。」

因為害羞不好意思讚美組員們的閔警正，用尷尬的笑容鼓勵重案組的刑警們。

「是啊。安警衛與羅警查也辛苦了。」

都警監對安警衛和羅警查露出了爽朗的笑容。閔警正不好意思地笑著問安警衛：

「距離下次預期的犯案日期還有三週吧？」

「是，組長。還有兩個星期又五天。」

「好，從今天開始，我和南始甫巡警會以你們篩選出的地點為中心，一起到A點進行現場檢查。未來一週，我們要用盡所有手段，掌握並且確認完所有可能的犯罪地點。」

「是的，我們也會盡快報告確切的犯罪日期和時間。話說回來，南巡警還沒來嗎？」

「他說要先去一趟派出所親自向組長報告，而且還有點事要處理。」

「希望南巡警能找出犯人。」

「我相信南巡警一定可以的，都警監。不過，要是我們能先一步在南巡警之前找到犯人會更好。調查羅警衛查到的小說購買名單，應該會有所發現吧？」

「是啊，組長。如果犯人是買家之一，就有機會在他犯案前先抓住他。」

喀噹！

就在這時候，崔友哲警衛慌張地跑進指揮室。開關門的聲音太大了，大家都驚訝地望向門口。

「組長，你聽說了嗎？」

「哎喲，嚇死人喔。今天是怎麼搞的？」

「崔警衛，你現在才回來嗎？」

「啊！都警監，你好。」

「崔刑警，怎麼了？發生什麼事了嗎？」

大家好，接下來是FMKBC1廣播新聞。第一則新聞。今日凌晨發生了一輛計程車墜落渼沙大橋的事故。據悉，此次事故造成乘客身亡，計程車司機A某失蹤。現在搜索地區擴大到南漢江下游，正在尋找失蹤者。身亡的乘客已確認是首爾南部地方檢察廳趙姓部長檢察官。監視器和行車記錄器分析結果顯示，此次事故原因為計程車司機疲勞駕駛……。

南始甫巡警正聽著廣播，接著聽到公車內響起的到站廣播便立刻站起來按鈴。他下了公車，在走向警察署正門的路上，一輛轎車經過身旁，他無意間看了一眼，偶然看到坐在駕駛座上的男人，覺得他看起來有點面熟。

是誰？

南巡警想了一下，馬上想起那是三年前去世的崔友植警查。不，準確地說，是和崔友植警查長得幾乎一樣的人。南巡警在後頭呆看著向前方駛去的汽車，那輛車開過了警署主樓進入停車場。他搖了搖頭，繼續往前走。

當南巡警來到指揮室附近時，裡面傳來了輕微的嘈雜聲。南巡警以為大家正在開會，於是小心翼翼地推門進入。

「趙德三檢察官也死了，組長。」

「什麼意思？崔刑警，趙檢察官為什麼會死？又是自殺嗎？」

見閔警正的反應冷漠，崔警衛有些不耐煩回道：

「不，不是自殺，這次是意外……。哎，組長還沒看到新聞嗎？趙檢察官坐的計程車從渼沙大橋上掉下去，他死在車上！」

「小子，我們又不是顧著玩才沒注意到新聞，脾氣真大……。你確定嗎？是我們知道的那個趙德三檢察官？」

「是的，我剛從南部地檢回來。」

「你們在說什麼？」

都警監聽著閔警正和崔警衛對話，再也忍不住打斷。

「啊，都警監，那個……」

正在解釋情況的時候，南巡警悄悄推開指揮室的門進來，正好被閔警正看見。

「啊！南始甫！」

「啊……大家早。我來了。」

南巡警搔搔頭向刑警一一點頭問候。

「你幹嘛要這樣躡手躡腳地進來？過來這裡吧。」

「啊，好。喔？這位是剛才……」

南巡警看到站在閔警正旁邊的崔友哲警衛，驚訝得講話也結結巴巴。

「什麼？你們兩個已經打過招呼了嗎？」

「啊？組長，這位是誰？」

「啊……沒有，我剛才偶然看到這位先生在車上。崔友植刑警……」

「啊，沒錯。他是崔友植刑警的弟弟，很像對吧？」

「弟弟？何止是像，我還以為是崔友植刑警復活了呢。」

南巡警本覺得兩人側面相像，但從正面看，崔友哲警衛和崔友植警查更像是雙胞胎，驚訝地嘴都合不起來。

「你認識我哥嗎？」

「始甫，這位是崔友哲警衛。他是南巡警，我之前跟你提過幾次。」

「啊，能看見屍體的……。」

「沒錯，你們互相打個招呼吧。」

「你好。我是巡警，南始甫。」

「你好，久仰大名。我是警衛崔友哲。」

南巡警點點頭對崔警衛打招呼，崔警衛與南巡警握手示意。

「好了。啊，都警監，剛剛話講到一半。趙德三檢察官以前是負責崔刑警手上案件的檢察官，現在是南部地方檢察廳部長檢察官。聽說那位檢察官車禍身亡了……。嗯，只是有點奇怪，相關人士接連死亡……趙檢察官……。」

閔警正搖著頭自言自語。

「對吧？我也覺得有點奇怪……。」

「總之，大家先知道有這件事，等崔刑警進一步確認。我們先集中精力抓連續殺人犯。」

都警監點點頭回答：

「知道了，組長。」

「組長，不用馬上查嗎？」

「崔刑警，以後再說。現在更重要的是趕緊抓到連續殺人犯，知道嗎？」

「啊……是，知道了。」

崔警衛看著閔警正，表示同意，便不再提趙檢察官的事。

「那麼崔刑警和羅刑警去見接受過精神科治療的人，覺得可疑的對象就記錄下來。我是怕有什麼意外交代一下……不要暴露刑警的身分，尤其是羅刑警。」

「我就長得一張刑警臉，能怎麼辦？組長，你每次都……」

「是啊。老實說，羅刑警的外表一看不是刑警就是黑道，對吧？哈哈。我會好好注意他的。」

「喂，崔刑警，怎麼連你也……。不能讓朴旼熙刑警也一起去嗎？組長。」

「什麼意思？當然要一起去啊。」

「啊……這樣啊？」

「羅刑警，不要這麼明顯。」

崔警衛用自己的肩膀輕輕撞了下羅警查的肩膀，笑了出來。

「啊？什麼明顯……？」

「哎喲，聽不懂就算了，快走吧。」

崔警衛用手掌拍了羅警查的背，好像在怪他聽不懂暗示。

「哎喲！很痛耶，崔刑警。」

「組長，我們先出發了。」

「好。啊！崔刑警，先讓羅警查吃點東西再去。」

「當然，我會照顧好他的，別擔心。」

「不愧是組長……。」

羅警查似乎深受感動，用朦朧的眼神望著閔警正，豎起大拇指。

「那就辛苦了，羅刑警，我們快走吧。」

「啊，好的。大家辛苦了。」

「組長，我們也要先去警察廳了。」

「這樣啊，都警監謝謝你。辛苦了。」

「別客氣，組長和南巡警也辛苦了。安警衛也是。」

「不會，慢走。」

目前狀況似乎大致整理好了，閔警正深深嘆了口氣說：

「那我們來談談接下來該做的事吧？」

所有人都離開指揮室後，閔警正要南巡警和安警衛都坐下來。

「是，組長，我該做些什麼？」

「首先，南巡警你和我們一起巡視A點，以監視器的死角地帶或偏僻地區為主仔細檢查。我們已經整理好預期的犯案地點清單，先以那份清單上的地點為主到現場檢查，確認是否能在兩小時內走完一遍。如果有需要增加的地點，就再列入清單，隨時更新。」

「可是，等拿到書的購買人名單，就應該先調查那些人吧？」

「這個我會負責，安刑警則和南巡警集中精力調查A點。」

「是，我知道了。」

「什麼書？」

「安刑警，你再向南巡警說明吧。南巡警，你就好好聽安刑警怎麼說。我們先出發吧？」

「是，組長。」

最後，閔警正、安警衛和南巡警也離開指揮室，安警衛向南巡警轉述了羅永錫警衛提到的書《大衛之星，真相捕捉？》一書。聽完了來龍去脈，南巡警不知為何感到毛骨悚然，同時也想知道讓連續殺人犯感到害怕的到底是什麼。

「組長，現在要去哪裡？我們不是要去A點嗎？」

「先等一下。我剛從羅警衛那裡拿到出版社老闆的聯絡方式，剛才忘了告訴你們。」

「那要去出版社嗎？」

「嗯，對。」

閔警正一看到手機響起馬上按下通話鍵。

「喔，羅警衛。」

「是，組長。我已經打給出版社老闆，要他安排與譯者的會面。出版社的地址我再傳訊息給你。」

「喔？真的？哇，羅警衛做事就是這麼周全，謝謝你幫我省了麻煩，辛苦你了。我跟他們見過面之後再聯絡你。」

「是，組長。辛苦了。」

「嗯，先這樣。」

閔警正掛斷電話沒多久，手機又傳來了「叮咚」的訊息通知聲。是羅警衛發來的訊息。閔警正把訊息拿給安警衛看：

「安刑警，把這個地址輸入導航就出發吧。」

「是，組長。但是應該要要先和出版社那邊聯絡……」

「別擔心這個，羅警衛已經聯絡好，也都安排好了。我們去就能見到譯者和出版社老闆了。」

「啊……果然辦事能力……。」

安警衛難為情地笑了笑，嘴裡咕噥著。

「辦事能力很出色吧？還真羨慕有這樣的搭檔……啊，沒事，當我沒說。快出發吧。」

「是，組長。我會努力的。」

「好，你加油！」

閔警正輕拍安警衛的肩膀，笑了出來。

在出版社見到的譯者和出版社老闆，並沒有什麼令人起疑的地方。而且他們在殺人案發生的一個小時內也有明確的不在場證明。

漆黑的客廳盡頭透出昏黃的淡淡燈光，從那裡傳來蓮蓬頭平靜的水聲，浴缸裡坐了一個滿身泡沫的短髮男人，蓮蓬頭灑下的水直接落在他身上，他用雙手搓了一兩次短髮，又粗暴地洗了臉。他纖細的手臂上幾乎沒有贅肉，小而結實的肌肉清晰可見。

他走出浴缸洗掉身上的泡沫。瘦弱的矮小身軀，皮膚白皙光滑毫無瑕疵，除了短髮之外，全身上下沒有其他毛髮，然而身體卻遍布著紫色瘀青和傷痕。

洗完澡後，他拿出漂浮在浴缸上的除毛膏放在架子上，看來是將除毛膏塗抹全身之後洗了澡。接著他穿上浴袍走出浴室，穿過熄燈的客廳，坐在沙發上。然後小心翼翼地聚集散落在桌子上的白色粉末。他湊近鼻子吸入粉末，又抬起了頭，將鼻子裡剩下的粉末全部吸進去。

他望著浴室發出的燈光發呆片刻，突然起身，沒來由的心情愉悅，就像跳面具舞一樣，手舞足蹈地揮動手臂，露出燦爛的笑容。

他在客廳裡跳了好一陣子的舞後，突然躺倒在沙發上，抱緊了頭，愁眉苦臉地閉上眼睛，似乎非常痛苦。口水從他的嘴裡滴落，短暫睜開的眼睛裡只看得見眼白。他用迷離的眼神凝視了天花板片刻後再次閉上雙眼。

這時傳來有人走下樓的聲音，緊接著，一名皮膚白皙的短髮壯漢走到他身邊，似乎對他的模樣感到不耐，提高嗓門說：

「你又嗑藥了？到底是在搞什麼？快醒醒！」

「你是誰？啊！是你，啊哈哈。又要唸我？如果要囉嗦就給我滾，滾開。」

短髮男人坐在他旁邊，用手沾起撒在桌子上的白色粉末，嚐了嚐：

「嗯，呸呸！喂！這不是靠吃藥就能解決的。這樣下去只會毀了你自己，別嗑了。還有那件爛事也立刻停手。」

「你懂什麼，如果不做這些事，我就會無法呼吸，好像快死了！」

「這些我全都知道。好，嗑藥就算了，但你要立刻停手，不要再做那件事，這樣太瘋了，知道嗎？」

「喂！我不是說過了，我也沒有辦法啊。只有這樣我才能活下去，只有這樣，爸爸才會……爸爸才會回到我身邊，你到現在還不懂嗎？是啊，你懂什麼。像你這種混蛋怎麼會懂我的心情！」

他情緒漸漸激動起來，開始大吼大叫。

「我怎麼會不懂？我就是明白所以才這樣對你說。拜託你別再做了。你以為這樣，爸爸就會回來嗎？你以為他回來就會愛你嗎？別妄想了，你清醒點。」

短髮男子面無表情，平靜地說道。

「喂！我叫你閉嘴，該死！你懂什麼？爸爸一定會回來的。爸爸會回到我身邊，而且會愛我，所以你也幫幫我吧，好嗎？」

「不要！我真的不想再這樣下去了。我不會再幫你了，到此為止吧。就算你這樣，那個瘋子爸爸也不會再回來了。絕對不會！」

他抓住短髮男子的衣領搖晃著說。

「你說什麼？混蛋！你說夠了沒？爸爸是被惡靈利用了，所以我才要你幫我啊！」

短髮男子甩開他的手，跟著大聲說道：

「拜託你醒醒！哪有什麼惡靈？怎麼可能？爸爸他自己就是惡魔，是個瘋子！」

「可惡，安靜！好，不想幫忙，那就給我閉嘴滾出去！再也不要出現在我面前。快消失！」

他雙手抱緊頭大喊。短髮男子注視著他，接著將手放在他的肩膀上，湊近他耳邊低聲說：

「別這樣，我們一起殺了爸爸吧。」

「不，我不要。」

「為什麼？殺了爸爸才更快。」

他用雙臂抱住自己，眼珠子不停地轉動，然後突然抓住短髮男子的手臂，哀求他幫忙。

「好可怕，吞噬爸爸的那個惡靈也想吃了我。如果殺了爸爸，到時候惡靈就會吃掉我。我也會被那個惡靈困住逃不出來。所以拜託幫幫我，剩下沒多少了，不是嗎？」

「不行！你快點清醒過來！」

短髮男子甩開他的雙手，站起身繼續說：

「我不想再做那種瘋狂的事了。為什麼要把無辜的人……。我不喜歡這樣，我光是想就覺得厭惡。要做你自己做，我幫不了你，不，我不會再幫你了！」

「該死！隨便你，我一個人也會做的，我要把爸爸從惡靈手上救出來，然後我也會擺脫惡靈。等著瞧，惡靈很快就會找到你，到時候你後悔也來不及了，你記著。」

「瘋子，隨便你！你已經完全瘋了。我也厭倦了你這些該死的瘋話，我不想再看到你了！」

「我也一樣，你這個混蛋！馬上滾！快滾！」

他把頭埋進沙發上咆哮。短髮男子留下他逕自上樓。他把頭埋在沙發裡似乎睡著了，久久沒有動靜，接著，他突然痛苦地喃喃自語：

「啊啊！請饒了我，好嗎？爸，爸，拜託住手，拜託！呃啊！拜託不要殺我，呃啊……。是我錯了，我不會再犯了，爸，爸！」

他瘋狂尖叫喊著爸爸，猛地站起來睜開了眼，用失焦的眼神凝視前方，又倒下躺在沙發上，閉上了眼睛。這次好像真的睡著了，傳來了打呼聲。

可能是做了惡夢吧。他小聲重複說著「我錯了」並流下淚水。但是和他發出的聲音相反，他的臉上沒有悲傷和痛苦，而是充滿了嘲笑和輕蔑。

三個月前

崔友哲警衛到達水原地方檢察廳，顯得非常焦急，猶豫片刻後撥出電話。他擔心呂南九的人身安全，不知他發生什麼事，等不到聯絡也聯絡不上人。他想在進入主樓之前再打一次電話的時候，京畿南部地方警察廳刑事科打來了。

「喂？我是刑警崔友哲。」

「崔刑警，大事不好了，我剛剛才聯絡上負責保護呂南九的警察。」

「所以呢？快說。」

「呂南九試圖自殺。」

「你說什麼？自殺？」

「是的，急救後已經將他送往附近的綜合醫院，不過聽說情況危急，你趕快過去看看。」

「知道了，我馬上過去，把醫院地址傳給我。」

崔警衛掛斷電話，再次上了車。急忙打給了趙檢察官想請他諒解自己必須離開。

「趙檢察官，我人到了地檢，但聽說呂南九試圖自殺。」

「啊……是嗎？崔警衛你現在在哪裡？」

「我在停車場，但是……」

「這樣嗎？那你等一下，我也一起去吧。」

「什麼？好的，聽說呂南九情況危急，請快點下來。」

「知道了，我準備好馬上出去，等一下。」

崔警衛掛斷電話。不知道為什麼，趙檢察官的回應讓他感覺到一種陰森的氣息。趙檢察官聽到呂南九自殺的消息並不感到驚訝，反而很平靜，像是早就知道了一樣。

崔警衛把這奇怪的感覺拋在腦後，打給了閔警正。

「喔！你在哪裡？怎麼樣了？」

「那個……」

「什麼？我很忙，快說，有什麼問題嗎？」

「呂南九自殺了……。」

「什麼？自殺了？真的嗎？他死了嗎？」

「沒有，但情況危急。」

「是嗎？現在在哪裡？」

「啊？是，我在水原地檢的停車場……。」

「你在說什麼？我是問呂南九在哪裡？你給我清醒一點！」

「啊，是的。他被送到去醫院，醫院的地址是……」

「不過你為什麼會在水原地檢？」

「我……因為趙檢察官急著約我見面……」

「你說什麼？喂！崔友哲！」

「對不起，系長。」

「算了，先這樣，我們醫院見。我馬上過去，你傳訊息告訴我是哪家醫院。」

「是的。對不起。」

崔警衛對自己未聽從閔警正的指示直接去找呂南九感到內疚，除此之外，他也自責，覺得如果自己有及時趕到，就能阻止呂南九自殺。

●

現在回想起來，閔警正與趙檢察官天差地別的反應，讓情況更加明顯了。同時，崔警衛也確定其中必有蹊蹺。

「你在想什麼？」

崔警衛閉眼沉思，聽到耳邊傳來羅警查的聲音，於是睜開了眼說道：

「啊！到了嗎？」

「沒有，有點塞車，你在想什麼？還是你不小心睡著了？朴刑警在後面問你話。」

「抱歉，我剛才在想別的事情。朴刑警，怎麼了？妳說什麼？」

「啊，我問你看了名單有決定好要怎麼做了嗎？大家一起走，還是分開行動？」

「恩，先一起行動吧，名單上的人不多。」

「啊？不多嗎？」

在羅警查的反問下，崔警衛翻看了手中的幾頁名單。

「十五個人……。啊，抱歉，我在想別的事情……。」

「你在想什麼？你好像正在獨自調查什麼對吧……。還在查你在南部警察廳時負責的那個案子嗎？」

「不是的。沒事了，那我們就分頭探訪吧。」

「啊……好的。」

閔宇直警正用手指著A點的地圖，說明移動路線。安敏浩警衛在停車標誌處停車，看著閔警正指示的位置，將地址輸入導航系統。為了掌握南始甫巡警是否能在兩小時內查看所有地點，他們打算先走一圈犯案預測地點，確認需要花費的時間。

由於預測的犯罪地點比想像中來得多，閔警正有些驚慌，而且這些只是篩選出監視器的死角區域或偏僻地點等的預測位置，一想到也有可能發生在其他地方，閔警正就頭痛。

「組長你怎麼了？哪裡不舒服嗎？」

「沒有，只是頭有點痛……沒事。」

「路上要不要買一下頭痛藥？」

「不，沒關係，我只是看到清單有點嚇到。始甫，我看了一下，有很多地方需要查看，而且這些也只是預測出的可能地點。呼，這樣有可能嗎？」

「到底有多少，我可以看一下嗎？」

閔警正將手裡的地圖和清單交給了坐在後座的南巡警。

「哇，這麼多。這一個禮拜，每天都要在這些地方轉圈，還要考慮時間……。雖說凌晨比較冷清，但真是擔心開車能不能兩小時繞完這些地方。看來我們應該要演練幾次比較好？」

「說得也是。該繞幾次好？雖然這種方法有點蠢，但這是唯一的方法，就算辛苦也要加油，始甫。」

「是，大哥……啊！組長。」

「我們私下在一起的時候就隨意點沒關係。」

「不，要是我不小心在組員面前脫口就不好了。我就稱呼你組長吧，請不要太傷心。」

「哎喲，我真是太傷心了。」

「真的嗎？」

「什麼真的假的？安刑警，好好開車吧。」

閔警正笑著輕拍安警衛的肩膀。

「又來了，都只針對我。」

「欸欸，安刑警，看你說話又沒大沒小。學學人家南始甫巡警多麼有禮貌，是吧？」

「南巡警你看看他。組長每次都這樣找無辜的人麻煩，唉！」

安警衛長嘆了一口氣，從後視鏡皺眉看著南巡警。

「哈哈哈。我是因為喜歡你才這樣的，實在是太喜歡你了，你說是嗎？南巡警？」

「是啊，安刑警。組長太～喜歡你了，唉，我都要吃醋了。」

「對吧？吃醋了吧？安刑警，你看看。」

「是是是。你們說的都對。」

「總之，安刑警和南巡警以後都要一起行動，知道嗎？就算我沒辦法一起來，你們也要形影不離，有沒有聽到？」

「為什麼？」

「嘖！安刑警你又來了。」

閔警正以為又是安警衛在回嘴，所以瞪著他看。

「啊？我？」

「組長，問為什麼的是我。」

南巡警大笑著承認是自己問的，閔警正看著安警衛尷尬笑道：

「喔？這樣嗎？看來我聽錯了。大概是因為每次都是安刑警在頂嘴，我才會搞錯吧？」

「組長真是太過分了。」

安警衛嘟著嘴，通過後視鏡與南巡警對視，南巡警覺得他們兩人的互動很有趣，忍不住笑出來。

「但是組長，為什麼你喊南巡警的時候，不叫他南刑警，而是一直叫巡警呢？我們稱呼朴旼熙巡警的時候，你就會教訓我們。現在南始甫巡警也加入了調查……。」

「是沒錯，但他畢竟不是正式被調來的……。純粹只是我和大方派出所所長有交情，才把人借來。如果覺得不公平，就快點累積經驗，調來刑事科？」

「哎，刑事科是我想去就能去的嗎？不管怎樣，我累積足夠經驗後一定會申請刑事科，組長請等著吧。在那之前，叫我巡警就好了。」

「安刑警，你聽到了吧？」

「是是是。兩位從什麼時候開始這麼會唱雙簧。」

「你不知道嗎？我們從一開始就是最佳拍檔。」

安警衛忍不住哼了一聲。

「安刑警，你該不會在吃醋吧？」

「什麼？真的嗎？」

「啊？真是受不了，我不應該提起這個的……真是的。」

閔警正看著安警衛笑了，南巡警也忍不住爆笑。

「到了，下車吧。」

「喔，已經到了啊，那我們就開始吧。」

安警衛在大樓正門前停車，先讓閔警正和南巡警下車，再把車開到停車區。他們走到大樓後方的偏僻小巷。這裡是離市區有段距離的窄巷，也是通往公車站的捷徑。

「看仔細了，南巡警。從這裡往市區方向約兩百公尺，我們要查看七個地點，然後前往下一個區域。七個地點、下一區。安刑警，你先到我們最後要去的地方等，然後載我們去下一區就可以了，明白？」

「是，組長。」

「南巡警，你有聽到嗎？」

南巡警沒有回應。閔警正輕輕地把手放在了南巡警的肩膀上：

「怎麼了？你已經看到什麼了嗎？」

「沒有……。」

「怎麼了？真嚇人。」

「看到這棟大樓，想起以前……不，沒事。」

閔警正聽到南巡警的話，看了一下大樓。

「啊，這裡也是明寶大樓。和……那棟大樓同名。」

安警衛這時才發現大樓的名字，看了看南巡警的臉色。

「南巡警，你還好嗎？」

「是的，我沒事。當然。」

南巡警想起了三年前在鷺梁津發生的事情，回憶起當時被關在明寶大樓內的姜素曇。不過是棟同名的大樓，卻又想起了她，南巡警一時陷入沉思。

「組長，我們開始行動吧。只要查看這些偏僻的地點就行了吧？」

「什麼？對，好。先查看這一帶再移動吧。安刑警，計時。」

「是的。我已經開始計時了，組長。」

「很好。南巡警，你覺得呢？接下來要查看所有地方，你還好吧？」

「是，我正在仔細看，我們去下一個點吧，要用跑的嗎？」

「好，練習要跟正式上場一樣。安刑警，你先到最後的點等著。」

「好，那就辛苦了。」

安警衛跑向停車的地方。南巡警和閔警正對視一眼，像賽跑一樣同時出發。奮力奔跑的南巡警很快就超越了閔警正。

●

路燈閃爍，昏暗的巷弄。一名身穿迷你裙和閃亮T恤的女人雙手環胸抱著手提包，搖搖晃晃地走著。他遠遠地在車裡看著這情景，悄悄地打開車門下了車。他盡量走在暗處，並觀察四周動靜，緩緩走向那名女人。

喝醉的女人渾然不知，走到閃爍的路燈下，腰向下彎成九十度，痛快地嘔吐。下水道的水聲暫時打破了寂靜，走向女人的他被那個聲音嚇到，停下了腳步。

待四周又稍微恢復寧靜，她扶著路燈想站起來時，閃爍的路燈突然熄滅了。她眼前一黑，驚嚇地想往明亮的地方走，但因為醉了難以保持平衡。

女人沒走幾步就瞬間消失了。就像有隻動作迅捷的野獸捉捕獵物一樣，有人把她拖入了黑暗深處。

「唔！唔唔……」

她眼中滿是不安地掙扎著。

「安靜，不要動。」

「唔唔！」

「我說別動！」

啪！

「唔！」

「所以我不是叫妳安靜嗎？」

一名頭上戴著水兵帽的男人舉起一個大型鈍器，用力擊打她的頭部。四處噴散的血濺到他的臉上，他若無其事地用手背抹去臉上的血跡。抹過血的手背非常白皙，沒有任何的細毛，就像女人的手。接著，他從口袋裡掏出一把折疊刀，刺向她的身體……。

就在這時，一道巨大的陰影從黑暗中緩緩靠近他。他看到那道影子的瞬間，手裡的刀和鈍器都掉落在地上。巨大陰影更加逼近，那一刻整個世界變得一片漆黑，萬籟俱寂。

「您來了，主人，還沒……準備好……。」

他跪下來低垂著頭，黑影沒有發出任何聲音，只是慢慢地走向他。

「請再等一下，我很快就會準備好要獻給主人的祭品，求求您……。」

他不斷磕頭懇求。

「對不起，我沒想到主人來得這麼快，拜託……求求您……饒了我吧。我很快就會準備……呃啊！啊！呼、呼……原來是夢。」

他尖叫著從夢中醒來，鬆了口氣。他的衣服已經被汗水浸濕。他沒看清撲向自己的那道影子是什麼，每當夢到自己被黑影吞噬，他都是尖叫著醒來的。

他認為這是惡靈另一次的啟示，於是起身走進浴室，替下一個祭品作準備。

國會議員李弼錫最高法院公審六天前

李德福進入了水原地方檢察廳的大廳，站崗的警察擋住他的去路：

「抱歉。這裡平日是禁止進出的區域。申訴室往那邊走。」

「不是的，我是來見趙德三檢察官。」

「啊，這樣啊。那您有先約好會面時間了嗎？」

「啊……那個……」

「請問有什麼事嗎？」

一位年輕的男檢察官走向猶豫不決的李德福，問道。

「啊！檢察官，沒事。這位走錯了……」

「檢察官您好。還記得我嗎？」

警察正要向檢察官說明情況時，李德福認出了曾有一面之緣的檢察官，先打了招呼。

「您好，您是李敏智的父親，對吧？」

「哎喲，謝謝檢察官還記得我。檢察官，對不起，我可以見見趙德三檢察官嗎？」

「您有先聯絡趙檢察官了嗎？」

「不，他一直沒接電話……。」

「這樣啊，他可能很忙。嗯……那您就跟我一起上去吧。」

「真的嗎？哎喲，真的很謝謝。」

「檢察官，那請申請張通行證再進去吧。」

警察見狀便安排他申請進入檢察廳。

「啊，好的，伯父，您到那邊押身分證換通行證就可以了。跟我一起走吧。」

「好的，真的太謝謝了，檢察官。」

「別客氣。這是應該的。您這段期間很辛苦吧？啊！這位我會負責接待，你去忙吧。」

「啊，好的。那麼麻煩檢察官了。」

警察向檢察官行注目禮後回到崗位上。李德福在服務台拿到通行證，和檢察官一起上了樓梯。年輕檢察官上樓時打給了趙檢察官卻沒有接通。無奈之下，他只好將李德福帶到自己的辦公室。

「請在這裡等一下。我打個電話，看趙檢察官在不在辦公室。他有在的話我再送您過去。」

「唉，真抱歉，檢察官你應該很忙吧……。」

「不會。事務官，請倒杯茶。」

「是，檢察官。」

「啊……謝謝。檢察官，我可以去一下洗手間嗎？」

「啊，當然，出去後右轉就會看到了。」

「好的。」

李德福從檢察官辦公室出來，沿著右側走廊走向洗手間。他看見了趙德三檢察官站在對面的走廊上，於是匆忙朝他走過去，然而當他走到時趙檢察官卻已經不見蹤影。李德福環顧四周，發現通往戶外天台的門開著，於是他走了過去。這時，從天台那傳來了趙德三檢察官的聲音。

「嗯，我看到新聞了。處理得還順利吧？哎，一定要做到這種地步嗎？……我早就說過要堵好他的嘴！該死……反正這件事我什麼都不知道。所以說，應該一次就要送他走啊。現在這算什麼？……不管怎樣就用自殺收尾。醫院那邊也不要出問題。這次沒處理好，可不是你一個人就能負責的，知道嗎？之後除非我聯絡你，否則不要再打來了。……你這傢伙……不是啊，我明明說過要妥善處理的。你明知道上頭給了指示還這樣？少廢話……等一下。」

趙檢察官暫時放下手機，觀察了四周，又把手機放到耳邊說：

「總之，不要廢話，把呂南九那傢伙好好收拾乾淨。官司我會好好處理的，混帳！這傢伙……。不說了。」

嘟！

「這傢伙膽子怎麼這麼小？真不知道是怎麼爬到這位子的，該死。」

李德福看到趙德三檢察官在通電話，想等一下再叫他。但由於通話內容聽起來不尋常，於是他悄悄地在外頭偷聽。

不過，南九？是指那個呂南九同學嗎？到底要好好收拾什麼？自殺又是什麼？

李德福聽不懂對話的意思，拿出手機搜尋新聞後，踉踉蹌蹌地後退了幾步。

年輕的檢察官見李德福這麼久沒回來很擔心，所以親自去找他，但在洗手間沒看見李德福，以為他和趙檢察官見到面了。當年輕檢察官要走向趙德三檢察官辦公室時，他看到了趙檢察官邊講電話邊走進辦公室。年輕的檢察官以為李德福是和趙檢察官一起進去的，於是放寬了心，轉身離去。

和預想的一樣，最高法院一個月後仍舊做出無罪判決，原因是擁有關鍵證據的被害者男友呂南九自殺，未能提供任何物證和證人。另外，媒體報導呂南九自殺是由於警方的高壓調查所致，輿論一面倒。這也對判決產生影響，甚至有傳聞稱，警方試圖收買呂南九出庭作證，並提供偽造的物證。

原本預計最高法院做出判決後，會處分進行調查的京畿南部地方警察廳重案組刑警。然而，只有崔友哲警衛受到減薪處分，並調往首爾地方警察廳刑事科，其他刑警則是全部晉升或調到爽缺職位。

後來才知道，更驚人的是負責此案的趙德三檢察官升職為首爾南部地檢部長檢察官。

「崔刑警，你在想什麼？」

「喔，你來啦？怎麼樣？有沒有可疑的人？」

「有幾個人不在，等到晚上再去看看。你呢？沒發現嗎？」

「嗯，我也沒有發現看起來特別可疑的人，不過還有幾家要再看看。」

「好，知道了。」

比較晚到的朴巡警看到崔警衛和羅警官便匆忙跑了過來。看到這一情景的羅警官降下駕駛座的車窗，對著朴巡警喊道：

「朴刑警！不要用跑的！」

朴巡警快跑過來，上了車子後座說道：

「兩位先回來了啊，辛苦了。」

「妳也辛苦了，朴刑警。調查得怎麼樣？」

「沒發現什麼可疑的人。啊，有一家根本就像沒人住的空屋。太安靜了，房子又很大……。我晚上會再去一趟。」

「是嗎？看來大家都差不多。到此為止，先回去吧。」

「那個，崔刑警，回去之前先吃個飯……。」

「喔，好啊。羅刑警和朴刑警你們倆去吃吧，我還有事，先走了。」

「啊？不要這樣，一起去吧。」

「沒有啦，我不是想自己去吃。你們兩個人吃完飯再回來吧。回來後替我向組長報告。」

崔警衛下了副駕駛座，說道。

「崔刑警，你要去哪裡？」

「南部地方檢察廳，去見個人，幫我轉達給組長。」

崔警衛揮手示意，要他們趕快出發後便轉身離開。坐在後座的朴巡警下了車，改坐到副駕駛座。

「羅刑警，你知道些什麼嗎？」

「喔？什麼意思？」

「趙德三檢察官的事故。崔刑警不是因為這個才去的嗎？」

「喔……好像是，但詳細的內情我也不知道。妳知道崔警衛來首爾警察廳之前，他的案件是趙檢察官負責吧？」

「知道，所以我才問的。」

「嗯。那時崔刑警很難受，也很自責。」

「自責？為什麼？」

「妳知道吧？當時他負責的案件被害人叫李敏智。那妳也知道李弼錫議員吧？那個議員不是幾天前自殺了嗎？當初李敏智自殺的時候留下了遺書和幾件證物……但因為失誤毀損了。崔刑警因此吃了不少苦頭，不過事情有點奇怪。」

「哪裡奇怪？」

「我覺得那不是單純的失誤。」

「如果不是失誤，那是有人故意毀損的嗎？」

「那時候他有提出了疑慮卻被罵得很慘！因此，調查也陷入了困境。記者們又不知道是怎麼聽到消息，寫了非常多的相關報導，大部分都針對警察。總之他們說在協調檢警偵查權時，警方與檢方之間出現不同調的情況，因此警方故意捏造證據，甚至有人說政府為了壓制在野黨議員，故意捏造案件。但更重要的是，李敏智男友原先決定提供重要物證，要到最高法院作證。在他答應出面作證之前，崔刑警費了很大的勁才說服了他。不過大概是在開庭一週前吧？他突然自殺了。」

「啊？所以……」

「是啊，妳也在新聞上看到了吧？當時鬧得滿城風雨，大家都說警察是利用高壓偵訊手段才抓到人。該死。還有，李敏智男友自殺那天聯絡過崔刑警，但他沒接到，來不及馬上去找他。從那天起他就很自責，認為沒能阻止自殺是他的錯。還不只這樣，李敏智的父親被醫生宣布時日不多……卻突然消失了。最高法院開庭時沒出現，人也不在病房，從那之後到現在都沒人見過他。這就是為什麼崔刑警放不下這起案件。他內心還是很愧疚。」

「原來如此，那羅刑警你幫幫他……啊，我的意思是……。」

「是啊，沒錯。我也是這麼想的，所以好幾次提議我們一塊去，問他是什麼事，但他始終不說，只說我不知道也沒關係……。崔刑警習慣自己承擔責任，自己解決問題，一直都是這樣。」

「啊……原來是這樣啊。我會注意的。」

「但奇怪的是，我以為崔刑警在追查害死他哥哥的蔡非盧系長的父親。也就是南巡警說的，讓組長掉入圈套的命案。當時的證物中，有系長父親和國會議員……啊！不，沒事。」

「什麼？怎麼了？為什麼話說一半？」

「喔？沒有，那件事我也不太清楚，就說到這吧。我以為崔刑警是因為哥哥才這樣的。」

「什麼意思？」

「哎呀，沒事啦。我們快去吃飯吧。」

「喔……好的。既然崔刑警也不在，我們乾脆先回去再去叫外賣吧？」

「喔，好啊，那就這樣吧。」

南始甫巡警呆看著喘氣跑來的閔宇直警正，看了看手機。這是為了確認和記錄繞過A點所有預測犯罪地點所需的時間。準確的時間為兩小時四十五分二十五秒。南始甫仔細記錄後抬頭一看，閔警正似乎跑不動了，氣喘吁吁地走來。

「組長，你還好嗎？」

「呼、呼、呼。」

「所以我不是說了，你跟安敏浩刑警一起開車過來就好。」

「呼，我……我沒事。啊啊，總算活過來了。反正趁這機會鍛鍊一下體力。花了多少時間？」

「兩小時四十五分二十五秒。」

「什麼？意思是沒辦法嗎？」

「對，要再跑得更快……不，光跑還是沒辦法。嗯……不然騎機車？對，騎機車應該可以節省更多的時間。」

「啊！對，還有這個辦法，那我去找機車來，再演練一次。」

「啊？今天嗎？現在？」

就在這時，一輛車停在了閔警正旁邊，安警衛下了車。

「這麼快就到了嗎？」

「塞車很嚴重吧？」

「是的，南巡警，好像不能用汽車移動，所以要不要騎⋯⋯」

「機車嗎？」

「嗯？對，騎機車。組長已經想到了嗎？不愧是組長。」

「不是我想到的，是南巡警。」

「啊，是嗎？不愧是南巡警。」

「什麼跟什麼？一下誇我，一下誇南巡警，你什麼意思？」

被閔警正一說，安警衛搔頭笑了出來。

「快點行動吧，我們得趕快找輛機車來，再走一次。」

「現在嗎？」

「對啊，又怎麼了？」

「要再走一次？」

安警衛驚訝地看向南巡警。

「是的，我剛才也問過一樣的問題。」

「不，組長。現在已經⋯⋯」

「已經怎樣？啊！哎呀，午餐時間都過這麼久啦。你們要早點說啊。好，那先吃飯吧。吃飽才有力氣跑，不是嗎？」

「是，要吃什麼呢？」

「血腸湯。」

對於安警衛的提問，閔警正和南巡警異口同聲回答。

「我不在的時候，你們兩位已經決定好要吃血腸湯了嗎？」

閔警正和南巡警互看對方一眼，哈哈大笑。

「沒有啦，安刑警。組長你最近也經常吃血腸湯嗎？」

「那當然！還有其他像血腸湯一樣，好吃又能填飽肚子的食物嗎？你呢？」

「我？我被組長傳染，現在成了血腸湯的愛好者，哈哈。」

「怎麼回事？好像只有我被排擠……。」

聽了安警衛的話，閔警正和南巡警又對視一眼，哈哈大笑。

「好了，都繫好安全帶了嗎？出發去王奶奶血腸湯店。」

「好！」

●

在江南警察署特別搜查本部指揮室，韓瑞律檢察官焦急等待著閔宇直警正。儘管知道所有人都出動了沒人留守在此，但在首爾地方檢察廳聽到傳聞後，實在坐立難安。在趙德三部長檢察官的死亡事故發生後，韓檢察官有預感，那些謠言並不只是單純的謠言。

韓檢察官轉開保溫杯的杯蓋，喝了一口，沒過多久，又想打開保溫杯時，指揮室原先緊閉的門被推了開來。

「喔，檢察官，妳一直在這裡嗎？」

「對，你們現在才回來嗎？辛苦了。」

回來的人就是結束A點勘查的閔警正、安警衛和南巡警。閔警正看到韓檢察官在指揮室，非常驚訝，隨即高興地打招呼。韓檢察官立刻回應了安警衛和南巡警的問候，視線卻固定在閔警正身上，彷彿被什麼東西追趕，非常焦急。

「哪裡，沒有吃什麼苦頭，頂多塞塞牙縫而已。」

「組長用來塞牙縫的不是苦頭，而是血腸湯吧？」

「血腸湯？說得真好，安刑警。」

安警衛附和著閔警正的胡言亂語，所有人都哄堂大笑，唯有韓檢察官嚴肅地開了口：

「閔組長，我們談談吧。」

「啊！好，沒問題。要去會議室嗎？那麼……我看看，你們兩個整理一下現場情況，等組員們集合完畢就準備馬上開會。」

「是，知道了。」

閔警正現在才發現韓檢察官的神情有異，直覺有什麼不好的事，於是立刻走向會議室。韓檢察官則是不發一語，跟著他走向會議室。

「檢察官，發生什麼事了嗎？」

「組長，首爾地方檢察廳曾經有不太好聽的傳聞。」

「曾經？是以前發生的嗎？」

「沒錯，有個謠言。這段期間，普遍都當作那只是證券界的小道消息……可是那個傳聞……」

「為什麼吞吞吐吐？是很難啟齒的事嗎？」

「不，不是……所以你知道我要說什麼嗎？」

「我不知道，只是檢察官妳平時能言善道，看妳現在這個樣子我才推測的。我猜對了嗎？」

「喔，那個……因為不是正確的情報，只是傳聞而已。即便如此，當作沒這回事又有點不妥。我看到今天的新聞，突然有了奇怪的想法……。」

「新聞……是指趙德三部長檢察官的事故嗎？」

「沒錯。」

「怎麼了？」

韓檢察官欲言又止，猶豫著該怎麼開口。

「發生什麼事了，檢察官？」

「組長聽說過高層官員的社交派對嗎？」

「啊……妳是說那個定期舉辦毒品派對和性招待的謠言嗎？」

「原來組長知道啊！」

韓檢察官瞪大雙眼望著閔警正。

「這件事我們警方也大概知情。不過這應該沒到說不出口的程度吧。還有什麼事嗎？」

「那個……其實，參加社交派對的高官名單中，包括了前任檢察總長和前任最高法院院長，以及前政府的VIP[*13]……。」

「這跟趙檢察官的死有什麼關係？」

「組長你一點都不驚訝呢？你也知道參與的人有誰嗎？」

閔警正沉默點了點頭，露出淡淡的微笑。

「原來如此……。是這樣的，檢方內部流傳趙德三部長檢察官的死不是因為事故，而是他殺。」

「他殺？」

「李弼錫議員、李大禹大法官，還有趙德三檢察官……不覺得奇怪嗎？感覺是典型的斷尾求生。」

「意思是這些命案都與參加社交派對的高層官員有關嗎？」

「是的，沒錯。請問組長知道有什麼內幕嗎？我看你一點也不驚訝。我自己聽到這件事後有點吃驚……。這個傳聞從三年前就開始了，在政黨輪替後消失了一陣子，這次發生了一連串的死亡事件才又浮

＊13：指總統。

出檯面。

「檢察官認為呢？妳真的相信有那份名單嗎？如妳剛才所說的，前任檢察總長、最高法院院長以及VIP都牽扯其中嗎？」

「不會吧，社交派對也許真有其事，但毒品、性招待，甚至VIP……。」

「是吧？我也認為這個傳聞不可靠，請不要想得太嚴重。可是萬一名單真的存在，就像檢察官妳說的，有很多卸任高官都在其中，妳會怎麼做？」

「我嗎？你問我會怎麼做？」

「是，韓瑞律檢察官。」

「竟然用這種意味深長的語氣直呼全名啊。唔……。」

「就當作真有其事，說說看妳會怎麼做吧。」

「嗯……。當然，如果名單是真的，我們就得調查。即使是高官，不，就算是VIP，在法律面前人人都應是平等的。不是嗎，組長？」

「當然。但妳真的做得到嗎？檢察官不可能不知道他們是怎樣的怪物吧？」

閔警正突然嚴肅地盯著韓檢察官。

「怪物……。現在都還不確定真相是什麼，怎麼能說是怪物呢……。」

「當然目前都還不確定，但難道妳不知道那些有權有勢的人是什麼德性嗎？如果是這樣就太令我失望了。」

「當然知道，我自己也親身經歷過。」

「是嗎？雖然我不清楚妳經歷過什麼，但因此受委屈的可不只一兩個人。」

「是的。」

「檢察官，妳覺得怪物會放任我們去抓人嗎？」

「我明白組長的意思了。就像以前組長的事件一樣。當時我還是新來的，有人推我這隻菜鳥出去當沙包，平息風波。」

「對。當時妳不是親眼目睹了嗎？雖然妳還很年輕，不過我真的非常尊敬堅持到底，想要揭開真相的韓檢察官。」

「是嗎？真是榮幸，組長居然說尊敬我。儘管我清楚當時自己不應該在那個位子，但還是不得不接受指派。我答應過我會盡全力，但是……」

「妳做的已經夠多了。那時候檢察官也是迫於無奈。當時他們已經都計畫好了，妳也沒有插手的餘地，而且還承受著那樣巨大的壓力，人身安全也受到威脅。但是我也因此發現了一塊原石。」

「原石？是什麼……。組長是指南始甫巡警嗎？」

「喔，對，南巡警也是原石沒錯，但我不是在說他。從那天以後，我就一直在觀察，想看看那塊原石能否有朝一日成為寶石。如果李弼錫議員、李大禹大法官以及趙德三檢察官都與社交派對有關的話，那就不只是普通的案件了。不知道後面有什麼怪物正在蠢蠢欲動。妳敢和那種怪物對抗嗎？」

「對抗？和怪物……。」

第6話 死亡背後隱藏之物

「我們回來了！」

在安警衛和南巡警合力整理調查日誌的時候，朴旼熙巡警和羅相南警查回到了指揮室。朴巡警清亮優雅的聲音響徹了整間指揮室。

「啊！你們回來啦？」

南巡警站起來打招呼。

「有什麼發現嗎，羅刑警？」

警衛的提問換來了羅警查苦澀的笑容。他說道：

「沒有，白跑了。南巡警吃過午餐了嗎？」

「午餐？你還沒吃嗎？」

「你已經吃了？也是，都這個時間了……。」

羅警官瞄了朴巡警一眼，朴巡警見狀機伶回應：

「那要點什麼呢？」

羅警查想著許久，正要說「炸醬……」時，閔警正打開指揮室的門走了進來。

「喔！全員到齊了。」

朴巡警和羅警查起身向閔警正打了招呼。

「組長好，我們回來了。」

「回來了，組長。」

「喔，辛苦了。」

安警衛望著門，注意到韓檢察官沒有一起回來，問道：

「檢察官走了嗎？」

「沒有，她還在。安刑警，整理好調查日誌就分享給大家，然後租一輛機車去A點一趟。如果在那裡看到要追加的地點，就記在清單上，明白？」

「是，組長，不過組長你要去哪……？」

「我要和檢察官去一個地方，之後再說。」

羅警官舉手說道：

「組長，我們接下來要做什麼？」

「崔刑警去哪裡了？」

「他說有事，去了南部地檢。」

「南部地檢？不是去南部警察廳？」

「對，他說是去南部地檢。」

朴巡警又回答了一次確認。

「好，我知道了，那大家繼續忙吧。」

「組長！我們……」

砰。

閔警正對崔警衛沒有去南部警察廳，而是去了南部地檢感到十分驚訝。他認為必須親自問崔警衛，沒等羅警查說完就急忙走了出去。閔警正正打算與韓檢察官一起去京畿南部地方警察廳處理趙德三檢察官的事件。

「組長有什麼事嗎？羅刑警，你知道嗎？」

「那個……不，我也不知道。」

朴巡警在一旁小心翼翼地說道：

「好像是因為趙德三部長檢察官的案子才去的吧。」

「是嗎？那崔刑警為什麼會去南部地檢呢？」

坐在後面靜靜聽著的安警衛回答了南巡警的問題：

「因為趙德三檢察官是南部地方檢察廳部長檢察官。那似乎不是單純的墜橋事故。」

南巡警被他的話嚇了一跳，回頭問：

「什麼？不是意外？那是他殺嗎？和這次的連續殺人案有關係嗎？」

對於南巡警的提問，安警衛看向羅警官，答道：

「沒有。對吧？羅刑警，你知道情況嗎？」

「我？啊，那個……其實我也不知道具體細節。會不會是因為他在京畿南部警察廳時負責的案件？我只猜得到這樣……。」

「真的嗎？羅刑警？」

「嗯？什麼？連朴刑警都這樣問。」

朴巡警認為羅警查知道些內幕卻隱瞞不說。

「朴刑警，別再說這些有的沒的，幫我點辣海鮮湯麵，還要小份糖醋肉，有聽到嗎？」

「喔！是。」

「一定有什麼隱情……對吧？」

南巡警覺得有些可疑，看著安警衛低聲問：

「他不是都說自己不知道了嗎？我們還得去現場再檢查一次。」

「啊，去之前應該先報告目前進度。」

「也對，差點忘了。羅刑警，在外賣送來之前，我們先彼此報告一下進度吧。」

「好，朴刑警，妳叫外賣了嗎？」

「叫了，羅刑警。」

安警衛和羅警官分享了早上的情況，朴巡警立即整理了目前的調查進度和內容，當場寫好報告。在分享完進度時外賣也恰好送到。

「用餐愉快。我們先出發了。」

「這麼快又要出去了？」

「是的。組長指示要立刻去。」

「就算是這樣……。不過組長真不懂得變通，稍微休息一下又沒關係。」

「什麼？你說什麼？」

「啊，沒事。你們路上小心。」

「好，辛苦了。走吧，南巡警。」

「你們慢慢吃。」

安警衛和南巡警走出指揮室，前往機車出租店。

三年前，蔡非盧系長和金範鎮警衛栽贓閔警正，並企圖殺人滅口的案件是由檢察官韓瑞律負責。閔警正知道後隨即明白，對方企圖起用資歷淺的新手女性檢察官，再利用各種媒體炒作掩蓋事件焦點，最後再犧牲金範鎮來讓事件收尾。

所幸，某位新任國會議員通過記者招待會，提出了蔡非盧系長父親蔡利敦議員的貪汙嫌疑，真相才被公諸於世，在輿論的壓力下不得不展開調查。韓檢察官為了查明蔡利敦議員等部分國會議員收受財閥賄賂的嫌疑，東奔西走，竭盡全力。

然而，沒有明確證據能證明國會議員與財閥之間的勾結關係，最後國會議員和財閥都因證據不足而被判無罪。更令人吃驚的是，判決中壓根沒提及高官社交派對一事。據說，社交派對相關證物從頭到尾都沒能交到韓檢察官手上。

當時，閔警正從旁觀察以激昂鬥志和熱情與此抗爭的檢察官，在那之後，為了確認她日後是否能成為一起對抗怪物的戰友，持續關注她的動向。因此，這次也是閔警正強烈要求上級，希望讓韓檢察官負責連續殺人事件。

然而，事件比預想得更早開始爆發。閔警正獨自進行與社交派對有關的內部調查，在查蔡利敦議員和李弼錫議員可疑會面時，得知崔友哲警衛負責的性暴力事件，便以此為契機，讓原先就認識的崔警衛一起加入。

在閔警正追查蔡利敦議員和社交派對的關係時，相關人士相繼死亡。在尚未掌握怪物底細的情況下，對方的行動比預期得要快，這讓閔警正感到困惑。與此同時，韓檢察官先提出檢察機關內部流傳的謠言。其實，閔警正對韓檢察官還沒有十足的信心，但因為是韓檢察官先提起，所以他也開門見山地向韓檢察官釋出善意。閔警正和韓檢察官在前往南部警察廳的車上，針對趙德三部長檢察官的死亡事故，與高官社交派對之間的關聯性互相交換意見，可惜的是，沒得出明確結論。

韓檢察官在與閔警正討論的過程中，不禁對他們宛如迷宮般難解的真面目感到好奇。然而，目前只能推論出因為趙德三檢察官負責李弼錫議員的性暴力案，因此他應該和李弼錫有所勾結。另外也推測李弼錫議員和李大禹大法官之間也有關聯。

閔警正開手機擴音接起崔警衛打來的電話：

「喔，崔刑警。」

「組長，你在路上了嗎？」

「什麼？」

「你不是要來南部地檢嗎？」

「崔刑警你好。」

「是誰……啊！韓瑞律檢察官？檢察官好，你們會一起過來嗎？」

「是的。」

「崔刑警，你為什麼會在南部地檢？我和韓檢察官正要去南部警察廳查一下趙檢察官的案子。」

「啊，這樣啊。你們先過來這裡吧，有些東西要讓組長看看。」

「是什麼？找到什麼了嗎？」

「組長直接過來確認比較好，不過韓檢察……」

「怎麼了？我不能一起去嗎？」

「不是的……。檢察官，我不是那個意思。組長，現在要怎麼辦？」

「沒關係，等我過去再說，待會見。」

「喔……是，組長。」

嘟嘟。

「崔刑警也知道社交派對的事嗎？」

「啊……不能說全部，但大致上知道。」

「大致上？那我也是大致上知道嗎？」

「不是。檢察官妳是大部分都不知道。」

閔警正看了韓檢察官一眼哈哈大笑，但一發現檢察官沒有笑，覺得不好意思，趕緊止住笑聲。

「意思是還有我不知道的事，對吧？」

韓檢察官依然面無表情。

「是的，檢察官。」

「不能告訴我嗎？」

「是的，目前還不行……」

「我知道了，還要多久才到？」

「啊，再二十分鐘就到了，要聽音樂嗎？」

「不用了，安靜開車吧。」

閔警正被韓檢察官冰冷的聲音壓得喘不過氣來。兩人一路沉默，安靜地開著車直到抵達南部地方檢察廳。韓檢察官不知是累了還是陷入沉思，始終緊閉著眼，沒半點動靜。直到車子進入南部地方檢察廳停車場，車子熄火之後，她才靜靜地睜開眼。

「友哲，你認為這次事件也是他殺嗎？」

「沒錯，明顯是他殺。監視器的畫面妳也看到了。」

「光憑這一點就懷疑是他殺，不會太勉強嗎？」

「的確，但還是有點古怪。服務中心說輪胎漏氣是人為造成的。是不是有人故意對輪胎動了手腳？」

「嗯……好，我知道了。把這件事告訴媒體就行了吧？」

「是的，拜託了。如果媒體報導了他殺疑點，警方和檢方就必須採取行動，或是能因此讓某些人有所動作？抱歉，這可能會帶來危險……。」

「不，沒關係，我會看著辦的，還有其他關於蔡利敦議員的消息嗎？」

「還沒有。從那以後，沒有特別的動靜。」

「知道了。那我先走了。」

「對不起，把大忙人叫來。」

「幹嘛道歉，我也得到了很多幫助。保重身體。啊！要好好吃飯，知道嗎？」

「好，妳也是。謝謝，路上小心。」

崔友哲警衛就這麼愣愣地看著她走向停車場的背影過了好一會，剛下車的閔宇直警正和韓瑞律檢察官遠遠地看著他們。

「崔刑警！」

「……。」

「喂！崔友哲！」

「喔！」

崔警衛這才注意到到閔警正和韓檢察官，急忙跑了過來。

「組長你什麼時候來的？檢察官妳好。」

「什麼呀？是你女朋友嗎？好像在哪裡見過……。」

「哎，上次不是才見過嗎？你那時候也問是不是我女友……。剛剛那位是徐敏珠議員。」

「啊，對啦！我想起來了，是當時幫我們的……」

閔警正想起三年前的事，正要開口又驚覺不對，看了看韓檢察官的臉色。

「徐敏珠議員？是三年前在正論館[*14]揭露蔡議員貪腐的那位國會議員嗎？」

閔警正迴避韓檢察官的視線，望向遠處尷尬地笑出聲。

「你說她幫了什麼忙？閔組長！」

「崔刑警，你快說點什麼……。」

「我？不是……。檢察官，當時也是別無選擇……」

「你說什麼？別無選擇？你不知道當初因為徐敏珠議員，我遭受多大的羞辱嗎？」

「我知道，當然知道，但如果當時不那樣做，不就沒辦法揭露真相了嗎？雖然最後還是被蓋……。」

「不對吧，組長，你現在說這種話……真是的！原來在背後捅我刀的是兩位？」

韓檢察官氣呼呼地瞪了閔警正一眼。

＊14：國會記者招待室。

「哎喲，幹嘛講得這麼難聽……。那只是策略上為了扭轉局勢，隱藏起來的一張牌而已，不是嗎，崔刑警？」

崔警衛夾在閔警正和韓檢察官之間不知所措。

「扭轉？是要轉什麼？不管怎樣，你應該要先提醒我的。」

「不，當時……我不知道，檢察官……」

「我要上去了。否則不知道會不會又有人往我背上捅一刀。」

「幹嘛這樣？檢察官，我向妳道歉，應該早點告訴妳的……。因為結果不好，當時也沒那個心情，所以忘了跟妳說。」

「檢察官，當時只是組長拜託我傳達給徐議員而已，是真的。組長，你解釋一下吧。」

「沒錯，我道歉，但妳明知現在是什麼情況，怎麼能現在說要退出？還有這可不是說抽手就能解決的事啊，檢察官，不是嗎？」

「什麼意思？在威脅我啊。」

閔警正連連搖手說：

「威脅？哎喲，不是那個意思。我是在鄭重地拜託檢察官幫忙，請妳助我們一臂之力吧。」

韓檢察官只是盯著閔警正看。

「檢察官，當初的事，我在此鄭重向妳道歉。」

閔警正低頭，順便拍了下崔警衛的腰。

「是，檢察官，我也向妳道歉。」

「好吧。既然你們都道歉了，這次我就不計較了，但希望不要再發生這種事，知道嗎？」

「當然。對吧，崔刑警？」

「不會再發生了，檢察官。」

「好，我姑且相信一次吧。」

崔警衛先觀察了一下兩人的臉色才開口說道：

「那個……那我們現在得去看個東西……。一起走吧。」

「好，要去哪裡？」

「到組長車上吧。」

「我的車？」

「是的。」

江南市區燈火通明，人聲鼎沸。夜越深，大街小巷的人潮越來越多。雖然有燈火輝煌之處，但也有黑暗與冰冷的空間共存。

從黑暗的空間之中，緩步走出了兩名正在對話的男人。

「這是最後一次了，時間……」

「果然有效，這次只花了一小時二十分鐘。」

安警衛看著手機的計時碼錶說道。

「是啊，但還是要縮短時間。試著走更短的路線吧。」

「為什麼？這個時間應該沒問題吧？」

「雖然控制在兩小時以內……但還是會不安，有可能不是準確的兩個小時，我們也不知道會不會有突發狀況。而且仔細想想，我們似乎漏掉了很多地方。因為事先調查的日期和實際發生的日期不一樣，不知道會發生什麼變數。」

「啊……聽你這麼一說，除了我們調查的地方之外，還有其他可能犯案的偏僻區域。要是每天街上的狀況都不一樣，那問題不就大了？」

「沒錯。因為犯人真正下手的那天，可能會有商店不營業，或監視器故障。而且，就像組長說的，還有很多需要追加查看的地點。查看之後還得更新清單，事先在可能犯案的地點做好準備。」

「但如果考慮到那些變數，我們就很難在時間內完成，不是嗎？」

「大概是吧。我得跟都警監商量一下，可能需要進一步縮小預測範圍。再說，我們有必要按週一、週二……不同的日子整理預測的犯罪地點。」

「每天都要嗎？真讓人擔心……。不知道有沒有這個時間檢查。」

「先整理一下目前為止查看過的地點，順便把要增加的地點放進去後，重新檢視一次。這次我們換個角度看看，怎麼樣？」

南巡警提議把要查看的地點路線畫得更短，另外增加還沒確認的新地點。接著，兩人乘著機車，再次巡視預測的犯罪地點，仔細檢查。

「就算路線縮短了，要確認的地方變多，還是會花上更多的時間，已經過去一小時四十分鐘了。要全部都查看完，大概還需要二十五分鐘。」

「更重要的是得確認有沒有遺漏的地方。最後再檢查一下住宅區，今天就先這樣吧。」

「好的，南巡警。」

南巡警和安警衛穿過娛樂場所林立的市區，進入住宅區後，有種進入新世界的感覺。嘈雜到近乎噪音的音樂聲，以及大聲喧嘩的醉客瞬間消失，周遭一片寂靜。

住宅區沒裝監視器的地方出乎意料地多，進入黑暗的巷弄時還會感受到一股涼意。他們排除了路燈正常的地方，走進黑暗籠罩之處。

「好像到了另一個世界。」

「對啊。晚上繞的時候沒有感覺，但是凌晨的氣氛又不一樣了，怎麼會這樣？」

「就是說啊，明明也沒離多遠……你有在看嗎？」

「是，安刑警。我可沒有打瞌睡，正用我銳利的雙眼檢查。不過這裡果然是有錢人住的地方，房子都好大間。你看那個大門，在這種地方能發生什麼事呢？」

「是啊，這裡真是靜得可怕，是因為大家都開車嗎？沒有路過的行人。」

「因為是凌晨才更安靜吧。到現在才看到一輛車，大家可能都把車停在屋裡了吧。」

「車嗎？在哪裡？」

「那個大門前有輛車。」

南巡警用手指著綠色大門的前方。

「你說哪裡？」

「別開玩笑了，安刑警，哎，我還以為你在講真的。」

「你有看到車嗎？在哪裡？車還在嗎？」

「你沒看到嗎？真的嗎？」

「我不是在開玩笑，現在只有南巡警看得到車，對吧？沒錯吧？」

「喔……。好像是。」

看見的不是屍體，而是汽車，以前有過這種事嗎？怎麼回事？

「南巡警，你怎麼了？」

「沒事，等一下。我先去看看。」

南巡警心想，至今看見過別人看不到的屍體，卻還沒有看到過像汽車這樣物體的幻影。但其實在南巡警高中時曾發生過類似的事，當時他目睹了一起未來會發生的車禍，只是他現在一時不記得。他本能地感覺到車裡可能有屍體。

「南巡警，你有看到什麼嗎？真的有車嗎？」

「你等一下，我確認過後再告訴你。」

「好。」

南巡警通過前擋風玻璃觀察車裡。

「啊！天哪……。」

他閉上眼，後退了一步。

「怎麼了？」

「車裡有屍體。」

「真的嗎？屍體狀況如何？性別呢？」

南巡警又仔細看了一下，回答道：

「看髮型，好像是女性。」

「身上有傷痕嗎？像是被刀刺傷的傷口。」

「沒有傷痕，也沒有血跡。看起來和連續殺人案無關，啊，但是死者的眼睛是閉著的。」

「是嗎？南巡警，你的頭不痛嗎？」

「現在不會了，但是……咦！請等一下，這是什麼？」

「怎麼了？還有別人嗎？」

「不是……。但我有感覺到。」

朴旼熙巡警和羅相南警查再次到B點一帶，對附近的人家進行調查。兩人晚上重新拜訪了上午不在的人家，但沒有看起來特別可疑的人。

「朴刑警，今天就到這裡吧。」

「啊！組長交代要抓緊時間，但還有十戶人家沒去。」

「十戶？不對。包括崔刑警負責的部分，應該還有二十戶人家要調查。」

「啊，對喔，天啊。那今天查看完這一戶就回去嗎？」

「是啊，所以別再嘆氣了，是那棟房子嗎？」

「沒錯。上午來的時候，這棟房子特別安靜，不知道為什麼總覺得陰森森的，你不覺得嗎？」

「的確，是因為晚上的關係嗎？覺得毛骨悚然，涼颼颼的……。」

「是吧？附近沒有半盞路燈，讓這裡更陰森了。啊，好可怕。」

「警察還怕什麼？」

「警察就不是人嗎？我怕會鬧鬼。」

「鬼？啊，幹嘛說這種話？真是的……。別說了，按門鈴吧。」

「是。」

嗶咿！

「咦！這是什麼聲音？」

羅警查被門鈴聲嚇了一跳，一把抓住朴巡警的肩膀。

「天啊！羅刑警，你害我嚇一大跳。是門鈴聲啦。」

「門鈴怎麼會是這種聲音？」

嗶咿！嗶咿！

「還是沒人在家。」

「是空屋嗎？不覺得很可疑嗎？羅刑警，我們可以進去看看嗎？」

「可是圍牆有點高……」

「借我坐你的肩膀，我上去。」

「什麼？妳要坐在我身上？」

「怎麼了嗎？我沒有你想得那麼重！」

「不是……不是因為重……。好啦，我知道了。」

羅警查好像很為難，猶豫了片刻後蹲了下來。

「別擔心，我只是個子高，體重一點也不……等一下。」

朴巡警正想坐在羅警查肩膀上的時候，一名戴帽子的男人經過屋前，他看了朴巡警一眼，坐上了停在屋子圍牆旁邊的車。

「為什麼？怎麼了？」

蹲在地上的羅警官用力站起身。戴帽子的男人打開車門，朴巡警在車內燈打開的瞬間與他對視。儘管只是一瞬間，朴巡警仍感到毛骨悚然。

「在那裡！羅刑警，那邊！」

朴巡警指著車的方向大叫。

「怎樣？妳在叫什麼？」

車子發動引擎開走了，朴巡警慌張跟在後面，大喊：

「先生，等一下，停下來！停車！」

羅警查疑惑地跟在朴巡警後面跑。但坐在車上的男人似乎沒聽到朴巡警的聲音，開出巷子，消失在大馬路上。

「朴刑警，妳要追多遠啦？」

「呼，呼！應該要攔下他確認才對。」

朴巡警追不上車子，在巷子裡停下了腳步，跟在她後面的羅警查也停在她身旁，試圖緩和急促的呼吸，問道：

「呼，朴刑警，怎麼回事？為什麼突然要追那輛車？」

「羅刑警，你有看到車上那個人的臉……不對，你有看到他的眼睛嗎？」

「什麼？眼睛？我什麼都沒看到。妳看到了什麼？」

「我和他對看了一下，感覺……很不對勁，我整個人都起雞皮疙瘩了……。啊！那你有看到他的車牌號碼嗎？」

「太黑了沒看到。怎麼了？他像殺人犯嗎？」

「不是。雖然不清楚怎麼回事，但他的眼神感覺很不尋常，所以……啊，4862！車牌號碼是4862。」

「哇，妳什麼時候看到的？」

「剛才他開出大馬路時，多虧了車後燈，我有瞬間看到號碼。厲害吧？」

「喔喔，前面的號碼看不到嗎？」

「沒看到，車牌前面的部分太暗了。不知道是不是牌照燈壞了，沒看到全部，但只要知道後面的車牌號碼和車種，應該很容易就能找到吧？」

「找找看就知道了。好，我們先回去看看那間屋子。」

「啊，好！」

南巡警在半空中摸索著，歪了歪頭，看到這一情景的安警衛驚訝地問：

「你感覺到了什麼？」

「我能感覺到車子引擎蓋的熱氣，也能摸到車。天啊，這又是怎麼回事……？」

「什麼意思？你能摸到車？」

「我以前只能看見屍體，沒有摸過其他東西。而且我以為這只是幻影，但我卻可以觸摸，完全沒想過……。哇！居然摸得到引擎蓋。」

「真的嗎？是本來就有這種能力，但你不知道嗎？還是新的能力？」

「我也不清楚……。」

「好吧，現在這個不重要。我可以過去嗎？」

「可以過來沒關係。」

安警衛小心翼翼地走向南巡警。

「南巡警，我這樣跟你說話沒關係嗎？之前……」

「現在沒關係了。不知從什麼時候開始，不管周圍有什麼聲音，我都能一直看到屍體。現在也是一邊和安刑警說話一邊看幻影，不過這不像是幻影，覺得比較像是我進入了超自然現象之中。也許是因為這樣，我的頭才不會痛，注意力也不會被分散。」

「真的嗎？你的能力進化了嗎？」

「進化？很難說是不是進化……比較像是我現在可以應付看見屍體的能力了吧。是因為我的體力和心志都提升了嗎？這麼說來，我覺得我的能力似乎有逐漸變強。」

「應該是吧。在你準備考警察的時候，不是還鍛鍊了體力嗎？當上警察後，你也有養成運動的習慣。更重要的是，你也會在犯罪現場看到真正的屍體。不過你現在眼睛是睜開的……你眼睛睜開也能看到幻影

此為原文書封

預計2024/

在那開滿花的山丘，我想見到妳
在那流星墜落的山丘，終與你相

汐見夏衛／著

日本史上 最催淚的青春小說！累積銷售超過

改編 電影 即將於2023年12月搬上大銀幕

國中二年級的百合，過著覺得母親、學校的一切都活。和母親吵架後離家，再睜開眼時，她來到七十爭時期的日本。百合被偶然路過的彰所救，在與子中，漸漸被彰的誠實與溫柔吸引。然而，他是隊員，之後的命運是要賭上來日無多的生命飛行而後，百合偶然間知道了彰真正的心意……。時光荏苒，百合最終回到了自己的時代。經歷洗禮，她變得比從前更加隨和且惜福。儘管如痛楚仍讓她揪心不已。某天，一位轉學生突然前，她一眼便認出來，那人就是轉世後的彰—

將我的永遠全都獻給妳

請不要忘記，世界上有那麼一個人，一個只要妳活著，就感到幸福的人。

遭家人、同學苛待，失去生存意義的少女・千花。在被日復一日的絕望擊潰的雨天裡，一位不可思議的少年・留生出現在她眼前，為她撐起了傘，並輕聲留下一句：「——終於找到妳了……」男孩陪伴在千花身邊，用溫柔融化了她封閉的心。但兩人之所以能相遇，背後竟隱藏著跨越悠久歲月的悲劇宿命——

日本邁向第十刷！
網友一致推薦的純愛之作！

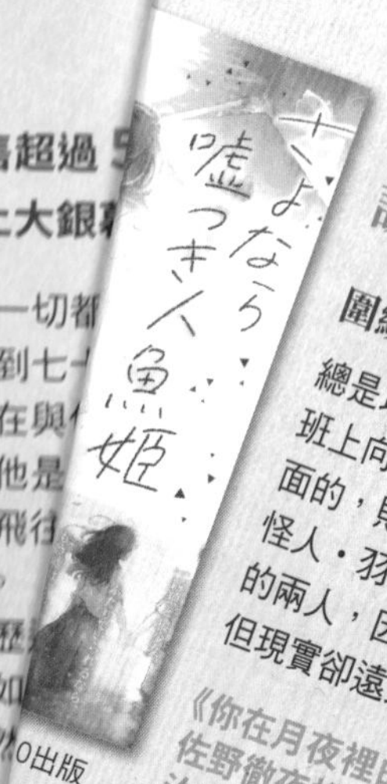

永別了 說謊的人魚公主（暫定）

圍繞著生與死的揪心戀物語

總是以輕飄飄笑容示人的綾瀨水月，在班上向來是特立獨行的存在。坐在她前面的，則是和誰都不來往，形單影隻的怪人・羽澄想。宛如浮萍般漂泊在世上的兩人，因某個契機而開始越走越近。但現實卻遠比想像中更加殘酷——

《你在月夜裡的閃耀光輝》作者
佐野徹夜推薦!!
汐見夏衛再次突破自我！
青春小說頂點之作

0出版

日本新生代推理作家——結城真一郎

此為原文書封

預計2023/08出版

失眠計畫
PROJECT INSOMNIA（暫定）

夢公司因成功開發特殊助眠藥物而獲利驚人，開始進行一項極機密的人體實驗。獲選的7人年齡、性別與背景各異，在為期90天的實驗中透過共享夢境一起生活。然而夢境與現實的界線卻愈來愈模糊，震驚社會的分屍案、大量口徑不合的子彈，以及沒有止境的殺人預告。層層疊疊的連鎖惡意背後究竟藏著什麼祕密？

繼大賣20萬本的《#我要說出真相》後
又一後勁超強的懸疑推理反轉神作！

此為原文書封

無名之星的悲歌

剛畢業的新進銀行員工良平和夢想成為的健太，兩人私底下從事一份營出售記憶的「商店場演唱中遇

《閱無限系列》閱讀不受限！

平台家族

「照亮我人生的那道光……
就是錢吧。」

秀敬因為險遭性侵而遞出辭呈，變得足不出戶。然而，這個家正面臨著緩慢，但明顯下沉的不安與貧窮。「有些憤怒會被迫平息，被貧窮現實搞得連顯露出來的機會都沒有。」於是在全家失業四個月後，她決心做出改變……。

雙文學獎得主探討勞工現實的最新力作
YES24書店9.6分極高評價
台韓各界學者/名人專文推薦

李書修／著

首刷限量 249元

看見屍體的男人

空閑K／著

YES24書店 好評
NAVER網路小說 實
粉絲狂推 絕對

為什麼這些屍

某天，南始甫發現了倒在
其他人似乎都看不到屍
而後警察到了現場卻因
到警局。正當狀況折
另一具屍體——而且
到，接連看到的可
現在眼前的未來預

見鬼的法醫事件簿

死者的要求

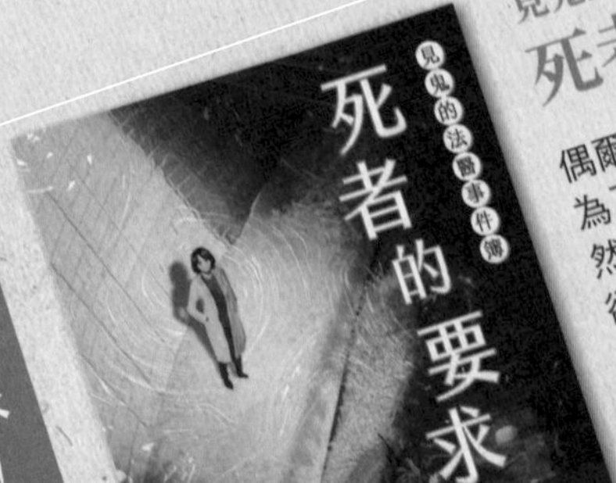

偶爾看得到鬼魂的法醫白宜臻，為了避免被糾纏，常常裝作沒看見，然而某天的解剖室裡，卻出現了她再也無法忽視的「人」。為了解決接連冒出的靈異事件，擁有時靈、時不靈陰陽眼的她，只好以法醫專業替死者發聲、找出真相，本案件的過程也讓她與世界有了聯繫。

小說正式出版！
番外篇！

出刊日:2023年8月1日

台灣東販快訊

閱無限

為讀者開創不受限的閱讀體驗

2023年出版預告

又一部在PTT媽佛版推爆的小說《見鬼的法醫事件簿》
2023年東販懸疑類重點小說——《看見屍體的男人》
日本累積銷售超過50萬本的汐見夏衛·青春三部曲
韓國各大網路書店給予近滿分評價的《平台家族》

台灣東販FB

台灣東販官網

嗎？」

「對。第一次看到屍體幻影的時候可以，不過在那之後還要看的話，就必須閉上眼睛集中精神，才能再次看到屍體幻影。」

「啊，原來如此。越看越覺得神奇。」

「在旁邊看的人確實會感到神奇。啊！門打開了？」

「車門開了？」

「對啊，門竟然開了。啊嗚，這是什麼味道……？」

「你聞到味道？等等，你現在連味道都聞得到？」

「不僅是味道，五感都能感覺到。請等一下，我先確認這位女性。」

安警衛一臉驚訝地安靜看著南巡警，生怕妨礙到他。車上的女性坐在駕駛座，頭偏向右側，南巡警把手指放到她的鼻子下方。

「沒錯。是屍體，她沒有呼吸。」

「你不是說屍體眼睛是閉著的嗎？那怎麼辦？」

「只能再觀察一下了。雖然屍體的眼睛閉著，但還可以從周遭的事物找到線索。不用擔心，我們很快就能知道死者是他殺還是自殺。」

南巡警說完之後，在空中四處張望，好像在找東西。

「有看到什麼了嗎？」

「嗯，還沒有……啊！是這裡。這次是車內後照鏡。」

「後照鏡？有找到線索了嗎？」

「有，那個人戴著棒球帽和口罩，雖然看不清楚臉，但這名女性應該不是自殺的。不過她看起來沒有外傷。……啊，又聞到了，這到底是什麼味道？」

「是不是屍體腐爛的味道？」

「不是，不是那種味道……好像是瓦斯，不知道為什麼會有這種味道。」

「你是說她沒有外傷？會不會是瓦斯中毒？附近有像是速燃炭的東西嗎？」

「沒有，我沒看到。」

「會不會是因為看不到？」

「有可能，速燃炭是這種味道嗎？我沒有聞過，不清楚。」

「因為有很多在車上燒炭自殺的案件，我也只是在案發現場聞過而已。如果不是的話，會不會是犯人麻醉她之後，用其他氣體讓她窒息？」

「速燃炭……另一種氣體……。還是先確認車牌號碼，再用車牌查出她的身分？咦？等等，這個……。」

「又出現什麼了嗎？」

南巡警從駕駛座的女性膝上拿起一個徽章，查看著。

「徽章上寫著國會，是國會議員嗎？」

「你說什麼?國會議員的徽章?在哪裡?別在她胸口嗎?」

「不是,掉在她的膝蓋上,那就不一定是國會議員。」

「也難說,會不會是被殺害時從胸口掉下來的?」

「那我們得快點查出被害者的身分。」

「哇!這……好像不是普通嚴重,要不要先向組長報告?」

「現在還不是很確定,還有一些時間,等查出她的身分之後再報告。我必須先記下位置,時間和車牌號碼。」

「現在是凌晨兩點十五分。」

「好的,凌晨兩點十五分,知雲路32街480號,車牌號碼是……44-GA-4211。應該不是贓車吧?」

「國會議員開的車……啊,也有可能,最好做個模擬畫像,方便辨認。你能說明一下她的臉部特徵嗎?我馬上錄下來。」

安警衛打開了手機的錄音功能。

「在這裡不方便講,組長的車不就在旁邊嘛。」

「喔喔,好吧。」

「請你們看這裡面的東西，我會一邊說明。」

崔警衛舉起手裡的筆電說道。

「咦！我沒看過這台筆電，你什麼時候買的？」

「我跟徐議員借的。」

「徐議員？搞什麼，原來你們是那種關係？哎呀，我沒說錯吧？」

「別胡說了，上車吧。」

「謝謝檢察官，替我說了想說的話。」

韓檢察官從旁打斷了閔警正，阻止他繼續開玩笑，崔警衛似乎覺得這種情況有趣，忍不住大笑出來。閔警正抗議自己不過是表達擔憂崔警衛婚姻大事的疼愛之情，卻從未得到回應，只換來韓檢察官無情地潑冷水。

結果，閔警正裝出一副垂頭喪氣的樣子，無力地笑著走在前面，朝車子停放的地方走去。

「組長，就說要適可而止了吧。」

崔警衛走過去說了閔警正幾句，閔警正不耐煩地上了車，說道：

「囉嗦，快上車吧。」

「別鬧了，快給我看看吧，崔警衛。」

在後頭看著他們吵吵鬧鬧的韓檢察官最後一個坐上車。

「啊！好，請等一下。」

崔警衛打開筆電裡的一個文件，播放了影片。

「這是什麼影片？」

「這段影片是設置在南部地檢正門對面商家的監視器畫面。等一……啊，在這裡。」

崔警衛按下暫停，用手指著畫面中的人物，但韓檢察官似乎看不清楚。

「看到了嗎？這是趙德三檢察官從正門走出來的樣子。」

「趙德三檢察官？」

「是。放大看就可以看出來了，在趙檢察官後面……這裡，有看到計程車吧？請注意那輛計程車。我要按播放了。」

「趙檢察官為什麼坐計程車，不開自己的車呢？喝酒了嗎？」

「不是的，組長，先看接下來這段再說。看到了吧？這是在渼沙大橋墜橋的計程車。我確認過車牌號碼了。現在，那我要把影片拉回前面一點。」

「前面？」

「是的，看了就知道。」

崔警衛意味深長地說著，將影片倒回到前面重新播放。

「啊！等等，這是同一輛計程車嗎？」

「很像是在等趙檢察官出來，對吧？」

「檢察官也這麼認為嗎？組長呢？」

「是啊，再往前拉一點……喔！這裡！暫停。」

「這裡嗎？」

「對。這裡下車的人不是乘客？是共犯？」

「我也是這麼想的。不過組長你看仔細，這位乘客，不覺得很眼熟嗎？」

聽了崔警衛的話，閔警正把臉靠近，仔細查看畫面。

「眼熟？啊！哎……哎呀，不會吧。你不是說那位老人家在中國嗎？是因為畫質太模糊了吧。」

「是吧？應該只是長得有點像的人吧？」

「你們在說誰？誰在中國了……？」

崔警衛立刻回答韓檢察官的提問：

「啊！檢察官，抱歉。我們是在說李弼錫議員性招待事件的被害者父親，李德福。他之前突然消失了，我有查了一下，發現他去了中國。之後為了以防萬一，我也查過他是否有回國，但是沒有任何入境紀錄。」

「啊，好……。他為什麼要去中國？」

「他在中國多年來從事貿易業，原本人就在中國，後來因為那起案件急忙回來。大概因為很多事情要處理，所以又去了中國，而且比起韓國，他在中國……」

崔警衛話說到一半突然猶豫，接不下去。

「怎麼了？」

「啊……檢察官可能忘了。被害者父親在最高法院開庭前被醫生宣告得了絕症，那時候說只剩六個月生命。」

「我明白你的意思了。那影片中的人應該不會是他。」

「是的，不管怎樣，只要能找到從計程車上下來的那個人，就能找到趙檢察官事件的重大線索。我會查看附近的監視器，根據計程車移動路線進行查找。應該不會太難。」

「好，找找看吧。據我所知，還沒有找到計程車司機的屍體，對嗎？」

「是的，還沒有找到。組長認為計程車司機還活著嗎？」

「他是最可能的嫌疑人……。從目前還沒有找到屍體來看，他很有可能還活著。」

「可是從大橋上掉下來，還活著……」

「很難說，我們先查計程車司機的身分，再找他的下落吧。如果他還活著，不僅是趙檢察官的死因……」

當閔警正猶豫要不要繼續說時，崔警衛替他開了口。

「這當然不是單純的事故，而是謀殺，任何人都看得出來。不覺得是有人想掩飾真相，偽裝成意外嗎？」

「是啊，沒錯。所以我們一起找出計程車司機的下落吧。」

「好，我馬上去查。」

閔警正盯著靜止影片的畫面，再度開口：

「不過對方怎麼曉得趙檢察官會搭計程車？難道是一直在跟蹤他嗎？」

「不是的，組長，有人提前動了手腳，讓檢察官不得不搭車。」

「什麼意思？」

崔警衛將影片迅速往後快轉，再次播放影片。

「這裡，一個小時後，有一輛拖車開進來，拖走了趙檢察官的車。你看。」

「啊，車壞了。」

「不是壞了，而是輪胎漏氣。」

「有人故意破壞輪胎。」

「是的，沒錯，後面的兩個輪胎被刺破了。」

「欸，你是什麼時候查到這些的？」

「哎呀，這又沒什麼，我打給拖車司機，再向汽車維修中心確認。汽車維修中心的職員說，輪胎是被像錐子一樣鋒利的東西刺破的。這一定是他殺吧？」

「還不能確定，雖然檢察官上了計程車，但是沒有證據能證明這是一場偽裝成意外的謀殺。」

「唉……。是的，沒有謀殺的證據。」

「需要確切的證據，靠這個還不能斷定是謀殺。」

「崔警衛，南部地檢停車場的監視器有沒有拍到刺破輪胎的人？你查過了嗎？」

「那個……沒有搜查令，我沒辦法查，檢察官……」

「不行。」

崔警衛正想拜託韓檢察官申請搜查令，閔警正直接打斷他的話。

「為什麼？組長，這是謀殺案，向首爾地方檢察廳申請搜查令……」

「就算沒有搜查令也未必查不到。檢察官，警方和檢方內部可能有人和這次案件密切相關。沒必要讓他們知道我們正在四處找線索吧？」

韓檢察官點了點頭，認為閔警正說得沒錯。

「那組長打算怎麼做？」

「首先要找到並且確認附近的監視器，然後弄清楚先從計程車下來的乘客和計程車司機的移動路線。查的時候要小心，一定要低調別讓人發現。利用線人，別找其他警察同事，明白嗎？」

「是，組長。」

「還有，檢察官，我有一件事要告訴妳。蔡利敦議員受賄事件，妳不是把我們掌握的證據資料移送給檢方了嗎？妳自己有全部看過了嗎？」

「怎麼了？我之前已經跟你說過了。從警方移交到檢方的證據資料大多毀損。與蔡利敦議員相關資料都不是原始版本，都經過編輯，不知是誰在亂搞。送來毀損的證物警方都不用道歉嗎？」

「對，那時候……妳不也知道嗎？那種狀況非常不合理。我們把東西都轉交給了檢方。妳不是也有看到嗎？」

「我看到了，就是因為看了才知道全都毀損了，不是嗎？」

閔警正好像思考什麼，手指在大腿上輕敲著。

「現在是不相信我說的話嗎？不，看來組長當時就不相信我了。」

「不是的。我沒有不相信妳，只是覺得……等一下，難道檢察官那時候沒有看到社交派對的相關資料嗎？」

「社交派對？什麼……你是指高官社交派對嗎？」

「高官社交派對？檢察官，那是什麼？」

崔警衛疑惑盯著說出莫名其妙名稱的韓檢察官。

「什麼？崔警衛不知道嗎？」

崔警衛一臉茫然地望著閔警正問道：

「是我們最近收到的吸管[*15]情報嗎？」

「組長，你不是說這是警方內部的謠言嗎？」

韓檢察官面無表情地瞪著閔警正。

「那個……請冷靜聽我說，檢察官。崔刑警你也聽一下。表情不要這樣嘛，唉，你這小子。」

崔警衛皺著眉頭盯著閔警正。

「快說吧。」

「是，檢察官，我會把一切都告訴妳。首先，我沒說那是警察內部的謠言，我只說警方內部都知道。還記得嗎？」

「不對啊，既然……既然檢方內部有這樣的謠言，那警方當然是……」

「是啊，但那不是檢察官妳的推測嗎？因此崔刑警的確有可能不知情。所以檢察官請不要用那種表情看我。」

「我的表情怎麼了？」

閔警正避開韓檢察官的視線，看向崔警衛說道：

「崔刑警，是這樣的。在調查蔡議員事件時，我在證物中發現了社交派對相關資料，就在當時移送到檢方的證物裡。所以我問了檢察官，想知道她有沒有看過那些資料。」

「什麼？三年前的事，現在才告訴我嗎？」

「我也一樣，崔警衛。我們在會議室談到社交派對的時候，你就該問了，為什麼現在才問？」

「不，那個……。因為現在必須全部攤開來講，所以才想先問清楚。檢察官，妳說過這是三年前的傳聞吧？也許我們移交檢方的證物被洩露了。事實上，因為如果倉促調查這件事時被外界知道或曝光，檢察官妳也可能會有危險，所以才一直沒有跟妳說。所以崔刑警你也不要難過。如果我們再繼續深入調查蔡議員，等到更確定……不對，即使到了那時候大概也沒辦法。」

「組長你在說什麼？唉，所以現在可以講了嗎？」

＊15：指經常透露重要情報的線人。

崔警衛無奈地笑著問閔警正，韓檢察官也發問：

「這件事和蔡利敦議員有關嗎？」

「是的，跟他有關，甚至和更高層也有關。這也是為什麼我認為會有危險。但現在是時候該動作了。」

「是阿。已經政黨輪替了，全面公開調查會更好。」

「檢察官，我也是這麼想的，如果找到確切的證據就能正式公開進行調查，不過……」

崔警衛搶先說出閔警正想說的話：

「不過卻發生了李弼錫議員和李大禹大法官自殺，還有趙德三部長檢察官的事故……。」

「沒錯。對方不知道是有發現異狀，還是察覺到了我們正在進行內部調查，所以一個個處理掉我們懷疑的對象。他們動作太快了，現在還沒有找到確切的證據……。」

「那麼組長你認為崔警衛說的三個人都有關嗎？所以那不是謠言？」

「不是，趙檢察官不在內部調查的嫌疑人清單上，更重要的是，金範鎮在最高法院宣告李弼錫議員的判決後便立刻自殺了。」

「什麼？金範鎮警衛嗎？」

「怎麼會？他在監獄裡自殺嗎？」

韓檢察官和崔警衛驚訝地望著閔警正。

「沒錯，但他不是自殺。」

「所以是他殺？我們怎麼會不知道這件事？」

「應該是上面指示要低調處理吧。金範鎮自殺的那天爆出了知名藝人的毒品醜聞。」

「啊，是那天啊，唉，真的是……。」

「組長的意思是，對方從那時候就已經開始動作了嗎？」

「是的，檢察官。對方似乎發現我們……不，是發現我在調查。我明明已經很小心了……。」

「不是的，組長，都是因為我。」

「啊？什麼意思？」

「事實上……在最高法院宣告判決之後，我一直在和徐議員挖情報。」

「什麼？徐敏珠議員嗎？什麼意思？徐議員因為與蔡議員受賄案有牽連，受到了很大的打擊，在黨內的地位瞬間下滑，就連下屆國會議員總選的提名也泡湯了……。她那時不是在閉關反省嗎？」

「組長很清楚嘛，正因如此，徐議員才更不能放過蔡利敦議員。」

「不對吧。」

「什麼？」

聽到閔警正的話，崔警衛的眼珠微微顫動。

「放不下的是你吧，不是嗎？」

崔警衛低下頭，低聲說：

「……原來組長都知道嗎？」

「崔刑警以為我沒發現嗎？就算對你哥的事裝得若無其事，你也不是會坐以待斃的個性。」

「啊……但是組長，我不僅僅是因為那個原因……。在我調查李弼錫議員時，我發現了李議員與檢方高層接觸，所以我對幾名檢察幹部進行了內部調查。我應該在那裡收手的……我不該去碰那些高層，你明明提醒過要小心……。」

「什麼？你不是只有調查檢方幹部？哎……我交代過多少次？不能先動上面的人，即使需要花很多時間，也要從周圍慢慢縮小範圍。」

「所以崔警衛現在不是道歉了嗎？組長。」

閔警正嚴厲斥責已經很沮喪的崔警衛，韓檢察官忍不住出面打斷了兩人的對話：

「現在不是追究對錯的時候。覆水難收，我們需要想新的對策，不是嗎？」

「對，沒錯。」

「我……組長，我拜託了徐敏珠議員將趙德三檢察官有可能是謀殺的消息，洩露給媒體。會不會有問題？」

「這樣的話徐敏珠議員會不會有危險？」

韓檢察官皺眉看著閔警正。

「崔警衛也知道有什麼風險才拜託議員的，對嗎？」

「是，組長。」

「組長，你有什麼計畫？」

「先觀望吧，檢察官。既然事情已經進展到此，我認為應該讓徐議員加入我們。」

「組長，都是我自作主張。」

「不會啦，如果徐議員能幫助我們的話，反而是好事。」

幾近日出時分，江南不夜城的街道仍未入眠。南巡警和安警衛騎著機車穿過被華麗霓虹燈包圍的市區街道，回到江南警察署。

「辛苦了，安刑警。」

「是，南巡警也辛苦了……啊！應該是車牌查詢結果出來了，請等一下。喂？啊，是的……真的嗎？喔……我知道了，謝謝。……辛苦了。」

「知道是誰了嗎？」

「不需要製作模擬畫像了，是徐敏珠議員。」

「啊，原來。」

「你認識她？」

「不認識……。安刑警你認識？」

「與其說是認識……啊，南巡警你應該也知道，就是之前，閔組長的案子正在審判的時候，她上過新聞……。」

「真的嗎？還上了新聞？」

安警衛用手機搜尋新聞一邊說道：

「是的，在這裡，查一下馬上就找到了。是影片，你看看。」

「啊，我知道她，是透過比例代表制*16選出的議員。」

「沒錯。你不記得了嗎？當時，就是這位議員提出蔡利敦議員收受賄賂嫌疑，還為此開過記者會。」

「會和這件事有關嗎？」

「這個……不知道。如果是的話，我們是不是應該盡快告訴閔組長，制定對策？」

「是啊，但目前就先我們兩個知道就好吧，如果徐敏珠議員知道這件事，有可能會出現變數。以後我再跟組長說，先保密好嗎？拜託了。」

「我知道了，我會的。」

「那我先回去了，明天要順利早點出門的話，現在就必須補眠一下。」

「啊！坐我的車吧。我送你回家。」

安警衛伸手指向停車場方向，並拉住南巡警的手臂。

「啊，這樣太麻煩了……。好吧，那就欠你一次人情吧……。」

「哎呀，說什麼人情啦，走吧。」

砰！

「喔！什麼東西？」

「你怎麼了，南巡警？」

「啊？你沒聽到聲音嗎？」

「聲音？幹嘛這樣講，好可怕。」

「我明明聽到那邊……。你在這裡等一下，我聽到像是很大的物體墜落聲，我去看看。」

「真的嗎？可是我什麼都沒聽到……。」

南巡警走向主樓外牆附近的停車格。

「呃！」

「怎麼了？南巡警，是什麼？」

「那……那輛車上……。」

南巡警伸出食指，指著停放車輛的車頂。

「哪裡……是哪輛車？」

「在那輛白色的車上……。」

南巡警皺眉望著安警衛，再次用手指了指車頂。

＊16：指依各政黨所得選票占全部的百分比分配議席的制度，以反映社會多元不同意見。

「白色的車？啊，你是說那輛車嗎？我有看到車，但有怎麼樣嗎？」

「不是，我不是說車……。果然……。」

「你這次不是看到車子嗎？那你看到了什麼……。難不成，是屍體？」

第7話 備戰

安警衛的眼睛瞬間瞪大，吃驚地看著南巡警。

「好像是。」

「真的嗎？哎呀怎麼會又有屍體。」

「安刑警你沒看到對吧？」

「看不到，屍體在哪裡？」

「在白色的車上。」

「白色的車上面……我沒看到……。」

「既然你看不見的話，那就確定是屍體沒錯了。我得再靠近看看。」

「好，我可以跟你一起去嗎？」

「可以，沒關係。」

南巡警走到車子停的位置，站在白色車輛前面。安警衛則在他身後看著。

「啊！搞什麼……。」

南巡警瞬間皺起眉頭，把頭轉向一邊。

「怎麼了？是屍體嗎？」

「啊，沒有，不是。」

「什麼？不是嗎？你看錯了？」

「抱歉，我看錯了。」

「哎呀，幹嘛道歉？幸好不是。不過……你看見屍體的能力出了什麼問題嗎？」

「不是那樣的，可能是因為我今天有點累吧。」

南巡警搔著頭回到安警衛身邊，又轉過身，看了看車頂。

「到底車上有什麼？是什麼東西你不能告訴我？難道……是我？」

「什麼？不是啦。我想確認是不是像你說的，看見屍體的能力出了問題，才又看了一次。什麼都沒有……不，是沒有任何異狀，啊哈哈，可能是我沒睡好，眼花了。哎喲喂，真夠累的……。」

南巡警尷尬地笑著，打了比平時更大的哈欠。

「真的嗎？」

「當然。都是太累了才會看錯。你的車停在哪裡？快走吧。」

「知道了。在那邊。」

安警衛帶路走到他停車的地方，南巡警在後頭小心翼翼地從口袋裡拿出手機，看了看時間後跟著安警衛上了車。

「看你的表情，一定有什麼。」

「哎喲，沒有啦，是我太睏了……。抱歉，我可以睡一下嗎？」

「睡吧，我會把你安全送到家的。」

「謝謝你，安刑警。」

南巡警閉上眼睛，回想了剛才在手機上看到的時間。凌晨兩點四十五分，雖然很想在手機裡做紀錄，又怕安警衛會察覺，所以在到家之前一定要好好記住。

南巡警無法、也不可以忘記剛剛看到的情景。雖然他告訴安警衛沒什麼，實際上，他剛剛在停車場看到了另一具屍體。

「朴刑警，妳起床啦？」

「是的，我正要出去。」

「這樣啊，剛好。組長說今天他和崔刑警有事不能來，還說除非有緊急狀況，否則不要打給他們。」

「又發生了其他案件嗎？」

「我覺得不是……。我也不清楚細節，他們只說了這些，啊，安刑警和南巡警說他們昨天在現場待到很晚才回家，就不回指揮室了，會直接去現場。跟妳說一聲。」

「是，我知道了。」

「妳回署裡後問一下昨天的車輛資料查得怎樣了，再告訴我，可以嗎？」

「是，羅刑警。」

「嗯，快過來吧。我餓了。」

「你先吃早餐吧。」

「我自己吃嗎？不要，快過來一起吃吧。」

「啊……好，我馬上過去。」

「嗯，待會見。」

嘟嘟。

朴巡警嘆了口氣，急忙收拾剛做好的早餐。

我靜靜地躺在漆黑的房間裡。雖然被鬧鐘聲吵醒睜開眼睛，但是一點都不想起來。從凌晨回家後就直接躺在床上，一天下來比想像中更累，然而我卻輾轉難眠。

我原本以為已經習慣看見屍體了，但凌晨警察署看到屍體的那一刻，全身像是被抽乾了力氣似地，所幸沒有當場倒下。不知道為什麼會有那樣的感受，內心始終很在意。

即使躺在床上也無法入睡，彷彿連接大腦的神經細胞全部被截斷一樣，大腦無法正常運作。不知道過了多久，我思考著如何拯救那些未來會變成屍體的人，這才昏昏沉沉地睡去。

手機響了，我想起身拿手機，但不知怎麼地身體動彈不得。我還在睡夢中嗎？現在是在做夢嗎？但鈴聲過於清晰，不像是夢。

鈴聲停止了，接著傳來了訊息通知聲。從來不曾有過這種情形……我擔心自己是不是因為凌晨的事情受到了太大的衝擊，或大腦出現了異常。是因為在一天內看到兩具屍體才這樣的嗎？我再次閉上眼睛，試著振作精神。

渾身上下傳來莫名的刺痛感之後，我再次伸長手臂拿起了手機。是閔宇直組長傳來的訊息，要我休息夠了下午再去上班。除此之外，還有幾通未接來電，我馬上打給了閔組長。

「組長，我剛起床。」

「喔，你看到訊息了嗎？」

「看到了，我真的可以下午再去嗎？」

「是啊，反正大家下午很晚才會到。喔，不，你今天大可以安排你自己的行程。」

「真的嗎？好，我知道了。」

「怎樣？感覺你好像早就在等我這麼說，你有事嗎？」

「不是啦……只是因為很高興，哈哈哈。」

「是啊，昨天很累吧？我聽安刑警說了，昨天是我太勉強你了，今天讓你休息一下，以後還會更辛苦，趁能休息的時候就好好休息吧。」

「好，謝謝。那我凌晨會立刻趕去現場。」

「不了，不用過來。安刑警都跟我說了，明天凌晨由其他組員去勘查現場，你不是想分別整理每天路上的狀況嗎？就這麼辦吧。你今天就休息一天，明早見。要是每天都由你去，我怕你會昏倒。」

「啊……好，謝謝大哥。」

「還有，我會事先跟都警監說一聲，到時候一起商量吧。我已經拜託都警監盡量縮短預測時間範圍。」

「好，我知道了，有事隨時告訴我……。大哥今天也休息嗎？」

「喔，對啊，我也想休息一下。不行嗎？」

「沒有，只是想叫你也要多休息，哈哈。」

「哈哈，好，你去休息吧。先這樣。」

也是。仔細一想，我昨天在精神緊繃的狀態下專注找了很久的屍體，不僅如此，連續看到兩具屍體似乎也對身體造成了壓力。可能正因為這樣狀態才不好。

話說回來，我還真幸運，正苦惱著要怎麼另外抽出時間，沒想到就出現空閒時間了！必須快點想辦法救那位被丈夫家暴逃跑死在暗巷的妻子。在事情發生之前，無論如何都要讓她與丈夫分開，才能救她一命。

已經沒剩幾天了，一定要趕緊找出辦法。

閔警正至今調查過的社交派對相關文件整齊地擺放在床上。他放下手機後，崔警衛打開洗手間的門走了出來。昨晚，他們聚集在一棟住商大樓裡查看了調查資料。韓瑞律檢察官也一塊研究了文件內容，直到凌晨才回家。只剩下閔警正和崔警衛睡在這裡。他們打算再研究一天相關資料，並決定今後的調查方向。

「組長，你剛剛在講電話嗎？」

「嗯，我打給了南巡警。」

「那我們先吃飯吧。」

「好，早餐一定要吃，但是等一下還有人要來，到了一起吃吧。」

「誰要來？喔，檢察官會早點過來嗎？」

「不，檢察官說早上要先向檢察長提交一份報告，會晚點過來。」

「那是誰會來？」

「安刑警。」

「組長要讓安刑警加入我們嗎？」

「怎麼了？不行嗎？」

「不，不是不行，但是……因為事情很危險，我們不是決定要以最少的人力行動嗎？」

「現在我們更需要更多人手。徐議員不是也會加入嗎？我們還需要更多信得過的人。」

「是嗎？那就叫更多人來，讓羅相南刑警和朴旼熙刑警也……」

「你信得過他們嗎？羅刑警和朴刑警。」

「啊？組長的意思是……？」

「很抱歉，我還無法完全信任他們。不，撇開信不信任，我們還有連續殺人案要處理。那個案件也很緊急，不能把所有人力都集中在這裡，不是嗎？」

「是的，但組長真的不相信他們嗎？」

「不管信不信，問題是他們能不能成為我們的人，必須要從現在開始慢慢觀察才能知道。友哲，你明白吧？」

「那南始甫巡警呢？」

「始甫？始甫當然是我的人，但是這個案子不需要他介入。比起這個案子，連續殺人案更需要他，我會讓他專注調查那個案件。他光這樣就夠累了，要他加入這裡太勉強他了。」

「的確。」

「什麼意思？你在試探我嗎？」

「不是，我哪有試探？我只是想知道組長的想法。」

崔警衛搔了搔手臂，尷尬地笑了笑。

「友哲啊，安敏浩和南始甫是可以信任的人。除了這件事之外，他們未來也都會是我們的夥伴。」

「我明白組長的意思。羅刑警雖然個性單純又急躁，但待人真誠也很講義氣。組長也清楚吧？」

「當然，我知道。他是你帶來的人，光是這樣就足夠我相信了。剛才說的話如果你聽了不高興，跟你說聲抱歉。」

「啊，不是的。組長沒有直接和他共事過，信不過很正常。就像我也不相信安刑警和南巡警一樣。」

崔警衛覷了閔警正一眼，露出笑臉。看到崔警衛的表情，閔警正也放聲大笑起來。

「是啊，你也要親自和他們打交道後再自己判斷。你這傢伙真會記仇喔？」

「你不知道嗎？我可是超級記仇王。」

「是啊，我差點忘了。」

「哎！真是的！啊哈哈。」

閔警正和崔警衛看著彼此哈哈大笑。

南巡警沿路找著金弼斗警查給的地址。眼前的路有點熟悉，雖然是第一次來這裡，但不知為何看到熟悉的建築物。這就是既視感嗎？南巡警感到神奇，走到了那個住址附近，他才恍然大悟自己為什麼對這條路感到熟悉。

幾天前，老奶奶在大方十字路口差點被超速車輛撞倒，後來他送老奶奶回家，因為當時已經是凌晨時分，路非常黑，所以他才一時沒想起來。他來到了地址所在的附近，再次確認了紙條上寫的地址。紙條上的地址就是奶奶住的地方，看起來就是那棟房子的一樓。

沒想到真的是這棟房子。難道是有什麼緣分？

南巡警心想應該只是巧合吧，按下了一樓的門鈴。

叮咚叮咚。

「是誰?」

「您好,我是警察。我來是想請教一件事。」

「警察……。有什麼事?家裡只有我自己。不可以。」

從玄關對講機傳來的女人聲音中充滿戒心。她的韓文很生疏,語調也很奇特。從她回答的語氣聽起來,應該是外國人。

「那妳方便出來一下嗎?」

「喔……。知道了。」

「謝謝。」

一樓的大門打開了,有人走了出來。從大門鐵窗之間可看見是名有著亞洲臉孔的女性。啊,是她沒錯,是那個倒在巷子裡死去的女人。她的臉上有明顯的瘀青。

「很抱歉突然拜訪,這是我的警徽,我是大方派出所南始甫巡警。」

「喔……。對不起,請說慢一點。」

「啊!我是大、方、派出所,南始甫、巡、警。」

「知道了,有什麼事?」

「我、想、找、妳、先、生。」

「又出什麼事了嗎?等一下。」

「等一下,妳要去哪裡?我不是來逮捕人的,只是有幾件事……。」

那名女人突然轉身跑下了半地下室的階梯。南巡警看到她進入了老奶奶家的半地下住處，瞪大了眼睛。沒過多久，半地下室的大門開了，那名女人又走了上來，有另一個人彎著腰跟在後面。

「媽，這個人，警察。」

「有什麼事嗎？警察先生。」

「啊！奶奶妳好，妳還記得我嗎？幾天前的凌晨，在大方十字路口的人行道上，我救……不，我後來送妳回家。」

「喔，原來是上次那個年輕人啊。你怎麼會來？」

「原來妳還記得我！可以請您開一下門嗎？」

老奶奶透過大門鐵欄杆看了看南巡警，打開了門。

哐啷！

「唉喲，我還記得，你就是上次那個警察先生啊。你怎麼會來？」

「奶奶，不好意思，請問妳和後面那位是什麼關係？」

「啊？喔喔，她是我媳婦，怎麼了啊？」

奶奶看了一眼媳婦的臉，著急地擺手說道：

「不是你想的那樣，不是的。那是她這幾天，從……從階梯上摔下來，才會有瘀青。」

「奶奶，我不是因為她的傷來的。」

「是嗎？」

「對，不用擔心。奶奶，妳媳婦是外國人嗎？」

「是啊，沒錯。菲律賓來的，是不是很漂亮？」

「啊，對。很漂亮。」

「怎麼了？我家老大又出問題了嗎？」

「啊，不是的。他……」

「這樣啊，那麼是我家老二嗎？」

「不是的，沒有出什麼事，奶奶。」

「啊，那就好……。」

老奶奶貌似鬆了口氣，低頭長嘆。

「那天凌晨蹲在門口的人，是妳的大兒子嗎？」

「啊，上次？那是老二，他有點害羞。」

「那麼現在妳兩個兒子都出去工作了嗎？」

「哎，是啊。有什麼事嗎？」

「沒什麼。上次妳的大兒子到派出所找他老婆，所以我才想來看一下他的狀況。能告訴我妳大兒子的公司地址嗎？」

「為什麼要問？我家老大做錯什麼了嗎？」

「不是的，別擔心。」

「這樣啊……。那你沿著下面的路走，會看到南順奶奶解酒湯店，那是我們家的店。我兒子在那工作。」

「南順奶奶解酒湯嗎？原來妳是那家餐廳的老闆啊。」

「不過你去了可能也見不到。」

「啊？這是什麼意思？」

「就是這個意思啊，每天都到處喝，工作都扔給老二做。哎呀，我怎麼跟警察先生說這些沒用的話啊。」

「不會。沒關係，請繼續說。」

「那個……不是，我不應該讓你站在這，進去再說吧，喝一杯麵茶再走吧。」

「啊，可以嗎。那就請給我一杯冰涼的麵茶吧，奶奶。」

「好啊，警察先生挺老實的，真好。哈哈哈。進來吧。媳婦，快去準備麵茶，麵、茶，還發什麼呆。」

「啊……是的，媽。」

媳婦快步走進了一樓玄關。老奶奶彎著腰慢步走在前面，南巡警扶著老奶奶一塊走向了通往半地下室的台階。

直到日正當中，羅相南警查和朴旼熙巡警才有時間休息。上午，羅永錫警衛把調查中的《大衛之星，真相捕捉？》一書的買家名單送到了指揮室。不出所料，買書的人不多，其中排除年齡和性別不符的人，名單剩下的人沒幾個。羅警查和朴巡警上午巡視篩選出的買家住處，但沒有看起來可疑的人。

「羅刑警，如果犯人不是看了書才做案的話會怎麼樣？」

「什麼怎麼樣？不怎樣啊。羅警衛也說了，有可能是用現金買的。」

「是吧？應該是那樣吧？」

「對，犯人是個瘋子，到現在都沒留下任何證據，怎麼可能會在買書時留下線索？我早說過查這個沒有用，換作是我也不會留下證據，不是嗎？天氣這麼熱，真是白受罪，熱死了！」

「但誰知道呢，總是要檢查一下才放心。休息得差不多了，我們去查那輛車的地址吧？」

「好，妳昨天查過後半段的車牌號碼了吧？江南幾個地方有相同的車號？」

「是的，有三處，沒想到會有這麼多車的車牌號碼後半段是一樣的，應該不會是贓車吧？」

「如果是贓車就找不到了。以防萬一，都去看看吧。要做的事一大堆，安刑警和南巡警為什麼……。哎，搞什麼啊？為什麼只有我們……」

「別再嘟嘴發牢騷了，嘴都要變成尖的了。」

「怎麼能不抱怨？妳不覺得很不公平嗎？」

「有什麼不公平？我們不過是在做警察該做的事。還有，安敏浩刑警也是受組長指示去忙別的事了，不是嗎？南始甫巡警也是忙到凌晨，沒休息就回去派出所。所以你不要再埋怨了。」

「我知道，但至少發牢騷能讓我心情好一點！那吃完午飯再行動吧？吃個冰淇淋也好。」

「這麼快就想吃午餐？明明很晚才吃早餐……。多繞一圈之後再吃飯吧？」

「唉，好啦。沒有一件事是順心的。在哪裡？把地址發給我。」

「知道了。要是路過超商，我就買冰淇淋請你吃。午餐就再等一兩個小時吧。你先忍一忍，我還不餓，好嗎？」

「好，知道了啦，撒什麼嬌啊……。」

「我哪有撒嬌？我是在拍馬屁。拍拍！拍拍！」

朴巡警的手左右搖晃，做出拍馬屁的動作。

「拍拍？這次有好笑喔，朴刑警。哈哈哈。」

「呵呵。」

羅警官和朴巡警開車去了車牌號碼４８６２的車主住處。他們到達的地方是一個用破舊雜亂的木板屋形成的住宅區。他們爬上陡峭的山坡，找到了車輛的地址，但車主果然是不同人。

白跑一趟的羅警官和朴巡警在烈日下汗流浹背，重新走回停車的地方。幸好附近有一家小雜貨店，羅警查蹲在小雜貨店前吃著手裡的冰淇琳。朴巡警站在他旁邊，皺著眉用手遮擋豔陽。

「嘖嘖，我早就說過了吧？擺明了就是贓車。一定是這個車牌號碼沒錯。」

「是嗎？還有幾個號碼沒去看……」

「先查那個車牌號碼有沒有違規記錄。我敢打包票，一定有。」

「好，我馬上查。不需要查其他車牌嗎？」

「嗯……如果是贓車，地址和車主會跟剛剛那個一樣對不起來，我們只會又白辛苦一場。而且我們也不能確定這個車主就是殺人犯。再說了，如果真是殺人犯，那他開贓車的機率就更高了，這樣我們去了也沒用，不是嗎？還不如去昨天那間房子那附近多觀察一下。」

「好，但以防萬一，我們還是去看一下另外兩個地址……」

「真是的，我就說是這個號碼沒錯了！我們回那間房子看看吧，在那戶人家的圍牆旁邊等，說不定那個人會再出現。」

「會嗎？那我們先查那間房子附近，再去查看剩下的兩個地址。」

「好好好。啊，好餓，現在可以去吃午飯了吧？」

「當然。我也餓了，快走吧。」

在狹窄的小房間裡，兩名高大的男人坐在床上看資料。在他們旁邊，閔警正坐在椅子上專心地用手機查著什麼。門口堆了一疊空碗盤，似乎是點了外賣。

「組長，你什麼時候收集到這些資料的？」

「你不知道我消息很靈通嗎？」

「是嗎？可是你甚至拿到了國情院的資料，怎麼辦到的？」

「噓！安靜。」

「什麼？怎麼了？」

閔警正把手指放到嘴邊示意要壓低聲音，安警衛見狀緊張問道。

「哎，組長，別再亂開玩笑人了。安刑警，不用在意。組長是無聊才開你玩笑。他現在不捉弄人就渾身發癢。」

「什麼？組長在開我玩笑嗎？」

「噗哈哈，崔刑警，幹嘛這樣？要再捉弄一下才好玩啊。」

「啊，太過分了，每次都只對我……」

「體諒組長一下吧，安刑警。看來組長壓力很大。我也聽我哥說過組長這個老毛病，不過最近他好像更嚴重了。」

「嘖，少囉嗦。你們有在看嗎？為什麼看那麼久？好無聊。檢察官等一下就來了，快速把資料看完，別再閒聊了。」

「明明是組長你在妨礙我，怎麼還說這種話？」

「我就說別管組長了，安刑警。」

安警衛忍不住頂嘴，崔警衛揮手阻止了他。

「不過，既然連國情院都知道這件事，為什麼就這麼算了？」

「就是因為是國情院才會那樣吧。連ＢＨ[*17]也牽涉其中，當然得蓋起來。」

「那現在才拿出這些資料可以做什麼？」

「什麼意思？」

正在查看資料的崔警衛抬頭看向了安警衛。

「老實說，這不是以卵擊石嗎？檢察機關、最高法院、國會以及ＢＨ都牽涉其中……如此龐大的醜聞，我們能做什麼？只會害到自己……搞不好就會像趙德三檢察官那樣……。」

「安刑警！」

「冷靜，崔刑警。沒關係，會這樣想也是人之常情。」

「組長，可是……」

閔警正安撫著不禁提高音量的崔警衛，用平靜的語氣說道：

「安刑警，你說的沒錯，我也知道你的擔憂。的確，他們為了隱藏身分至今犧牲了很多人。我們確實也還沒有辦法揭發真相。」

「是的，我的意思就是這樣。如果這是事實的話，我們要用什麼方法對抗那些連身分都還未知的人呢？組長有什麼計畫嗎？」

＊17：指青瓦台。

「關鍵人物是蔡利敦議員。這一切都是從蔡利敦議員那裡開始曝光的。他自己現在應該也有察覺。」

「這是什麼意思？」

「到目前為止，在社交派對上發生的事，全都是從蔡利敦議員那流出來的。就像水從細縫中漏出來一樣。在社交派對玩樂的那些人會不知道嗎？他們一開始肯定想堵住細縫，不過之後發現那樣還不夠，才開始『施工』。」

崔警衛這時插嘴問閔警正：

「組長認為他們是因為害怕潘多拉的盒子會被打開，才一手策劃假自殺、真謀殺的案件嗎？」

「害怕？我們至今只能猜測真實身分的那些人會因為恐懼做這種事嗎？不，他們只是覺得事情變得麻煩，感覺不爽而已。會害怕的不是他們，而是那個製造出細縫的蔡利敦議員。」

「什麼？組長，你的意思是這些事不是蔡利敦議員做的？」

「反應這麼大幹嘛？你該不會一直都認為這是蔡利敦議員設計的吧？」

「可是……組長不是因為這樣才一直盯著蔡利敦議員的嗎？」

「不是的，我盯著他是因為有此必要，我一直在等他們對蔡議員『施工』。」

閔警正模糊不明的解釋，安警衛聽了一頭霧水。

「反正，以後再慢慢說。安刑警，你比想像中還要膽小啊，在更深入調查之前，你先決定好吧。」

「啊？要決定什麼？」

安警衛還是一臉困惑，崔警衛在一旁補充道：

「還問什麼意思？你是真的聽不懂嗎？」

「怎麼連崔刑警都這樣講話……。所以是什麼？你的意思是，如果我害怕就趁早退出嗎？」

「對啊。」

「哎，真是太令人傷心了。我雖然說那些話，但我是那種看到狀況不妙就想跑的人嗎？你們把我當什麼了？」

叩叩！

「閔宇直組長。」

「喔？安刑警，幫忙開個門，應該是檢察官來了。」

「啊，是……。兩位請不要在檢察官面前說剛剛那種話。重案刑警的自尊心很強的，絕不可能因為害怕就逃跑，知道嗎？」

「哇，你什麼時候開始以重案刑警自居了……哈哈哈。」

「崔刑警！」

「知道了。快去吧。」

安警衛皺眉瞪著崔警衛。

嗶！嗶哩哩！

「怎麼這麼晚才開門？喔？安警衛……。」

「檢察官，妳好，請進。」

安警衛收起剛才瞪人的眼神，帶韓檢察官進到房間。

「妳來了，檢察官。」

「是，組長。安敏浩警衛也在啊。」

「是的，當然。我是重案系刑警安敏浩，絕對要加入。」

「當然，重案刑警的自尊不容冒犯。」

「吼，真是的……。」

閔警正和崔警衛看著安警衛放聲大笑，韓檢察官則是一頭霧水，疑惑看著他們問道：

「什麼自尊？」

「沒什麼，檢察官請坐這裡。在妳來之前，我們已經看過所有資料了。」

「太好了。我過來之前也看了剩下的資料。」

「哎喲，辛苦了。妳應該忙到沒時間看吧……。該不會熬夜了？」

「沒辦法，要做的事太多了，該說熬夜是檢察官的宿命嗎？我是熬夜專家，沒關係的。我們來決定策略吧？」

「好，沒問題。」

坐在一旁的安警衛用好奇的眼神問道：

「那個，檢察官，妳手上的保溫杯裝了什麼？我看妳每次都帶著，是咖啡嗎？」

「不是的，是枳椇子*18茶，可以幫助消除疲勞，你要喝喝看嗎？」

「啊，不用。檢察官妳喝就好。」

南始甫巡警喝了一口浮著冰塊的麵茶後放下杯子。

「哇，真好喝。」

「是吧？趁涼的時候一口氣喝掉吧。」

「奶奶，妳知道妳大兒子喝了酒會打媳婦吧？」

「我……。」

「警察先生，我的孩子本來不是那樣的，他原本很善良的……。都是酒害他的，酒這個害人的東西！」

老奶奶打斷兒媳婦原本要說的話，拍著地板哀嘆道。

「那讓妳兒子去接受酒癮治療怎麼樣？」

「那個啊……有試過了。老二說要哄著他去……唉，如果會聽話就不會像今天這樣了。」

＊18：鼠李科枳椇屬植物，有清熱排毒，解酒效果。韓國常用作護肝保健食材。

「啊……。那需不需要警察幫忙？」

「警察先生，你是因為這個才來的嗎？要是把他關進監獄，他會更發神經的，上次也被帶去派出所……。結果呢？還不是搞成這樣，唉。」

「不行。那個，我丈夫是個好人。」

「我不是要把他關進監獄或看守所。可以讓他強制住院治療。」

「不行！」

「哎喲，你回來啦？警察年輕人，他是我家老二。」

南巡警和奶奶聊天的時候，小兒子不知何時走進屋裡。南巡警起身，向他伸出手想握手打招呼。

「你好，我是南始甫巡警，上次……」

「不能強制住院。大嫂也不願意。」

小兒子無視南巡警伸過來的握手，瞪大眼睛厲聲道。

「可是……。你看到你大嫂的臉怎麼還說得出這種話？」

「什麼都不知道就不要隨便亂說。警察也沒有資格插手別人家的家務事。」

「哎呀，你是怎麼了？對警察先生這種態度……。警察先生，我兒子本來不會這樣的……。」

「你可以走了，南始甫巡警。」

「呃……。不要這樣，請慎重考慮吧。你說得沒錯，我確實不清楚狀況，但如果放任不管，事情可能會變得更嚴重。」

「我叫你走！」

小兒子氣呼呼地指著大門方向。

「好的，我會走。但如果你哥哥繼續對太太施暴，請報警或找我求助也可以。請收下這個，這是我的聯絡方式。如果你改變主意，隨時都可以聯絡我。」

「哎喲，怎麼辦？警察先生願意當然好……」

「媽！警察能幫上什麼忙？為什麼老是這樣，只會讓他更生氣而已。拜託，我會自己看著辦，拜託別管了！」

小兒子勸著他母親，但越講越激動，最後扯著嗓子大喊。

「好，好，媽都知道，你冷靜。」

「別再來了。」

「啊……好的，感謝你抽出時間，我先走了。」

南巡警原本想直接走出門，卻又轉過身：

「那個，先生。」

「……。」

「看你好像不信任警察，所以我想再提醒你。就算我不是警察也會幫你的，所以不要丟掉名片，如果改變主意就聯絡我。我們不是應該阻止悲劇發生嗎？事情這樣下去，你也不是不知道結局會怎樣。在走到那一步之前，需要我的幫助的話，請一定要聯絡我。」

「……。」

「奶奶，我先走了。麵茶很好喝，謝謝招待。」

「警察先……」

「請快點離開。」

南巡警還想試著再說服一下，但礙於小兒子的頑強態度，只能轉身離開。他回到地面聞到外頭的空氣不禁輕嘆，好奇這個家庭究竟是出於什麼緣故而拒絕自己的幫助。南巡警安慰自己，只要說服了小兒子就能順利解決這次的案件，順手關上像是鐵欄杆般的大門。

「所以蔡利敦議員不是指使這一切的主謀？」

「崔刑警，你幹嘛一直問？對，不是他。蔡議員沒這種本事，有的話，他還會需要拜託他兒子嗎？蔡議員只是想加入那個社交派對，所以才蒐集相關情報想找出漏洞。因為他渴望自己能在那裡占有一席之地，甚至通過熟人賄賂核心成員。他這些行為現在卻成了致命弱點。蔡議員現在可能怕到不敢走出家門。」

「沒錯，報告說他這幾天足不出戶。」

「崔刑警，哪裡來的報告……」

「祕密，我不能透露我的情報來源。」

「什麼？崔刑警也有線人嗎？」

「叫他們繼續密切觀察，要是有人進出的話就查清楚身分。」

「是，組長。」

一直聽著他們對話的韓檢察官這時開口：

「組長認為幕後主使是ＢＨ嗎？」

「不是的，檢察官。然後準確來說是前任ＢＨ，我怕他聽不懂。」

閔警正用手指了指安警衛。

「我明白了。是上屆執政人物。」

「我哪有，組長，這種程度我一聽也能馬上理解，為什麼老是把我……」

「那組長認為是誰呢？」

韓檢察官打斷安警衛，向閔警正問道。安警衛撇嘴瞄了一眼韓檢察官，又看向閔警正。

「我只是猜測他可能是社交派對的主辦者，因為即使經過政黨輪替，社交派對還是存在。」

崔警衛大吃一驚：

「什麼意思？所以現在還在舉辦社交派對嗎？」

「我想是這樣，只不過自從李敏智事件之後就變得低調。」

「組長你怎麼確定？」

「雖然不是很確定，但我一直在關注蔡利敦議員和相關人士的往來，以我看來，目前確實如此，檢察官。」

「那組長覺得社交派對的主辦者是誰？」

「不是誰，應該說是什麼樣的組織才對，但目前還沒有太多明確的證據，很難下定論。」

「啊……原來如此，不僅僅是ＢＨ，牽扯範圍更廣。對吧？」

「是的，檢察官。」

「組長，你說還沒有太多證據，代表已經有找到些什麼了嗎？沒錯吧？」

「沒錯，安刑警。李弼錫議員在社交派對上安排了聲色場所的女性，還有李敏智……。」

「組長，敏智還是大學生，在聲色場所……」

「她是被李弼錫議員騙了，才會出現在那種場合。」

「你說什麼？社交派對嗎？我怎麼也不知道這件事……」

崔警衛用哀傷的表情望著閔警正。

「抱歉，社交派對的相關調查是我一個人祕密進行的。如果讓內部知道有人正在調查，他們會立即察覺到並有所動作。」

「不確定真實性的組織會有什麼動作？這樣說實在是……」

「崔刑警，抱歉。我會這樣說是有原因的，先聽我說完……。」

「到底是什麼？」

「崔友哲警衛，組長都說了其中是有原因的，繼續聽下去吧。」

面對崔警衛激動的反應，韓檢察官於是開口協調。

「是啊，崔刑警。你大概認為蔡非盧和金範鎮是為了掩蓋自己的貪腐而殺了延佑和友植。我一開始也是那麼想，但事實並非如此。他們之所以被殺，是因為調查社交派對的過程不夠謹慎，被對方發現了……。他們是因為蒐集社交派對相關證據而被殺害的。」

「組長，請等一下，你剛剛說什麼？」

崔警衛一直以為蔡非盧和金範鎮是為了規避自己貪汙的罪行而殺死了哥哥崔友植。他腦中的思緒變得一團亂，沒能繼續追問下去。

「所以組長才會問我移送到檢方的證物中，有沒有社交派對的資料？」

「是的，檢察官。我當時應該再確認一下相關資料，但由於案件移交得太快，沒能細看。」

「沒錯，進展比預期還要快。那麼究竟是誰毀損了資料？社交派對的相關證據在中途就消失了，對吧？」

「看來是那樣沒錯。在我得知證物被毀損時，起初懷疑跟局長有關，但局長完全不知情。」

「你怎麼能確定？」

「因為……局長那時候保護了我，檢察官。」

聽到閔警正的話，安警衛吃驚問道：

「什麼？是誰要對組長不利？」

「我也不清楚。當時可能有上級指示，要報告是哪個刑警提交證物的，局長報告說是在崔友植刑警家裡發現的，如果那時候說出是我取得並提交證物的話……我可能會因此成為目標。」

「但也有可能是因為局長並不知道證物是組長交出去的，不是嗎？」

原先陷入沉思的崔警衛突然提出了異議。

「不是的，局長單獨把我叫過去，說情況不太尋常，叫我不要露面。」

「所以說銅雀警局的局長也都知情嗎？包含我們……」

「崔刑警，他現在已經不是局長，而是特搜部本部長。」

「什麼？那就是我們現在的科長啊。」

「是啊，沒錯。要我接任廣域搜查隊組長的人也是科長。但僅此而已。這和這次的連續殺人案也無關。自從那次事件以後，都是我單獨行動，科長也不知道內情。你現在明白了嗎？」

不知不覺間，崔警衛臉上露出真摯表情取代了原先的哀傷。

「是，組長，我明白了。你當時查到的證據，除了社交派對，沒別的了吧？」

「不，還有。」

「是什麼？」

韓檢察官像發現了獵物一樣，犀利問道。

「黑暗王國。」

「黑暗王國？」

「第一次看到這個詞的時候，我不知道是什麼，覺得可能是電影名吧。蔡利敦議員在黑暗王國旁邊寫了好幾次問號，他可能也很好奇那是什麼。在黑暗王國的下方則按順序列出權貴的名單。但名單的最上面，也就是最高權力者的位置只寫了一個問號。」

「什麼意思？組長在哪裡看到的？」

「我是在你哥，崔友植刑警留下的證物上看到的。應該是延佑找到的證據。」

「會不會是當時的ＢＨ名單？」

「不是，ＶＩＰ和主要官員的順序也在最高權力者之下。名單不僅僅是官員，幾乎遍及整個政經界。他們背後一定有幾名隱藏的權力者，而他們把那些隱藏的權力者稱為黑暗王國。」

「組長調查過黑暗王國嗎？」

「我不能直接調查黑暗王國這個名稱，即使是從內部調查，提出『黑暗王國』這個名稱的那一刻起，就有可能暴露出我正在想辦法揪出他們，所以我非常小心。這也是為什麼我沒有先告訴你，直到現在才說。」

「這樣啊。那名單上的政經界人士呢？」

「名單上沒寫出那些人的姓名，只有列出政府部門的名稱，政經界人士也一樣無法確認真實姓名。」

「組長，還是說他們全都是一個名叫『黑暗王國』私人組織的成員？包括ＢＨ在內的政經界重要人士。」

「也有可能。雖然我無法明確斷定黑暗王國的底細，但很有可能是一個組織。問題是不知道是誰成立的，又有哪些成員。不過，如果仔細觀察李弼錫議員的事件，就會發現他們很有組織性，有條不紊地行動。崔刑警很清楚……。檢察官也知道敏智被強暴，並被強迫提供性服務。」

「是的，我知道。」

「那起案件的根源是社交派對，蔡利敦議員接近李弼錫議員也是因為社交派對。我不清楚蔡議員的目的是為了參加，還是為了打探黑暗王國想攀上關係。但我可以肯定的是，社交派對從那時候就一直持續存在，李弼錫議員則在裡面擔任某種角色。」

閔警正忽然停下，輪流看著正專心聽他說話的所有人。大家與他對視都愣了一下。閔警正繼續說道：

「那就是提供賣淫女性。通常，他會安排聲色場所的女性參加社交派對，但偶爾會親自帶李敏智那樣的大學生去。你沒聽錯，崔刑警。李弼錫議員強暴了李敏智，並強迫她在社交派對上提供性服務。崔刑警聽過了李敏智錄的錄音檔應該也知道吧。」

「對，但組長你也知道，錄音檔裡沒提過社交派對。」

「是，我知道，完全沒提到派對，所以你才會認為李弼錫議員做的是單純的性犯罪，而李敏智是含冤自殺。但事實不是這樣。李敏智知道某些關於社交派對的事。」

「如果她知道，那遺書或證物不是應該會有相關的內容嗎？」

「是啊，這樣才合理。但是，證物中卻沒有任何關於社交派對的內容，你不覺得奇怪嗎？」

安警衛像是同意閔警正的推論，點了點頭。

「是啊。聽起來的確有問題。組長，接下來呢？」

「李敏智不是自殺，是被謀殺了。」

「啊？她不是自殺的嗎？」

崔警衛嚇了一跳反問閔警正。而韓檢察官表情沒有變化，沉著地提出了疑問：

「組長這麼說的根據是？」

「是啊，不僅發現了李敏智的遺書，還發現了李弼錫議員強迫李敏智提供性服務的錄音證物。如果是他殺，應該找不到這種證據才對。」

「崔刑警，你仔細想想。如果是自殺，證物應該都當場發現，或者應該全部留給她男朋友，不是嗎？然而，她卻把部分證物留在了現場，只將部分給了男友？而且留下的都是不具效力的證據，只足以證明李弼錫議員涉嫌性招待。這合理嗎？不覺得很奇怪嗎？自殺的人沒道理將證物分開。」

「也是有可能，若是因為她信不過警察，為了以防萬一……。」

「會不會這其實是黑暗王國向李弼錫議員發出的警告訊息？」

「警告？他們要警告李弼錫議員什麼嗎？」

「李敏智知道社交派對上發生了什麼事，難道她手上有與黑暗王國有關的證據？所以他們要李弼錫議員扛起責任。」

「意思是，他們原本想讓李弼錫議員受到法律的制裁，當他被判無罪便索性殺了他？」

「組長，檢察官的推測正確嗎？為什麼？即使李弼錫議員被判刑，也不可能被判死刑，有罪也頂多被判五年左右的有期徒刑。他們原本只想給李弼錫議員這麼輕的懲罰，最後卻殺了他還偽裝成自殺？這前後有點對不上。」

安警衛也同意崔警衛的話，點了點頭：

「對，我也同意崔友哲刑警的看法。」

「就是這樣才奇怪……非得殺他的理由是什麼？」

「我完全搞不懂。」

安警衛嚴肅地輪流看著閔警正和崔警衛。

「安刑警，你聽好了。檢察官也請仔細想想。一開始因為蔡利敦議員，社交派對的存在被曝光後，他們殺了崔友植和李延佑刑警把整件事蓋掉。當時是由蔡利敦議員的兒子蔡非盧和金範鎮主導的，剛好那兩人也想隱藏自己犯的罪。然而，在背後操縱他們的不是蔡利敦議員，而是主辦社交派對的黑暗王國。但是，社交派對的存在又因為李敏智暴露到了外界，黑暗王國才殺死李敏智，以此行動警告李弼錫議員，表示要追究他的責任。然而，他們後來才發現李敏智男友手上也握有物證……。」

韓檢察官似乎想先在腦中整理邏輯，閉上眼睛問道：

「等一下，組長，現在說的這些都只是猜測吧？」

「不全然是，與蔡利敦議員有關的案件，已經得到了一些證實。」

「毀損的證據中有相關資料嗎？」

「沒錯，不過就像檢察官所說的，李弼錫議員的案子是通過合理推論所建立的假設，還沒有找到確切證據……，檢察官妳不是也認為趙檢察官的死與社交派對有關聯嗎？」

安警衛驚訝看著韓檢察官，問道：

「檢察官早就知道了嗎？」

「是的，是以前在檢方內部私底下流傳的謠言，說有高官在社交派對上接受性招待，參加毒品派對，據說還有一份社交派對的名單。然而，隨著趙檢察官的死，開始出現那不是一場意外而是他殺的說法後，關於社交派對的傳聞再次浮上檯面。不過，我今天也是第一次聽到黑暗王國。」

「為什麼？這與趙檢察官有什麼關係？」

「事實上，趙檢察官一直在調查有關社交派對的傳聞。只有一些檢察官知道這件事。」

「什麼？我第一次聽說這件事。組長你知道嗎？」

「嗯，崔刑警，我也是聽檢察官說才知道的。」

「他好像是想要晉升為部長檢察官，才正式著手調查社交派對。他認為這會是起大案子。」

「趙檢察官不是在水原地檢嗎？他要怎麼知道這些案件細節？」

「大概是在負責李弼錫議員事件的時候得到了消息。若真如組長所說，蔡利敦議員和李弼錫議員的案件之間有關聯的話，雖然檢方內部不會有正式紀錄，但消息肯定多少會傳到其他地檢檢察官耳裡。」

「那妳認為趙檢察官手上有李弼錫議員事件的相關證據嗎？」

「是的，我想會有。但是組長，這名叫黑暗王國的隱藏勢力真的存在嗎？」

「現在是揭發真相的時候了，我們不就是因此才聚在一起嗎？」

韓檢察官整理了一下思緒之後，再次開口：

「組長不是說黑暗王國拿李敏智殺雞儆猴，警告李弼錫議員嗎？而當他們知道李敏智男友手上有與他們相關的證據，於是下手除掉李敏智男友和李弼錫議員，並且都偽裝成自殺……。是這樣推論的吧？合理推論。」

閔警正露出淡淡的微笑回答韓檢察官：

「是的，這只是推論。但是，關於李敏智和呂南九兩人的死亡，疑點不光只有一兩個。而且被無罪釋放的李弼錫議員突然自殺，確實會讓人懷疑，不是嗎？再加上李大禹大法官、趙德三檢察官，甚至是金範鎮都是死於意外事故，這一點也很讓人難以接受。」

「的確如此。若是組長的推論是對的……這次事件不是普通事件，光憑我們幾個人的力量，能查出犯下如此可怕罪行的個人或組織，並且逮到他們嗎？應該說，我們有辦法揭露黑暗王國的真面目嗎？」

「檢察官說得沒錯，我們人數太少很難追查，但是只要抓到一點跡象……不，只要找到能揭發黑暗王國的證據，不僅是我們，全體警方都會動起來。當然，檢方也一樣。如何製造輿論將是解決這次案件的關鍵。」

安警衛擔心地說：

「沒問題嗎？如果牽扯到高官，警方內部應該有很多他們的耳目。」

「是，非常多，很難分清楚誰是盟友，誰是敵人，這就是為什麼這次我只讓信得過的人加入。這次的調查我們必須相當謹慎小心。」

「所以才會另外選在這種地方集合？」

「是啊。檢察官應該很不自在吧？這段期間還請諒解。只要我們跨出正確的第一步，最後不僅是在場的各位，一定還能找到更多的盟友。所以一開始先不要急，穩紮穩打地進行吧。」

「我明白了，組長，我會盡力配合的。」

「謝謝，那我們來討論之後的調查計畫吧？」

安警衛沉默著陷入苦思。這件事也許與案件有關，但他無法判斷現在開口是否恰當，又考慮到如果再不說，有可能會錯過時機，好不容易才下定決心開口：

「那個，組長。」

「怎麼了，安刑警。」

「那個……有件事好像和這次案件有關，但是……。」

「沒關係，說吧。怎麼了？」

安警衛猶豫片刻後回答：

「其實昨天，南始甫巡警看到了屍體幻影。」

「這跟這個案子有什麼關係？」

「那屍體是……是國會議員。」

「國會議員？誰？知道是誰了嗎？」

「知道，是徐敏珠議員。」

「什麼？徐敏珠議員？你確定嗎？」

原先坐著的崔警衛猛然起身，瞪大眼看著安警衛。

「什麼？喔，是的，南巡警說暫時要保密……。」

「在哪裡？在哪裡看到的？」

崔警衛抓住安警衛的肩膀搖晃著，焦急地追問。

「崔刑警你這是怎麼了？那個……那裡是……」

「安刑警，別說了！」

安警衛瞄了閔警正一眼後閉上嘴。

「為什麼不說，組長？快告訴我，安刑警。」

「崔刑警，冷靜。南巡警說要保密一定有他的理由。我大概知道為什麼。」

「原因？是什麼？組長。」

第8話
說不出口的緣由

「那個，先生。」

南巡警在奶奶家門前等著小兒子，恰好小兒子剛吃完午飯走出來，但他無視南巡警繼續往前走。南巡警跟在他身後，不死心繼續說：

「先生，等一下。」

「你怎麼還沒走？我無話可說。」

「請給我一點時間。」

「我跟你無話可說！再說一遍，不要多管閒事。」

「你認為我是多管閒事也無所謂。你也知道吧？最近家暴經常演變成命案。這樣下去，你大嫂真的會有危險，所以我才會又來找你。」

「說什麼？」

他火冒三丈瞪著南巡警，但並沒有停下腳步。

「我不清楚你們家有什麼狀況，不過你真的要置身事外，眼睜睜看著你大嫂變成那樣嗎？你真的認為這樣是為了她好嗎？你不知道這樣下去，你哥可能會變成真正的罪犯嗎？還是你明知道卻選擇袖手旁觀呢？」

情緒激動的南巡警聲音越來越大。小兒子暫時停下腳步，瞪了南巡警一眼之後又繼續邁開腳步。

「我大嫂也不想把事情鬧到警察那，你走吧。」

「我知道，所以你要說服大嫂，一直這樣的話……」

「我們有我們的理由，所以你走吧。你說再多都沒有用的。」

「理由？如果你告訴我原因，我可以試著說服她。」

「我不能說。就算你問大嫂，她也不會說的，不要去打擾她。」

「但是你知道對吧？沒錯吧？請告訴我，我一定會說服你大嫂的。」

「吼，吵死了！你快走吧，我得去做生意！」

「雖然我不知道是什麼原因，但如果你改變主意了，請一定要聯絡我。」

「真是的……知道了啦，快走吧。你是要跟我跟到什麼時候？」

「不是的，我剛好也要走這條路。」

「那你先走吧，煩死了。」

「好，請一定要聯絡我，為了你大哥和大嫂好，一定要，好嗎？」

「就已經說我知道了，快走吧。」

「那我先走了。」

南巡警點頭打了招呼，超越小兒子走向前，又轉身再次拜託小兒子一定要聯絡自己。小兒子愣愣地看著南巡警離開，走進了旁邊的巷子。南巡警感到茫然，不知道能用什麼方法拯救那個女人。這時手機響了。

「是，組長。」

「始甫，你在哪裡？」

「怎麼了？發生什麼事了嗎？」

「喔？沒有……我是想問你有沒有好好休息。今天一起喝一杯吧？」

「要喝酒？可以嗎？現在還在調查中啊，酒……」

「小子，當了警察之後變得很懂事喔，不用擔心這個。」

「我不是擔心，是出於道義……」

「真囉嗦，我去你家，我們在家喝吧。」

「我家？可是有點亂……只有大哥會來吧？」

「當然只有我，不然你還想找誰？韓瑞律檢察官？」

「什麼？檢察官？」

「不是嗎？那朴旼熙刑警？」

「哎，真是的，不要再鬧了。大哥自己來吧，什麼時候過來？」

「我晚上去之前會先打給你，你收拾好房間等我吧。」

「好，那你會買酒和下酒菜來吧？」

「什麼？啊……這臭小子，知道啦。」

「好的，哈哈。那晚上見。」

「羅刑警，我們要在這裡等到什麼時候？」

「什麼等到什麼時候？」

「我們就一直在這裡等嗎？」

「怎麼了嗎？妳沒埋伏過嗎？」

「啊？……其實我是第一次埋伏。」

朴巡警尷尬地笑著撫摸頭髮。

「真的嗎？怎麼會！妳不是已經進來兩年了嗎？」

「你不知道嗎？我一直都是負責處理文件而已。」

「啊，也對，是這樣沒錯，我差點忘了。那這次好好學，埋伏就是這樣。」

「是！……我以前也是長時間坐在椅子上工作，但像這樣坐在車裡，真的快受不了了，可以暫時出去……」

「什麼？才沒多久就在那邊哀哀叫？」

「我們已經坐在這四個小時了。」

「哎，這樣就大驚小怪。安靜點，妳會害我無法專心。」

「你什麼時候有專心了，不是睡著了嗎？」

「我什麼時候睡了？那是因為我眼睛小，所以看起來像在睡覺。不要分心，看清楚！不知道什麼人會突然出現。」

「是。」

羅警官在車裡東翻西找說道：

「啊，好餓。我去買點吃的，妳睜大眼睛好好盯著。」

羅警查用力睜大他的一雙小眼睛，舉起兩個手指到眼前，再指向正前方。

「有想吃什麼嗎？」

「嗯，火腿……」

「好，紫菜包飯好！我馬上買回來。超商在哪裡呢？」

「不是，我說的是……」

喀鏘！砰！

「……如果已經決定好了就不要問別人嘛，真是的，性格真古怪。」

羅警查一下車，朴巡警邊發牢騷邊伸懶腰，左右轉動上半身舒展筋骨。可能是再也受不了狹窄的空間，於是她下車做了伸展運動。

就在這時，一輛車開過朴巡警旁邊，停在了她正在監視的人家門前，隨後，一個男人從駕駛座下車，飛快跑向車後方打開車門。從後座下來了一位中年紳士。

朴巡警側著身子看了一眼從車上下來的人，一時不知所措。她打開車門，原本想回車上，卻又關上了車門。稍微整理服裝後，她深吸了一口氣，走向中年紳士打了聲招呼：

「你好？」

「……。」

「你是住在這裡嗎？」

「有事跟我說吧。請問妳是哪位？」

駕駛車子的男人正要重新坐回駕駛座，見狀急忙跑向朴巡警，擋住了她。

「啊！你是司機嗎？還是祕書？」

「請問有什麼事嗎？」

「是的，近來國民健康保險公團針對正在接受精神健康相關精神治療的患者進行問卷調查。住在這裡的……」

「什麼？現在都幾點了，找到別人家裡要做問卷調查？」

「啊……。不是的，我白天有來過，沒有人在……」

「天亮的時候再來吧，現在很晚了。社長，您先進去吧。」

「嗯……。好。」

「先生，請等一下。你是一個人住在這嗎？兒子有和你一起住嗎？」

中年紳士正一言不發地走進大門，轉身看著朴巡警。朴巡警想更靠近，卻被祕書伸出的手臂擋住了。

「喂，妳這個吃公家飯的，聽不懂人話嗎？趁我現在還有耐性，妳請回吧，有聽到嗎？」

「你們不住在一起嗎？這裡住的……」

「妳以為這裡是哪裡……？我會處理的，社長。」

「沒關係，為了公務，工作到這麼晚……。好好招待一下。」

「什麼？啊，是，知道了。」

「公務員小姐，辛苦了，他會好好款待妳的。」

「那個，先生！真的……」

「這是什麼？錢？」

那個被稱作社長的人笑著走進了大門，祕書攔住朴巡警，從西裝外套裡拿出了皮夾：

「有事和我談吧。社長要我好好照顧忙於公務的公務員小姐……。好了！請收下。」

「對，是錢。怎麼了？嫌不夠？」

祕書垂下視線，看著朴巡警說：

「公務員小姐，不要誤會。是因為覺得妳工作到很晚很辛苦，才給妳宵夜錢。這可不是賄賂。要付出代價的才叫賄賂，妳說是不是？」

「不，那個……。」

「那我也要下班了，辛苦了，公務員小姐。」

祕書淡淡一笑，把錢塞到朴巡警手中後上了車。

「哎，這……。啊！真是……呃呃……。」

朴巡警用力抓住手中的五萬韓元紙鈔，怒視著離去的車，氣到全身發抖。

「喂！朴旼熙，妳在那裡做什麼？」

羅警查晃動著超商的黑色塑膠袋，喊了朴巡警：

「怎麼了？發生什麼事了嗎？」

「羅刑警，剛才有個男人進去，看起來大概五十多歲。」

「是嗎？走回來的嗎？」

「不，開車……啊！」

「開車來的？車子在哪裡？」

「他有祕書，祕書開走了。」

「所以呢？有看到車牌號碼嗎？」

「喔，車牌號碼是……等一下，我會想起來的。」

「什麼？妳連車牌號碼都沒看嗎？到底在做什麼，怎麼會沒注意車牌？應該要馬上確認啊！」

「羅刑警，不是的。車停在大門前時我有看了，不是我們在找的那輛車，啊！我還以為我沒看到車牌……對，反正不是那輛車。」

「真的嗎？那妳有看到車主的臉嗎？是那天看到的那個人嗎？」

「不是，是名中年男性，不同人。祕書也不是上次看到的那個人。」

「好，那妳有問到什麼嗎？查清楚是誰住在這裡了嗎？」

「沒有，他們兩個……」

「咦！妳手上是什麼？怎麼有錢。」

羅警查突然抽出朴巡警手中握著的五萬元紙鈔，用雙手攤開，說道：

「這是哪來的錢？為什麼把錢弄得皺巴巴？真是的。」

「吼！那個祕書叫我拿錢去買宵夜……。我真的要氣死了！」

「什麼？真的？哇，竟敢賄賂警察……。妳在搞什麼，那種傢伙應該要當場逮捕啊。」

「什麼？我又沒說我是警察。」

「不然呢？妳沒頭沒腦就去問話嗎？」

「不是，我說我是健康管理公團的人，正在針對精神科患者做問卷調查……。」

「健康管理公團是什麼？不是國民健康保險公團嗎？」

「啊，對啦。我剛才是這麼說的沒錯。我太生氣才搞錯了，連羅刑警都要這樣對我嗎？真是的。」

「知道了，冷靜一點，脾氣真夠大……。我看那傢伙是有看出妳是警察，才故意這樣的。百分之百一定是！」

「真的嗎？」

「對，妳太明顯了。所以什麼都沒查到對吧？只知道不是那輛贓車，就這樣？」

「是的，對不起，羅刑警。」

「算了，我也沒做對什麼。振作起來不要氣餒。不管怎樣，住在這裡的人不是那個車主。而且這裡不是空屋有人住，對吧？」

「看來是這樣。」

「再觀察一段時間。啊！快去申請調查剛才那輛車。」

「啊！好。」

漆黑的客廳亮起了燈，中年紳士坐在客廳的沙發上抽著菸。這時，隨著門開的聲音，傳來某人從樓梯上跑下來的倉促腳步聲。

「爸，您來了？」

「……。」

「有什麼事嗎？」

「你最近都在做什麼？」

「什麼？什麼意思？我還能做什麼，打理俱樂部……就這些……。」

「你還在打針嗎？」

「沒有，爸。您也曉得我上次去醫院回來就戒了，為什麼要問？」

「還是在吸粉？」

「不，沒有，請相信我，爸。」

「那為什麼警察會出現在家門口？」

「警察？」

「你竟然沒發現？」

「不是……我……」

「那你早就知道了嗎？」

「沒有……。爸，那個……」

「又不說實話？又要我弄斷你哪裡，才能好好講話？」

「不！爸爸！不是這樣的……爸，不是的，等等，我……」

年輕男人變得結巴，話怎麼也說不完整，渾身發抖，慌忙跪下雙手合十求饒。

「好，你要坦白了嗎？」

「爸……爸，那個……那個……對、對不……對不起。」

「你……嗑藥了啊？」

「爸、爸……對不起，請原諒我這次，請原諒……我。我、我……我會看著辦的。」

「你會看著辦？怎麼辦？說出來讓我聽聽看，你要怎麼處理。」

「我……我會收拾善後，不會留下任何……證據，爸。別擔心。」

「我可以相信你嗎？」

「是，爸！」

「吵死了！你這陣子就老實待著！不要輕舉妄動，聽到沒？」

中年紳士大發雷霆，年輕男人低著頭，雙手合十求饒著說：

「是、是的。爸……我這次……」

「我叫你安靜！這是最後一次。我已經受夠幫你收爛攤子了，聽懂了沒？」

「是的，爸、爸。」

「我沒看見你的車，放在俱樂部了？」

「那……那個，是的。」

「知道了，去休息吧。」

「什麼？我可以直接回房嗎……？」

「你要感謝今天有警察在外面埋伏，今天就先這樣，不過……唉，算了，立刻從我眼前消失！」

「是、好的，謝謝爸，謝謝。」

年輕男人抹去臉上的淚水和鼻涕，不知何時露出了天真爛漫的稚氣孩童臉龐，燦笑著跑上樓。

兒媳婦死亡D－3／徐議員死亡D－5

「奶奶，妳好。」

「你又來啦？一大早什麼事？」

「大兒子已經出門了嗎？」

「唉，我家老大昨天沒回來，最近不知道在幹什麼，不怎麼回家。」

「喔……這樣嗎？那小兒子呢？」

「去做生意了，多勤勞啊，哎，老大以前也很勤快……。」

「是嗎？所以是突然變了的嗎？」

「我也不知道怎麼回事，他什麼都不說，自己的老婆……就算攔他，但他力氣多大，阻止了也只會打得更凶。以前成宰對媳婦很好，對家人也很好，可能是被鬼附身了……跳大神怎麼都沒效果，應該要聽神明的話才對。老二也沒辦法說他大哥什麼……唉，我也不知道要怎麼辦。」

「要不要帶去醫院治療？」

「不行啊！我家老二說不可以，那就不可能！」

「如果小兒子同意的話，妳也同意吧？」

「如果是這樣……那當然了。」

「好，我知道了。奶奶，這麼就要早出去撿廢紙嗎？」

「能多撿就多撿些吧，哎呀，因為警察先生的關係，我太晚了。謝謝你這麼費心。你回去吧。」

「好，奶奶小心，不要隨便穿越馬路。」

「呵呵，好，知道了，警察先生。」

南始甫巡警看著老奶奶拉著拖車離去之後，走向南順奶奶解酒湯店。快到解酒湯店的時候，閔警正打來了。

「始甫，你在哪裡？」

「大哥，怎麼了？」

「怎麼了？什麼怎麼了？不是說好去徐議員案的現場嗎？」

「啊！不是晚上才要去嗎？我待會再打給你。」

「什麼？喂，我也很忙欸。嘖，小子，如果是晚上才去，你昨天就應該告訴我啊。」

「我昨天跟你說過了……你喝醉了嗎？」

「什麼時候？我沒聽到啊……。啊，好啦。你現在在哪裡？我看你好像不在家？」

「大哥去我家了嗎？我出來喝解酒湯了。」

「什麼？你自己去解酒嗎？這個不講義氣的傢伙！在哪？一起吃吧。」

「不……不是，我有點事要做，你這次先找別人解酒吧，大哥。」

「是嗎？南巡警，發生什麼事了？該不會又是那個吧？有什麼需要我幫忙的嗎？」

「我昨天跟大哥說過了，不記得了吧？你昨天問了一模一樣的問題，我說我需要的時候會拜託你的。所以現在不要妨礙我，你去找別人解酒吧。」

「啊哈哈，這樣啊？知道了，那你什麼時候會到指揮室？」

「順利的話，下午就會過去。」

「好，辛苦了，需要幫忙隨時打給我。」

「好。謝謝大哥。」

昨夜，南巡警和閔警正在家裡暢飲。

「始甫，謝謝你啊。有你在，給了我很大的力量，知道嗎？」

「什麼跟什麼？大哥這麼快就醉了嗎？」

「哎，你以為喝這個我就會醉嗎？我是因為開心，哈哈哈。」

「大哥來找我，不是有話要說嗎？」

「小子，就喝吧。雖然我每次都是……你就不能放過我一次嗎？臭小子。」

「嘿嘿，好啦，喝酒吧。」

「這次的連續殺人案會順利解決吧？有你在，我就放心了。」

閔警正望著南巡警，兩人視線一對上，南巡警就不動聲色地避開視線，笑著說道：

「我又不是巫師，更不是先知，我哪知道能不能解決。幸運的話就會順利的。」

「小子，一定會解決的。你每次都做得很好啊，幹嘛這樣？」

「大哥到底想說什麼？最近很累嗎？」

「我有什麼好累，下面的人才累吧。看到組員們因為找不到證據而受苦我很抱歉，也對被害者遺屬感到抱歉……。最重要的是還給了你很大的壓力……抱歉。」

「大哥你醉了啦。別喝了，幹嘛這樣說？大哥你才是做得很好，這次也會好好解決的……」

「小子，是啊！會順利解決的！不過我還是對你感到愧咎，給了你這麼大的壓力。從下禮拜開始真的會很累的，知道吧？到時候別發牢騷。一個小巡警還想安慰我？我喝這麼點才不會醉。」

閔警正瞬間板起臉，發脾氣說。

「我知道，大哥沒醉，幹嘛突然這麼嚇人？所以究竟是什麼事？你來想跟我說什麼？」

「小子，你變得很會察言觀色啊，不愧是天生的警察啊。」

「又在扯了，別說這些有的沒的，究竟怎麼了？」

「還能怎麼了？我聽安刑警說了。」

「什麼……啊，是說國會議員的屍體吧。」

「對啊，馬上就招啦。」

「我明明拜託安刑警先保密了……。」

「對，他也有說。安刑警不是故意的，因為有點狀況讓他不得不說，不過我不能告訴你是什麼事。」

「好吧……。所以大哥是為了徐敏珠議員才來找我的？你們認識？」

「我不認識，是友哲認識。」

「那崔友哲刑警也知道這件事嗎？」

「嗯。我有交代他們先裝作不知道……但是他說不定會來找你。」

「哎……糟糕了。」

「沒事啦，我有再三囑咐他不要告訴徐議員了。」

「這樣嗎？太好了。不過大哥來找我就是想說這個嗎？我看你好像有煩心事。」

「喔，那個……。啊，我怕我講出來會讓你想起過去的事，所以不太好說。」

南巡警驚訝地望著閔警正，閔警正遲遲開不了口，猶豫片刻才說道：

「始甫，是關於素曇的事。」

「什麼？素曇……為什麼……。」

一從閔警正口中聽到姜素曇這個名字，南巡警的瞳孔就劇烈顫動。

「對不起，始甫，可以的話我也不想提起素曇的……。但是拖越久會越難開口，所以我就快速說完吧。你也知道吧？素曇是因為我才死的。」

「什麼意思……？」

「你不是說看見屍體的能力有必須遵守的規則嗎？其中一個規則是，如果屍體的當事人知道自己會死，那麼就會死在其他地方，而不是起先被發現屍體幻影的地方。」

「對，所以大哥不是再三交代崔友哲刑警了嗎？」

「是的。不過我其實也知道，如果有人告訴屍體本人他會死的事，那麼說的人就會成為替死鬼。這段時間，我一直沒說出來。」

「什麼？所以大哥……你一直都知道嗎？」

「是我猜的。看你每次有周圍的熟人發生這種事時都會保密，我就知道我推測的沒錯。素曇是因為我才死的。如果當時素曇沒有告訴我，那麼死的就依然會是我，素曇現在還會活著，不是嗎？」

「不是的，大哥，她是為了救我而死的。」

「始甫，真是那樣的話，你應該會提前看見素曇的屍體才對。」

「那是……雖說如此……啊！不過她也知道我會死。」

「是嗎？你以為這樣說我就會感謝你嗎？我寧願你把事情講開來，化解心結，不要一個人悶在心裡難受。你要這樣到什麼時候……。不，對不起。我們不要再說這件事了。」

「大哥……。好，別再說了。」

閔警正心亂如麻，移開了視線，然後再次望著南巡警說道：

「始甫，總而言之，我說的沒錯嗎？確實有這樣的規則？」

「沒錯，就像大哥說的那樣。有一段時間，我沒遵守那個規則，而錯失幾次拯救生命的機會，所以現在我盡量不告訴任何人，自己解決。」

「果然啊，我也覺得會是這樣。小子，你怎麼不告訴我？你幫了我這麼多，要是那時候……」

「不是的，我怕告訴大哥，要是連大哥也……變成素曇那樣……。你能明白我的心情吧？」

「我明白。就是因為明白，所以更難受。你這小子！現在你放心說出來吧。我可是口風很緊的，你知道吧？」

「知道。你不就是因為這樣，才會講話都拐彎抹角沒人聽得懂嗎？」

「我哪時拐彎抹角了？真是的……。還有，我也有跟崔刑警說清楚了，雖然我不知道他能不能理解……。」

「那個，他們兩位是在交往嗎……？」

「喔？嗯，我不確定他們是不是在交往，該說是互相在意的關係嗎？」

「啊，看來是還在曖昧。」

「曖昧？啊，沒錯！是曖昧。」

「原來……。難怪會那樣？」

「怎樣？什麼意思？」

「既然大哥已經知道了，我就告訴你吧。你口風很緊沒錯吧？」

「是啊，守口如瓶，別擔心，快說吧。還有什麼事？」

「其實看到徐議員屍體的那天凌晨，我在江南警察署停車場看到了另一具屍體。」

韓瑞律檢察官好像有急事，衝進江南警察署特殊搜查本部指揮室，一進來就要找閔警正，然而那裡卻只有眨著眼望向她的羅相南警查和朴旼熙巡警。

「你們看什麼?組長呢?」

「那個……檢察官，妳的頭上……。」

「什麼?啊!天啊，我這腦子到底是，哎!」

韓檢察官急忙拿下捲在瀏海上的髮捲，放進口袋裡。

「組長在哪裡?他的手機一直在通話中，不知道在跟誰講電話。」

「啊，組長好像一早就有事要辦，說忙完後才會來。」

「是嗎?沒說什麼時候?」

「沒有。」

「哎，這該怎麼辦?你們昨天去江南區論峴路住宅進行調查了嗎?」

「什麼?昨天我們……」

朴巡警正要把昨天的事說出來，察覺到異樣的羅警查急忙插話：

「檢察官，有什麼事嗎?」

「有人投訴說警察在監視平民。」

「投訴?有什麼好投訴的啊?」

「已經一狀告到了檢察總長那了，說現在都什麼時代了還有這種事，大鬧了一場。應該不是這裡的人做的吧?」

「那個……。」

「哈哈。檢察官，現在都什麼年代了，怎麼還敢監控平民老百姓……。可是……對方有說是我們特搜部的嗎？」

「不，這個我不清楚，但上頭教訓了我，要我立刻找出是誰。我聽說是江南論峴路才急忙趕來。組長知道這件事嗎？確定不是我們的人做的吧？」

「那個，其實……本來想報告的，但因為是凌晨的事……。不過，到底是誰告的狀，還不到一天就傳到檢察總長那裡？」

「不是傳，而是直接告訴總長。雖然我不知道具體情況，但一定是大企業總裁或政客。現在這不是重點……怎麼回事？難不成……。」

「是的，我們……」

「真的是你們嗎？是為了什麼？」

「那個……在B點調查對象名單中，有一戶無法確認資料的房子有點可疑，所以我們暫時埋伏……不，應該說我們是為了查明……」

「可疑？確定嗎？意思是住在那裡的人有可能是犯人？」

●

我掛斷了閔組長的電話，走進解酒湯店。

「歡迎光臨……哎，又有什麼事？」

解酒湯店的小兒子以為是客人來了，熱情招呼，但一對上眼就板起了臉。

「我來喝解酒湯，不行嗎？」

「喔……。好的，請坐這裡。」

「可是你哥……」

「你是來喝解酒湯的吧？」

「當然。順路來喝一下，哈哈。」

「安靜地喝完解酒湯就走吧。」

該怎麼做才能說服講不通的小兒子呢？真的沒有時間了，一定要把大兒子和他太太分開，這樣她才能活命。

「你的解酒湯來了。」

「那個，阿姨。」

「是，還需要什麼嗎？」

「不是，請問這裡的老闆沒來嗎？」

「你說大兒子嗎？」

「啊！對。」

「他要到傍晚才會過來。就算來了也只會要錢……沒事。怎麼了嗎？」

「喔，沒什麼，我本來想和老闆見個面再走的，看他不在才問的。」

「好，那請慢用。」

他晚上才會回來嗎？那在大兒子來之前，我必須想盡辦法說服小兒子，這樣才能見到大兒子和他談談。不知道他會不會相信我，不過也只剩這個辦法了。

我用湯匙舀起湯，湯頭又辣又美味，骨頭上的瘦肉在嘴裡柔軟地化開，我端起砂鍋喝下泛著紅光的辣湯，腸胃瞬間變得舒暢。我吃光一碗砂鍋後，宿醉全消，頭腦也清醒了。

我看了一眼小兒子在的位置，走近收銀台。

「我要結帳。」

「八千韓元。」

「這裡。先生，你們店裡的解酒湯真好喝，生意一定很好吧？」

「以前我媽經營的時候更好……。」

「是嗎？那你母親為什麼不做了？在這裡應該比撿廢紙……」

「喂！每個人都有自己的苦衷，不用你管，請離開吧。」

我用力抿了抿嘴唇後對他說：

「先生，沒有時間了，我本來不想這麼做的，但我別無選擇。」

「什麼意思？」

「有件事我必須要告訴你，關於一個我本來不能說的祕密。」

「祕密？你又想說什麼了？」

「在這裡不方便，給我一點時間吧，不聽的話你以後會後悔的。」

「後悔？夠了！少跟我說這些廢話。我不打算強迫我哥住院。」

「哎……真是的，我是真的很猶豫該不該跟你說。」

「到底是什麼？有話快說。我很忙。」

「這裡不方便，只要給我一點時間就好了。」

「真是煩人……。真的只要一下子？」

「是的，我們出去外面說吧。」

的確沒時間了，雖然不知道他會不會相信，但這是最好的方法，也是最後的退路，我也只能說了。

「我們去那裡談。」

小兒子用手指了指建築物之間的偏僻空間。

「好，讓我聽聽你到底想說什麼。」

「謝謝。是一週前吧？你還記得嗎？我曾經凌晨送你母親回家？」

「喔，對，那時候……」

「我不是要邀功，我不知道你有沒有聽你母親提過，她差點出車禍。」

「我聽說了。謝謝你救了我媽一命……。那天，我……。」

「沒關係。我不是想怪你沒跟我打招呼。不知道你相不相信……當時我因為提前知道你母親會死於肇事逃逸，所以才去了大方十字路口。」

「提前知道肇事逃逸？什麼意思？」

「我有看見屍體的能力。」

「什麼？看見屍體？那又怎樣，警察當然會看到屍體……」

「喔，不，不是那樣的，我可以看到未來會死的人的屍體。」

「什麼？哈哈，哈哈哈哈。你到底在說什麼？哈哈哈，這個人實在是。」

小兒子用荒謬的眼神看著我，大笑起來。

「喂，你真的是警察嗎？我可以看看你的證件嗎？」

「你不相信，好，等一下。」

雖然我早知道他會有這樣的反應，但是真的發生了還是不免無奈地苦笑。我從皮夾裡拿出警察證給他看。

「這裡，我真的是警察。我是大方派出所巡警南始甫。我絕對不是瘋子，你不用擔心，請仔細聽我說。」

小兒子環抱雙臂，上下打量著我，一副嗤之以鼻的模樣。

「你可能不相信，但我有這樣的能力。說得好聽點是一種預知能力，所以我才能救回你的母親，但是……」

「啊哈，這樣啊。但是什麼？真會鬼扯，好，我就繼續聽你扯。」

「幾天前，我看到了另一具屍體。」

「屍體？該不會又要說是看到即將死去的人？」

「是的，沒錯。」

「哈哈，太瞎了。這樣子啊，所以你看到了誰？我？」

「不。我看到你哥。」

「什麼？我哥？」

「是的，他看起來是死於酒精中毒。」

「開什麼玩笑？想要我啊？你到底是誰？你跟我哥是什麼關係？」

「我和你哥沒有任何關係，我只是無意間看到了一具屍體。對，你大概是不會相信，但我覺得就算被當瘋子也應該要說出來，請你相信我。不然我沒事說這種聽起來瘋癲的話能得到什麼好處？」

「我才想問你咧。你為什麼要這樣對我的家人？」

「我不是救了你母親，還送她回家了嗎？我不是瘋子，也沒有任何企圖。而是現在這種情況，我無計可施。既然我已經看到了你哥，就要想盡辦法救他，所以我才來找你們，想說服你們。」

「……真的嗎？不會吧……。」

小兒子的聲音稍微變得低沉。

「我親眼看到你哥死了，這就是為什麼我說你們必須把他送去醫院。現在沒剩多少時間了。」

「什麼？沒有時間？怎麼會……。」

「對，就是明天。他明天就會死，所以你必須快點送他去醫院。」

「真的嗎？那就算去醫院也會死吧？不，我到底在跟著胡說八道什麼？」

「不會的。如果他戒酒，去醫院接受治療就不會發生那種事。可是，要是還讓他繼續喝酒，最後會躲不過一死。你今天把他送到醫院就會安全度過，保住性命。請相信我。」

「你要我相信什麼？我該信你說的哪句話？死去的……不對，我該相信你能預見未來嗎？還是該相信我哥會死？或是相信你不是瘋子？」

「我就是知道你不會輕易相信我，所以才想說服你帶哥哥去醫院治療。但我實在已經沒有別的辦法，只好坦白一切。你想想看你母親的狀況吧。我能救回你母親就是因為有這種能力。現在重要的應該是先救你哥哥吧？」

「可是，但……我該怎麼相信……。要把我哥送去精神病院……。」

「不是精神病院，是送到酒精中毒治療中心。這樣對你哥和你大嫂不是都很好嗎？請好好想一想，你希望你哥繼續過這種生活嗎？」

「當然不，但是我哥是不會聽的……。而且我沒有資格這樣做……。」

「資格？現在還講什麼資格……啊，你說過你有苦衷對吧？到底有什麼原因？對了，奶奶也說你哥一開始不是這樣子……。」

小兒子陷入短暫的沉思之後，似乎下定決心，點點頭說道：

「沒錯，我哥並不是一開始就這樣，他以前真的是個很好的……不，是我尊敬的哥哥。我爸去世得早，我哥和我媽一起把這家餐廳做大。我哥對我來說就像是父親，也是朋友，但我卻……。」

「你怎麼了？送你哥去醫院也是為了他好。」

「不，不是那樣的，其實……不，當我沒說。」

「究竟發生過什麼事？在這裡聽到的事情，只會有我知道，所以你不必擔心，告訴我吧。」

「是因為……」

「檢察官，這還需要進一步調查……。」

「是嗎？如果有發生這種事，應該要馬上報告吧。組長知道嗎？」

「我們還在調查中……不，我們會持續觀察，一有發現會報告……」

「看來事情不只埋伏監視這麼簡單吧。你們真的只有埋伏嗎？」

「對不起，檢察官。是我的問題，我問話的時候出了錯。」

「不，檢察官！是我應該在場卻臨時離開了……這是我的疏失。朴刑警在調查程序方面沒有出任何錯……。」

韓檢察官鬱悶地嘆了口氣說。

「這是在幹嘛？現在的問題不是你們展現同事情誼就能解決的。反正我知道狀況了，你們都不要輕舉妄動，等我了解情況後再想辦法解決。但是，在指示下來之前，任何人都暫時禁止接近那戶人家，明白嗎？」

「是的，謝謝檢察官。」

「檢察官，謝謝妳。那個，組長那邊……」

「我會跟他說，所以不需要感謝我。」

「喔……是，檢察官。」

羅警查本來想拜託韓檢察官保密卻被拒絕，一臉不悅地低下頭。

「那戶人家哪裡可疑？」

「啊，因為房子很大卻好像沒有人住。可是，有個可疑的人上了停在房子圍牆旁的車急忙逃跑了……。說逃跑也不太對，但我們追上去時，他卻像是要逃走一樣完全沒有要停車的意思。」

「所以呢？」

「於是我查了一下車牌號碼，發現是贓車……不對，好像是……總之，應該確定了那是一輛贓車，所以就在那戶人家前面……」

「羅警查，所以究竟是不是贓車？」

「確實是輛贓車，所以我們想著會不會是屋主的車？還有那輛車會不會再回去？所以才在那戶人家門口埋伏，但是……」

這時，朴巡警插嘴補充：

「檢察官，後面由我來說，因為羅相南警查當時不在場。」

羅警查憂心忡忡看著朴巡警，朴巡警卻微笑開口道：

「羅警查，這都是我的失誤造成的，沒關係。總之，在埋伏的過程中，有一輛車停在了門口，一名中年男人和他的祕書下了車，我偽裝成國民健康保險公團的人，想打聽屋主的身分。我問他是不是住在這裡，還有他小孩是否與他同住……。」

「喔，我現在總算了解了。他們那時就看出來妳是警察。但因為這樣就說你們監視老百姓而提出申訴，也太過分了。我了解了，那我和組長商量之後再決定怎麼做，你們去忙吧。」

羅警官搔了搔頭說：

「檢察官，朴刑警是第一次執行埋伏任務，縱使有疏失，但這並不是監視老百姓，應該不會有太大問題吧？」

「不清楚，但好像有點古怪，似乎開始在掩飾了。」

「掩飾？」

「對。現在先停止埋伏調查，在下達指示之前內部調查也先暫停，去調查其他嫌疑對象，知道嗎？朴旼熙巡警，目前看來好像不是大事，還不確定屋主是否真的有投訴，所以妳不用太擔心，但以後行動要注意點。」

「是，謝謝檢察官。」

叮咚、叮咚。

「誰？」

「敏浩，是我。」

「喔，崔刑警！請等一下。」

安敏浩警衛看見一大早就跑來自己家的崔友哲警衛，嚇了一跳，但其實他大概知道崔友哲警衛是為何而來。

「崔刑警，早安。」

「喔，早。我太早來了對吧？抱歉。」

「不會，請進。」

「抱歉，敏浩，我實在睡不著。」

「看起來的確是，沒睡好嗎？黑眼圈都跑出來了……。」

「是啊，體諒我一下吧。你知道我為什麼會來吧？」

「啊……對，大概知道……。」

「我現在能去那裡嗎？」

「什麼？」

崔警衛比想像中更快切入正題，安警衛慌張地盯著他看。

「怎麼了？你不是大概知道嗎？」

「崔刑警，你也清楚就算去了，我又不是南始甫巡警，一點用處也沒有……。而且組長不是交代不能透露嗎？南巡警和組長會好好處理的，你不要太擔心，再等一下吧。」

「我知道，這我都清楚……。那能不能告訴我在哪裡？」

「崔刑警，你這樣反而可能會導致結果變得更糟糕。請相信南巡警和組長，耐心等等看吧。」

「好吧……。唉，實在太悶了。」

「或者你直接跟南……不對，你跟組長說說看吧。昨天組長不是說他要去見南始甫巡警嗎？」

「我知道。我昨天打過電話，但組長只叫我等，今天就乾脆不接我電話了，真的是……。我又不能直接去找南巡警，唉……。」

安警衛聽到崔警衛一度想去找南巡警，堅決回應道：

「你也很清楚狀況，所以請不要去找南始甫巡警。組長也交代過絕對不要在南巡警面前提起徐議員的事。你跑去找他要是被組長知道一定會被罵死。而且就算你去找南始甫巡警，他也什麼都不會說的。」

「組長也是這麼講，說光是連續殺人案就夠累了，不要增加南巡警的負擔。」

「所以再等等吧。組長會這樣說肯定有他的原因吧？」

「所謂的原因，就是怕我告訴徐議員，不是嗎？」

「是的。我也不知道具體情況，但如果徐議員知道自己會死的話，可能會出現變數，我們反而會因此救不了她。」

「我也聽說過。組長千叮嚀萬囑咐，叫我絕對不能讓徐議員知道。」

「對，也是因為這個原因，南始甫巡警才會一直沒跟別人說自己獨力解決。這次是因為我剛好在他旁邊才會知道。其實，南始甫巡警有要求我保密……可是我知道這件事和社交派對有關，才不得已說出來。這都是我的錯，崔刑警。」

「不是的，安刑警你也不知道我會是……總之，我明白你的意思了。你還知道些什麼嗎？感覺還有其他事。」

「我就知道這麼多……。」

「敏浩，我絕對不會告訴徐議員的，我又不是瘋了，對吧？我理解不能說的原因，但你只要告訴我地點是在哪裡就好了，好嗎？」

「你想親自救她嗎？」

「是的，我不能讓徐議員死。」

「崔刑警，南巡警會好好解決的。既然這次組長也知道狀況了，他們一定會找到救徐議員的方法，所以……」

「當然，這些我都知道，我只是也想出一份力，組長明明可以讓我一起去，我不懂他為什麼要堅持對我保密。」

「他們一定也有自己的考量。組長也要我別攪和進去，所以我們就相信組長和南巡警，先觀察看看吧，好嗎？」

「組長也叫你別插手嗎？」

「對，我也是。」

「知道了……。抱歉，把你拖下水。」

「別這麼說，我完全明白你的心情。」

「謝了，敏浩，一起去吃早飯吧。我請你吃好吃的。差不多也到上班時間了。」

「好啊！有人請客當然好，我馬上準備好出來。」

崔友哲警衛裝作若無其事露出笑容，但當安警衛走進房間時，他皺起眉頭，往後撥了撥頭髮。

閔宇直警正看了韓瑞律檢察官傳來的訊息之後，立即回到了指揮室。

「你來了，組長。」

韓檢察官把茶包泡在保溫杯裡，走出茶水間時看到閔警正，稍微用眼神打了招呼。

「喔，檢察官，抱歉，我沒發現妳有打給我……。一大早找我有什麼事？」

「我們去會議室談談吧。」

「啊？唉……。這次又有什麼嚴重的……。」

「不是，請不要害怕。」

「喔，是嗎？哈哈，害我又嚇了一跳。」

韓檢察官淺淺一笑走進會議室，閔警正也豪爽地笑著跟在後面。聽著兩人對話的朴巡警露出疑惑的神情，羅警查則在這時小心翼翼地走入指揮室。

「喔，羅警查。你去哪裡了？剛才組長……」

「我知道，我是故意躲開他，怕掃到颱風尾。不過氣氛很微妙耶，我還以為會很嚴肅，結果竟然相反？」

「對啊，看來韓檢察官說沒關係是真的。」

「是嗎？如果組長知道實情的話……。呼！」

「羅刑警！」

「啊！是，組長！」

羅警查聽到閔警正的呼喚嚇了一大跳，大聲回答。接著對一旁的朴巡警低聲耳語：

「看吧，唉，完蛋了。」

「你怎麼現在才出現？過來跟我談談。」

閔警正在會議室門前叫羅警查過去，立即轉身再次進到會議室。

「哎喲，死定了，祈禱我能活著回來吧，朴刑警。」

羅警查皺著眉頭，做出用手砍自己脖子的動作，對朴巡警微笑的同時眨了眨一隻眼睛。

「羅刑警，抱歉。要我跟你一起進去嗎？都是因為我才會……。」

「不用，沒關係。我一個人死就夠了，妳忙妳的吧。」

「羅刑警……。」

羅警查垂下肩膀，拖著腳步走向會議室。

兩年前，外籍女工柔莉到南順奶奶解酒湯店工作，擔任廚房助手。工作認真的柔莉很快就和兩兄弟變得親近，不僅如此，南順奶奶解酒店的老闆，也就是兩兄弟的母親也很疼愛柔莉。

柔莉先和弟弟走得很近。兩人年齡相差很大，但因弟弟無微不至的關懷，柔莉很聽他的話。另一個原因是他們負責的工作一樣，所以可以長時間相處。

相反地，哥哥因為負責外場，和柔莉相處的時間較少，過了一陣子才開始變得親近。然而，在遠處看著柔莉的哥哥先向她告白了，不知道這件事的弟弟原本也想向柔莉告白，但看到哥哥和柔莉親密的樣子才察覺到兩人的關係。

從那以後，弟弟和柔莉保持了距離，不再像以前那樣親切。哥哥發現弟弟在柔莉面前的態度變得很彆扭，於是問弟弟對柔莉是不是有意思，但弟弟斬釘截鐵地回答自己對她沒有任何感情。

最後，哥哥和柔莉結婚，度過了甜蜜的新婚生活。但幸福的日子並沒有持續多久。不知何時起，哥哥開始對柔莉起了疑心。因為不喜歡她看到和客人談笑的樣子，甚至不讓她去店裡，但放她一個人在家又會擔心，於是他索性也不讓母親到店裡上班，理由是要母親和柔莉一起在家裡休息，實際上是想讓母親監視柔莉。

事情是在某天客人最多、店裡最忙碌的午餐時間之後爆發的。那天在職員用餐午休時間，弟弟也回家吃母親在家裡準備的午飯。母親還在餐廳工作的時候，他們會直接在店裡吃午餐，但後來因為母親待在家，弟弟回家吃飯的次數也變多了。

「媽，我回來了。」

「回來了？媽媽去市場了。」

「喔？大嫂，媽什麼時候會回來？」

「很快就會來。小叔，等一下。」

「好，妳慢慢來沒關係。」

「好。累了吧？」

「嗯，對啊，大嫂不在更累了。」

「呵呵，馬上就做好了。」

「等媽回來了再一起吃吧。」

「沒關係。等我一下。」

沒過多久，大嫂急忙把擺好飯菜的小餐桌端來，結果絆倒摔了一跤。弟弟看到大嫂摔倒大吃一驚，趕忙跑到大嫂身邊想扶她起來坐好。這時哥哥也被柔莉的慘叫和桌子打翻的聲音嚇一跳跑了進來。

「怎麼了?」

「啊!哥,大嫂她……」

「搞什麼?你們在幹嘛?」

「什麼幹嘛?看了還不知道嗎?大嫂……」

「王八蛋!我就知道會這樣!」

啪!

哥哥根本不聽弟弟的解釋,不分青紅皂白衝上去對他揮拳。

「呃啊!哥!你幹嘛啊?」

「閉嘴!」

啪!

「呃!啊……哥……。」

哥哥發瘋似地毆打弟弟,靠柔莉的力量根本阻止不了。其實哥哥一直懷疑弟弟,無法忍受柔莉和弟弟有說有笑,雖然表面上裝作若無其事,但內心深處逐漸崩壞。

柔莉摔倒時裙子捲了起來,露出了內褲,這也更助長了哥哥的誤解。而弟弟壓根不知道柔莉露出了內褲,只擔心大嫂有沒有受傷忙著照顧她。但看在哥哥的眼裡,兩人是在卿卿我我,哥哥有嚴重的病態型嫉妒*19,無法正確判斷實際情況。

從那天以後，哥哥開始酗酒，對柔莉的施暴次數隨之增加。弟弟努力想化解誤會，然而哥哥根本不聽解釋，懷疑妻子不忠的症狀越來越嚴重，依賴酒精的時間也越來越長。弟弟被趕出門獨自住在半地下室。母親為了阻止大兒子打兒媳婦，甚至受了重傷，無可奈何之下只好隨小兒子一塊搬到半地下室。

●

「啊啊，原來是有這樣的情況……。那也不是你的錯。不要太自責了。」

「不，我應該更小心一點的……。哥那麼痛苦，我卻不知道……。總覺得是我害哥生病的，所以我一直對他感到很愧疚。」

「不是你的錯，別這麼想。你哥哥患的是心病，一種叫病態型嫉妒的症狀，需要接受治療，否則是不會好轉的。所以，這次一定要讓你哥住院接受強制治療……。」

「什麼！誰敢強制我住院？你！搞什麼鬼？你在耍什麼花招？你憑什麼讓我住院？」

解酒湯店的大兒子不知何時開始在後方偷聽南巡警和弟弟的對話，在兩人快要說完時，突然大呼小叫打斷。

「哥！你什麼時候來的？全身都是酒味，你一大早就喝酒了嗎？」

「對，怎樣，我喝了一晚上的酒。小子！沒有酒我要怎麼活下去？這世上沒有我能相信和依靠的人了，不是嗎？不像某人，只有酒絕對不會背叛我！你這臭小子！一大早就在打什麼鬼主意？」

「你好，我是大方派出所巡警，南始甫。」

「什麼？巡警？有什麼事……喔齁，搞什麼啊？臭小子，你現在連警察都找來了？你想把我關起來，跟我老婆做什麼？嗯？王八蛋！你還算是我弟嗎？終於露出真面目了吧。你今天死定了！你這個混帳！」

大兒子想撲向弟弟，南巡警張開雙臂攔住了他。

「先生！請不要激動，聽我說，不是你弟弟叫我來的，是我自己想來的。我只是來喝解酒湯的時候，順便聊了一下。請你冷靜下來，好嗎？」

「什麼？這個警察說的是真的嗎？是嗎？」

「啊？對，哥，所以你冷靜一下。」

「哎喲，害我嚇了一跳。沒錯，我弟可不是那種人。好！弟弟啊，我們進去吧。昨天有賺了很多錢嗎？」

「那個，先生，我有話想跟你說。」

「我不跟警察說話，滾開，王八蛋！」

「哥，這位是警察，口氣別這樣。」

「吵死了，臭小子！男子漢怕個屁啊。喂！巡警沒什麼大不了的，是警察中最沒用的，一個沒用的警

＊19：妄想的一種，無根據地過度懷疑配偶對自己不忠的精神病徵。

察……。少囉嗦，給我錢，我沒錢買酒了！」

大兒子看著他弟弟，露出燦爛的笑容。

「知道了，我會給你錢。你先聽一下南巡警想說什麼，好嗎？」

「喂！少廢話快進去。還有不准換掉保險箱號碼，害我每次要拿都很麻煩。反正都要給我錢，幹嘛每次都讓我這麼累？讓我直接拿錢不就簡單多了，啊？」

大兒子陰險地笑著，正要走進解酒湯店，小兒子靠近急忙抓住了他的手臂，說：

「哥！等一下。」

「你瘋了嗎？給我放手！」

「我知道了，哥。對不起，不過你先跟這位南巡警談談吧，好嗎？他是因為你才來……不，他是來救你的。」

「什麼？救我？怎樣？你要殺了我嗎？這臭傢伙……」

「先生，住手！」

大兒子抬高手作勢要打小兒子，南巡警抓住了他的手腕。

「搞什麼……你還不放手？放開我！」

大兒子用力想甩開南巡警，但是南巡警仍抓著他紋絲不動。

「你……啊！啊！好痛……。幹，好啦！知道了啦，放開我！」

「沒問題，但請答應我不會再動手。」

「謝謝。」

「幹你……啊！啊！知道啦，快放手！該死……。」

南巡警這才放開了大兒子的手腕。大兒子撫摸著被抓的地方，凶狠地瞪了南巡警一眼，說道：

「啊，痛死了……。該死，看來警察終究還是警察。好，我就聽你到底要說什麼？說啊？」

南巡警把對小兒子說的話再重新告訴了大兒子，大兒子捧腹大笑了好一陣子，大罵南巡警是瘋子，壓根不信。

「是啊，你當然不會相信。不管要不要信都是你的選擇，但是不要後悔。就是明天了，希望你不要喝醉後死在不知道哪條路上。」

「明天？那明天只要待在家裡不就行了？」

「沒用的，結果還是一樣。即使你一直待在家裡，最後還是會因為喝酒而死。」

「那一天不喝酒不就好了？簡單啊。」

「你要是做得到，現在也不會是這樣了吧？」

「什麼？臭小子！」

面對大兒子的威脅，南巡警依舊平靜地說：

「現在不是激動生氣的時候，請相信我，去醫院接受治療。這對你和家人都有好處，不是嗎？」

大兒子用懷疑的目光打量南巡警後，大聲笑著看向小兒子，說道：

「哎，你這個瘋子，哈哈。喂！你一個當弟弟的，居然想騙親哥哥？喂，你為了把我送進精神病院不惜撒這種謊啊？我差點被騙了耶，哈哈哈哈。算了，快把錢給我。」

「哥，我沒有騙你。是真的，南巡警說得對。媽也發生過類似情況，是這位警察救了她。你不是也有聽媽說過嗎？媽那時候差點出車禍死掉。」

「嘖，死小子，還在嘴硬，我要怎麼相信這種話？媽只是說她差點被車撞，有個警察救了她，不是嗎？」

「好，如果你不相信，那就沒辦法了。但千萬不要後悔。我已經給了你機會，沒有把握機會的是你自己，如果你就是想要那種死法，那反正不管怎樣都會死，什麼時候死都沒差了。看來是我多管閒事了。」

「哥！那個，南巡警，不要就這樣走了……。」

「我覺得我說破嘴也沒用，既然你哥不相信……。我已經盡力了。」

「但是……」

南巡警鄭重地打了招呼之後轉過身去，這時大兒子叫住了南始甫。

「喂！那個，警察先生，過來一下。」

南巡警停下腳步，轉身望著大兒子，問道：

「有什麼事嗎？」

「哎，警察先生也太無情了。好啦，好啊，我信，我信就是了。但這是唯一的辦法嗎？」

「是的，戒酒是唯一的辦法……光靠你自己戒不掉吧？是嗎？」

「哎……。怎麼會因為喝酒而死？靠……」

「算了，你自己看著辦吧，我先走了……」

「吼，你這個警察性子有夠急，好啊，我要在醫院待多久？」

「真的嗎，哥？」

「對啦，我知道了。我問你我要在那裡待多久？」

「直到酒癮治療結束為止。」

「什麼？哎……好！那我就能活下來吧？我都接受治療了，不會死了吧？」

「是的，當然了。」

「哥，謝謝。」

「該死！你幹嘛謝我？啊！我不在的時候，你要是敢耍花招，我會讓你死在我手裡，知道嗎？你大嫂……」

「哥！事情真的不是你想的那樣。請相信我！」

「操，我要怎麼相信你？廢話少說……。」

「我知道了。那你去醫院，我就搬出家裡。」

「不行。你要讓那間大房子裡只剩兩個女人嗎？你就待在家裡吧。但是你和媽住在一樓，絕對不能和你大嫂單獨在一起，聽到沒？」

「好，我答應你，絕對不會和大嫂單獨相處，相信我。」

「囉嗦死了！現在我要幹嘛？警察先生。」

「我已經提前準備好了，等我一下。你跟母親說一聲後就去醫院吧。」

「是啊，哥。回家後……」

「不，現在就過去，我一看到你大嫂就會心軟，直接從這裡過去吧。」

小兒子被大兒子出乎意料的反應嚇了一跳，目瞪口呆地回答：

「喔？喔……好。」

「這樣也好，我來之前已經先見過你母親，她也同意了。那我馬上叫人來，請等一下。」

「哥，謝謝。」

「喂！你到底在謝我什麼？我是為了活下去。要是你們說謊，我就會殺了你們，知道嗎？」

「知道了，哥。一定要好好接受治療，趕快回來。好嗎？」

「少說這些，我不在的時候好好經營餐廳吧，多賺點錢。」

「知道了，哥。」

南巡警看著兩兄弟的互動，這才放下心中的大石。

「救護車很快就會來了。」

第9話
新變數

羅警查低著頭走進會議室，韓檢察官和閔警正坐在裡面等。

「組長，你聽檢察官說了吧？那個是……」

「是啊，聽說了，所以我才要你進來。」

「對不起，組長，我應該要更注意的……對不起。還有我應該馬上向你報告才對，但想說你很忙，打算等到有進展再報告……。」

「算了，我不是為了聽你解釋才叫你來的。」

「啊……是，對不起。」

「你為什麼一直道歉？怎麼了？真不像你，該不會是因為緊張吧？天不怕地不怕的羅刑警耶？我不是為了罵你才把你叫進來，不用怕。」

本來垂頭喪氣的羅警查立刻抬頭，露出燦爛笑容，說道：

「不是嗎？我聽說組長你一生氣就像火山爆發一樣，怎麼能不緊張？」

「崔刑警說的嗎？我是那樣沒錯，羅刑警你還沒見識過吧？」

「對。」

「所以不要惹我生氣，知道嗎？」

「啊……是的。」

閔警正拍拍羅警查的肩膀，微笑道：

「羅刑警，要是因為這種事就要生氣的話，我豈不是每天都要生氣嗎？沒事的。又不是什麼大錯，調查時出現這種程度的失誤很正常，不是嗎？問題是那傢伙的過度反應。」

「沒錯，組長，說我們監視百姓？這像話嗎？我們只是在家門前埋伏一下而已。不知道對方是什麼來頭……」

「羅警查，但還是要小心，你不該沒向我這個組長報告，就擅自去監視沒有確切嫌疑的平民住宅，不是嗎？」

「啊……是的，我錯了。」

「好，下次先報告，按照正確的步驟進行調查。」

「我知道了，組長。」

原本嚴厲教訓羅警查的閔警正放柔了聲音問道：

「我聽檢察官說了，那戶人家門前有可疑的人？」

「喔，是的。朴刑警看到了停在那家圍牆邊的車主，我們查過車牌號碼，發現是贓車，猜想也許那輛車會再回來，所以才埋伏在那棟房子前面。」

「這件事我也有跟組長說過了。我剛才查了一下，是那戶人家向總長提出申訴的沒錯。」

「是嗎？啊，真是的……這樣也要投訴到總長那邊……。」

「沒錯，明明沒那麼嚴重，反應也太大了。所以說，有件事需要羅刑警低調去執行。」

「我嗎？什麼事？」

指揮室的門突然打開，崔友哲警衛和安敏浩警衛走了進來。

「回來啦？」

「朴刑警，組長去哪裡了？」

「那個……。」

朴巡警垂頭喪氣地猶豫該不該說。

「發生什麼事了嗎？妳那是什麼表情？」

安警衛走到朴巡警的位置，仔細觀察她的臉問道。

「沒什麼，檢察官來了，大家都在會議室。」

「朴刑警，該不會出了什麼事吧？怎麼了？有什麼狀況嗎？」

崔警衛也加入詢問原因，朴巡警猶豫了一下，向他們坦白：

「其實，是我做錯事了……」

「什麼？朴刑警嗎？」

「因為我，羅相南刑警被組長叫進去了，他可能正在代替我被狠狠地教訓。啊……真的很抱歉。」

「妳不必對我們道歉。」

「哎，那沒什麼大不了的，沒關係。組長不是那種人，別擔心。」

「不對吧，安刑警？組長遇到大事不會深究，反而遇到小事就會生氣，而且一生氣就像是火山爆發。」

「崔刑警你幹嘛說這種話。朴刑警，抱歉。」

「啊！原來是這樣。抱歉，我不是故意要嚇妳。」

「沒事的。是我自己做錯事，如果是我去挨罵反而會比較心安……。」

「不要太在意。朴刑警，原本就應該由前輩負起責任。對吧，崔刑警？」

「是啊，沒錯，本來就是這樣的。」

原先緊閉的指揮室門一打開，安警衛立刻站起來轉頭看門的方向。

「哇嗚！怎麼了？站起來歡迎我啊。」

「羅永錫警衛，你好。」

「羅警衛好，都警監沒來嗎？」

「先去洗手間了，怎麼了？發生什麼事嗎？幹嘛這麼反常？」

「啊……沒有啦。我以為是組長。」

「喔，是嗎？還沒看到羅相南警查和南巡警。他們還沒回來嗎？」

「南巡警說派出所有事，所以今天過去那邊。羅相南刑警……」

「羅警衛！」

崔警衛想阻止安警衛說下去，急忙喊道。

「你好，崔警衛。」

「我可以先看看會議資料嗎？」

「喔，好的。請等一下。」

羅警衛從包包裡找出會議資料，拿給崔警衛。這時，指揮室的門再次打開，都警監帶著笑容走了進來：

「早安。」

「警監早。」

安敏浩警衛和朴旼熙巡警站起來打了招呼。

「組長和檢察官還沒來嗎？」

「他們正在會議室裡談話，很快就會出來。」

「警監，你來了。」

「喔！是啊，崔警衛。很忙吧？」

「嗯，對啊。」

「加油。會議準備好了嗎？」

面對都警監的提問，朴巡警說不出話，低下了頭。

「對喔！看看我這記性……。對不起，警監。」

「不會，最近很忙吧？慢慢來。組長好像也還在忙。」

「謝謝警監。那個，安刑警。可以幫我準備會議嗎？不好意思。因為南始甫巡警不在……」

「嗯，當然沒問題，一起準備吧。」

「謝謝。」

朴巡警和安警衛將調查現況的整理報告與其他資料按人數列印，一一放在座位上。在會議的準備工作即將結束時，閔警正和韓檢察官打開指揮室的門，走了進來。

「啊！都警監，你來了啊？」

「是的，兩位好，發生了什麼事？」

「沒有，沒什麼事，我們有別的事要商量一下，所以才私下談。都準備好了嗎？大家集合吧。」

原本分散在各自座位上的組員，集合到白板前的會議桌坐了下來。

「大家這星期都辛苦了，幸好目前為止還沒有出現其他被害者。按照預測，我們還有三週的時間，不過說不定命案會在那之前發生，一刻都不能掉以輕心，不要放鬆警惕，時刻做好準備。」

「是！」

所有組員洪亮地回應。

「好。朴刑警，轄區派出所有特別報告嗎？」

「是，組長。目前還沒有回報任何異常情形。轄區派出所增加了包括A點在內的江南區一帶的巡邏次數，特別是在凌晨增加了人力，提高巡邏強度。」

「好，朴刑警，請妳隨時掌握轄區派出所的狀況，向我報告。」

「是，組長。」

「接下來的一週，我們要進行更周全的準備。尤其是要更確定A點的犯罪預測地點，但在此之前，我認為我們要先進一步縮小之前預測的A點範圍，因為新增的預測地點比剛開始多了很多，我希望科學搜查隊能將此列入考慮，提出新方案。」

「好的，我會盡快回報的。」

「好，羅警衛，就拜託你了。還有，我已經告訴都警監，希望能縮短犯罪預測時間。如果能在最短的時間內確認預測地點，就能提高南巡警在案發現場看見屍體的機率。」

「是，明白了。目前預測最可能的犯罪時間是凌晨兩點到四點之間。如果要進一步縮小範圍的話，我們認為凌晨三點到四點之間的可能性比較大。」

「根據是什麼？」

「我們對三週後的月相變化進行了預測，結果顯示在凌晨三點到四點之間，月亮的亮度是最暗的。」

韓檢察官困惑地向都警監問道：

「警監認為那個殺人魔是以月亮的亮度在計畫謀殺的嗎？他有這麼謹慎仔細？」

「是，檢察官。從三起謀殺案中可以看出，凶手犯案的手法非常聰明和縝密。實際上，在市區月亮的亮度並不會帶來多大的光線差異，因此我認為凶手要不是謹慎，不然就是膽小。此外，在《大衛之星，真相捕捉？》中提到獻祭儀式會在月光最暗時進行，這也是我判斷的另一個依據。」

「都警監，那我們是不是可以再更確切地預測犯案的日子？」

「是的，沒錯。月亮形狀從殘月變成新月期間，完全看不見月亮的那天就是最有可能犯罪的日子。從這點來看，那天就是半個月後。前提是，南始甫巡警能在一週前看到被害人的屍體。」

「半個月後……。如果殺人犯的行動能像我們預期的一樣就好了……。很好，南巡警和安刑警目前負責A點，確認能否在兩小時內查看完所有可能的犯罪地點。等整理好後，我們會按照南巡警的建議，每週查看預測地點，再確定最終場所。因此，在那之前，必須重新推測出最終的預測時間和A點的範圍，有可能嗎？」

「我會全力配合的，組長。」

「好的，羅警衛。還有，我希望科學搜查隊針對查看過的地點，再進行一次交叉比對，如此一來才能排除任何失誤的可能。半個月後，南巡警只需確認最終確定的場所。請徹底檢查與查證有無遺漏的地方。都警監，拜託你了。」

「Yes,Sir! 我會仔細檢查的。組長，別擔心。」

「謝謝。大家都知道，只要南巡警能提前看到屍體，我們就能在沒有被害者犧牲的情況下結案。然而，我們不能因此輕忽A計畫出錯的可能性。這也是為何我們要保證B計畫能萬無一失。」

聽了閔警正的話，崔警衛彷彿期待許久地答道：

「是，組長，由我報告B計畫的進展。請各位看手邊的報告，同時聽我說明。我們對被懷疑可能是連續殺人犯居住的B點，共七十五戶住宅進行了調查，不過沒有出現可疑的對象。已經確認過身分的人，在命案當天都有明確的不在場證明。報告中有寫出他們各自的不在場證明，各位可以參考。目前尚有五人身分不明，或是不在家，或是實際居住者與屋主登記身分不一致。在進行A計畫之前，我們會查出這五個人的身分。」

「好，辛苦了。盡快掌握剩下的人的身分。」

「是，組長。」

韓檢察官仔細查看資料，望著朴巡警說道：

「查過買書的人了嗎？」

「是的，我們已經確認了所有買家的身分，但沒有值得懷疑的人。如果凶手是買家，也許是現金結帳。」

「是啊，很有可能。辛苦了。」

會議似乎差不多接近尾聲，閔警正環視了一下所有人後說道：

「南始甫巡警因為轄區的事，不能出席今天的會議，請安刑警或朴刑警代為轉達會議內容。」

「是，組長。」

「如果沒有其他事要說，會議就到此結束吧？」

這時，都警監神情嚴肅地詢問閔警正：

「組長，你覺得A計畫的成功機率有多少？」

「羅警衛，你的犯罪側寫準確率是多少？」

「什麼？啊，準確率是……」

「犯罪側寫準確率約為80％。」

都警監代替他回答了閔警正的問題。

「喔，都警監。我的問題太失禮了嗎？我不是那個意思。如果犯罪側寫的準確率能達到80％的話，那麼計畫成功率也差不多是80％。」

「意思是，組長有百分之百的把握？」

「沒錯，我原本還希望你能告訴我犯罪側寫的準確率是100％。」

羅警衛露出了意外的表情。

「怎麼了？羅警衛，嚇到了嗎？」

「啊……不是的，我不知道組長會這麼有自信。」

「是啊。我相信南巡警。他的表現我已經看了三年。」

「我也百分之百確定。」

聽了閔警正的話，安警衛也充滿自信地說。

「安警衛也是嗎？」

「是的，警監。我也是親眼見識過，所以才敢這麼說。」

朴巡警聽著他們的對話，小心翼翼地舉起了手：

「不好意思，我可以問個問題嗎？」

「喔，朴刑警。儘管問，沒關係。」

「那個……我從剛才開始就很想問……。請問這個案子，羅相南刑警被排除在外了嗎？」

「什麼？啊哈，怪不得妳從剛才開始就那種表情，哈哈哈。」

「因為被組長叫過去之後，他就沒有一起回來開會……。」

韓檢察官覺得朴刑警的反應可愛，笑了出來：

「不是的。組長交代他別的工作了。」

「是啊，朴刑警，不用擔心。」

「啊……是，組長。」

「發生了什麼事？」

「沒什麼，安刑警，什麼事都沒有。好了！那大家就回去忙各自負責的工作吧，兩天後見。」

住在B點附近，並且有過精神疾病治療及諮詢病歷的人之中，尚未確認身分的共有五人。崔警衛、安警衛和朴巡警前往他們的住處進行調查。

「現在只要再查三個人就結束了，不對，是再找到這兩個人確認。」

「不是的，崔刑警，我們已經查過兩個人，現在剩下三個人。」

「安刑警，其中一個人在組長下達指示之前禁止接近。」

「啊，是啊。那就剩兩個人。崔刑警，那棟屋子是不是住了哪位高官，所以才能直接向總長投訴？你知道是誰嗎？」

「我不清楚，雖然不知道是哪個官，但應該是地位很高吧。」

安警衛發出「嗯……」的聲音，點了點頭。

「啊！從那條巷子進去就到了，安刑警。」

「喔，好。」

崔警衛問一副熟門熟路走在前頭的朴巡警：

「妳是第幾次來這裡？」

「第四次，每次都沒什麼人……。」

「是嗎？沒有什麼特別的地方嗎？有見過鄰居嗎？」

「有。不過屋主很低調，不怎麼跟鄰居往來，鄰居也都不知道誰住在那裡，只是偶爾會看到燈是亮著的。」

「崔刑警，那這傢伙不就很可能是犯人了嗎？如果他察覺到然後逃去別的地方該怎麼辦？」

「有可能。但獻祭儀式還沒有結束，他應該不會逃跑。都警監也是這麼說的。」

「真希望我們要找的殺人犯就是他。」

「是啊，朴刑警，我也希望是這傢伙。在人的身體上留星形圖案？真是瘋子……因為那個瘋子害無辜的人平白失去性命。我們得快點抓到他。」

「是啊，把人當作祭品，像話嗎？又不是邪教。」

「就是說啊。但不是說那個凶手可能也被人虐待過，或是現在也還在被虐待？好像是個精神不正常的人……。」

「朴刑警！妳現在是在替那個殺人犯說話嗎？精神失常就可以殺人嗎？自己被虐待就可以濫殺無辜嗎？已經死了三個女人！」

崔警衛控制不住怒火，激動地提高了嗓門。

「啊……崔刑警，你誤會了，我不是那個意思。我只是說他是因為那樣的原因才殺人的……」

「就是說啊，朴刑警怎麼可能幫他說話？她的意思是這屬於社會問題，『是社會造就了這樣的人，才導致這麼可怕的殺人事件』，是這個意思對吧，朴刑警？」

「是的……沒錯，崔刑警。請不要生氣。」

崔刑警臉上滿是激動神情，弄亂自己的頭髮說道：

「還要多久？」

「啊！就是那間，獨棟別墅，紅色磚頭的那家，有半地下室。」

「好。在那裡暫時停車，熄火。安刑警先去看看有誰在，再打信號給我們。你只需要確認裡面有誰，知道嗎？」

「是，崔刑警。」

安警衛下了車，小心翼翼地走到獨棟別墅前。他一一檢查半地下室的窗戶，聆聽裡頭有沒有人聲，仔細觀察了一陣子之後，走進別墅的出入口，沿著半地下室的樓梯走下去。

安警衛為了確認有沒有人在，站在門前並將耳朵貼到門上。很快地，他離開門口重新回到地面，並查看了信箱。走出別墅的安警衛朝崔警衛和朴巡警所在的車子方向，用雙手比了個X字。崔警衛和朴巡警看見安警衛的信號，立即下車走了過去。

就在這時，一名戴著棒球帽，穿著長袖T恤與牛仔褲的男人正從對面巷子走向別墅。路燈照射下，他的臉藏在帽簷的陰影之中，看不清長相。

當他進入通往別墅入口的巷子時，正在走路的崔警衛一言不發地突然跑起來。朴巡警被崔警衛突然的舉動嚇到，但馬上跟著跑。安警衛繞過巷子轉角，在別墅出口撞見了那名男人。男人看著安警衛猶豫了一下，安警衛慢慢地走向他。他瞥了眼正往自己靠近的安警衛，慢慢地倒退，突然轉身就跑。

「喂！站住！」

「安刑警，抓住他！」

「是！」

一場暗巷追擊戰就此展開。

暗巷圍牆上出現了兩個長長的黑影。兩人走到路燈下，閔組長先開了口：

「始甫，是這裡？」

「是，大哥。」

「好，要辛苦你了，你能再回想一下嗎？」

「哎，不要這麼客氣，我不會辛苦。最近只有在案發當天的現場看，我的頭才會痛，也幾乎不會昏倒了。」

「是嗎？那就好。不過你也還是不要太勉強自己，知道嗎？」

「知道，請等一下。」

我走到徐敏珠議員停放車子的地方後開始聚精會神，就在此時，先前看到的車慢慢地出現了。神奇的是，隨著時間的流逝，超自然現象讓我產生了幻覺，彷彿車子真的就在眼前。不僅手能觸摸到，甚至覺得自己進入了那個時空。

「你看到什麼了？啊，我要保持安靜嗎？」

「大哥，你可以說話，我現在看屍體幻影時不怎麼會分心了，我也聽得見你說的話。你看，我現在也還可以跟你說話。」

「哇，你的能力已經進步到這種程度了嗎？好像越來越強了，你還能進步多少？」

「不知道，我也覺得一直有新的發現。現在我會有種自己真的回到那天的感覺。哇，真神奇……。」

「什麼？怎麼了？」

「沒什麼，手機顯示現在幾點了……？」

「剛過了十一點二十分。怎麼了？」

「大哥，我看不到屍體，車裡沒人。」

「什麼？沒人？什麼意思？怎麼會沒有屍體。」

「真的沒有。當時看到的徐敏珠議員的屍體不見了。可是……車明明就在我眼前……。」

「沒看到徐議員的屍體？你上次不是有看到？真的是她沒錯嗎？」

「對，我有看到，等一下……」

我睜開眼睛望向閔組長。

「這是怎麼回事？為什麼沒看到徐議員？難道未來改變了嗎？」

「未來改變了？」

「對啊，否則你為什麼突然看不到屍體？」

「會這樣嗎？但是我看到了車……這是什麼狀況？怎麼會……難不成崔刑警……。」

「崔刑警？友哲？哎，不會吧。不會的，我已經交代過不能說出去，他也答應我了。不會吧。唉，好吧，我問問看。」

「崔友哲刑警會說實話嗎？」

「南始甫！友哲不是那種人。他不會說謊，也不會把我說的話當耳邊風。」

「啊……對不起，我不是那個意思。」

閔組長急忙打給崔友哲刑警，但他不接。好一陣子，閔組長只是默默地將手機貼在耳朵上。

「大哥，他不接電話嗎？」

「唉，這小子是在忙什麼？為什麼不接電話？」

「可能現在不方便接吧。你之後一定要記得問他。」

「好啦，知道了啦。」

「幹嘛這樣？無故發脾氣。」

「因為……。嗯，始甫啊，崔警衛是值得信任的同事，我們可以相信他，你懂吧？」

「是的，我知道，大哥都這麼說了我當然相信，我的意思是……」

「我懂你想說什麼。你是不是在想『也有可能不得不說啊？』他當然會想盡力保護徐議員，但他不會明知道不能卻還去做。尤其他不是那種會因為衝動就違背指示的人。所以你可以相信友哲。」

「我知道了，一定是其他原因，讓我再找找看。等一下。」

但是，崔友哲刑警也有可能因為不得已的苦衷，而不遵守與大哥的約定啊。這要看徐敏珠議員在崔友哲刑警心裡的分量，他有可能會因此做出不同選擇。我是這個意思，並無惡意。

我靜下心來，再次回想剛才看的超自然現象。我想看清楚車內究竟有沒有徐敏珠議員的屍體於是拉了車門把手，但是車門打不開。那個時候的車門明明能打開……。我想再試一次，又用力拉了一下後座的門把，但還是鎖著打不開，只能從外面查看。雖然看不清楚，但我確定徐議員不在車內。到底是什麼發生了變化？

只有在救了那個人或知道他死了的時候，看到的屍體才會不見。但如果是那種情況，就不會再出現超自然現象。然而，現在車子依然在我眼前，只有車內的人消失了。

現在和上次看到徐議員屍體的時候有什麼不同？時間？不。到目前為止，不管是什麼時候，以往我只要到看見屍體的地方，都能再次看到幻影。除非是有人將事情告訴了徐敏珠議員……。

即使是那樣，我應該也會看不到車才對，但現在車子依然在我眼前。啊，真是要瘋了！突然出現了新的變數。到底是為什麼？

「始甫，你還好嗎？」

「喔，還好。」

「你的頭還好吧？看起來臉色很差。」

「不，我沒事。我只是不明白為什麼會發生這種情形。」

「要不你看看有沒有其他東西？像是眼睛裡的……啊，沒有屍體，那就沒辦法看眼睛裡的犯人殘影……。」

「啊！謝了，大哥！」

沒錯，當時徐議員的屍體幻影眼睛是閉上的，於是我觀察了周圍，在車內後照鏡中發現了犯人的殘影。我竟然忘了這件事，連忙把臉貼在駕駛座的車窗上查看後照鏡。因為角度不剛好，看得不是很清楚，我又從後座車窗往內查看，但是後照鏡裡還是什麼也沒有。徐議員和犯人都消失了，只剩下車子。

等等……。這是什麼？啊！

安敏浩警衛沿著窄巷追逐嫌犯，最後停在了十字路口，不知該往哪邊走才好。崔友哲警衛和朴旼熙巡警追上了安敏浩警衛。崔警衛交代安警衛和朴巡警一起行動後，獨自跑進一條巷子。

在安警衛和朴巡警進入的巷子裡突然傳來「哐噹！」的聲響，似乎有什麼東西掉落。兩人趕忙跑到發出聲音的地方，發現垃圾桶倒在地上，而嫌犯正在爬牆。安警衛大聲喊了崔警衛，好讓他知道自己現在的位置，並同時跳上了圍牆。朴巡警則沿著嫌犯逃跑的方向，抄了別條路。

崔警衛聽到安警衛的聲音後停下腳步，轉身跑回來，不過當他到達聲音傳來的地方時，已經沒有人了。朴巡警看準了嫌犯逃跑的方向，抄近路搶在他前方守株待兔。很快地，一道巨大的影子翻過圍牆，停在了朴巡警面前。

「站住！」

「……。」

「不許動！」

然而，嫌犯一手拿著摺疊刀，慢慢地走近朴巡警。朴巡警下意識往後退了一步。嫌犯看見到朴巡警的樣子，不屑地笑了笑。朴巡警無法制止嫌犯走近，只能雙手顫抖著，環顧四周。

就在這時，嫌犯揮舞著刀，撲向了朴巡警，朴巡警立刻後退，跪在了地上，並迅速掏出褲袋裡的手槍，瞄準。嫌犯立刻後退了一步，朴巡警抓住機會，站起來並用手槍瞄準了他。

然而即使從遠處也能清楚地看到手槍正在顫抖，嫌犯嘿嘿嘲笑著，向前邁出了一步。面對逼近自己的嫌犯，朴巡警沒辦法只能往後退。越是這樣，嫌犯就越大膽地走近朴巡警。

「站……站住！不要走過來！」

嫌犯裝作沒聽見，再次朝朴巡警走來。

「我……我叫你站住！我真的會開槍，我會開槍！」

「那就開槍吧。」

嫌犯說著，同時猛然踹出一腳，踢中了朴巡警，朴巡警沒能抓住槍。在她急忙想重新舉起槍時，嫌犯朝朴巡警揮刀。朴巡警雖避開了用力揮來的刀，卻被刀劃傷了小腿，無法控制地跪在地上。

朴巡警跪在地上捂著小腿，痛到幾乎暈厥。這時嫌犯又想靠近，朴巡警急忙拿出警棍朝他揮去。然而，她不是在攻擊或防禦，只是閉眼到處揮而已。嫌犯看到此一情景，再次發出嘲笑並跑過了朴巡警身邊。朴巡警完全不曉得嫌犯已經逃跑，只是拚命揮舞著警棍。

有了！後照鏡上清楚地出現了一個人。不過他是誰？天啊，那個人竟然動了？所以這不是殘影，而是實際被照到的畫面。我匆忙看向車後。

「你看到人了嗎？怎麼回事？」

我睜開眼睛，回到現實，重新看著同一個地方。

「什麼？沒有啊。不然那個人是誰？」

「始甫，你怎麼了？到底看見了什麼？」

「大哥，沒有對吧？這附近沒有人吧？」

「對，只有我們兩個，怎麼了？你看到了什麼？」

「不知道。我沒看見徐敏珠議員，但是看見了另一個人。」

「你說什麼？還有其他屍體嗎？」

「喔，不是的，不是屍體，是人……是活著的人。而且會動……」

「你在說什麼？還活著的人？」

「出現了之前沒看到的人。我看到的人不是在這個時空，而是當時在案發現場的人。」

「真的嗎？怎麼會？到底是什麼情況？」

「我也不知道為什麼會這樣。」

「始甫，你上次什麼時候去醫院的？你最近有去嗎？」

「沒有。因為最近不怎麼會頭痛……。」

「該不會變大了吧？或出現新的變異。」

「變異？」

對了。三年前，醫生說我的小腦和枕葉之間有普通人沒有的「小小腦」。也就是說，我的大腦結構與普通人不同。在那之後，我到醫院接受多次檢查，但都沒有檢查出其他異狀。

「對啊。你能看見之前沒出現的東西，能力也提升了……。所以我才在想你的大腦是不是出現了什麼變化。」

「有可能。唉……又要去醫院嗎？又看到了以前看不到的新東西……真是頭痛。」

閔組長聽他這麼一說，吃驚地問：

「什麼？頭痛？為什麼？你不是說你最近不怎麼痛嗎？」

「不是。不是那種痛，而是煩惱到頭很痛。」

「哎喲，我還以為又……，」

閔組長這才放心笑了出來，又問道：

「始甫，你上次看到時沒有什麼特殊的現象嗎？可能會成為線索之類的……。」

「啊，那時我聞到了類似瓦斯的味道。打開車門時有傳出一股氣味……。」

「你能聞到味道？這又是怎麼一回事？」

「從看得到超自然現象到嗅覺，不，是五感我都能感覺到。」

「什麼？真的變異了……不過，你說是瓦斯味？」

「是的，但之前我打得開車門，現在打不開……安敏浩刑警問我是不是煤炭味……但我沒聞過煤炭味，不清楚是什麼味道，而且周圍沒有煤炭。」

「是嗎？當時打得開車門，現在打不開……。會不會其實不是沒有煤炭，只是你看不到。」

「也有可能。如果我聞到的是煤炭味，那她應該是窒息而死的吧？」

「可能是吧？只能親自聞聞看了。」

「我親自聞？」

「對啊。讓你確認不同的煤炭……啊不對。」

「大哥，你想殺死我嗎？居然要燒炭給我聞？」

「啊，是啊。畢竟是有毒氣體……啊哈哈，抱歉。不過你真的能聞到味道嗎？還是就像看到幻影一樣，只是你的想像？」

「想像……。也有可能。我也不知道到底怎麼回事。不管怎樣，我不知道那是煤炭還是有毒氣體，但我有聞到了一股味道。」

「真是搞不懂。沒辦法，你再仔細看一次，看有沒有其他線索。」

「好，那我重新集中精神。」

我閉眼，再次集中回想，這次超自然現象馬上出現了。最近，不用忍耐痛苦也能輕鬆地讓畫面清晰地呈現在眼前。這種能力也是可以透過訓練加強的嗎？我感覺自己彷彿置身案發現場。

我靜下心來，再次拉動車把。門依然打不開，在後照鏡短暫閃過的那個人也不見了。沒有其他特別變化……呃！好刺眼。這是什麼？車頭燈的光嗎？一輛車從我身旁開過。我分不清自己是睜開眼看見了現實世界，還是仍在超自然現象裡。

我是不是進入了案發當天的時空裡了？今天是幾號？怎麼回事？時鐘怎麼會這樣？我拿出手機一看，

螢幕上顯示的日期和時間正以驚人的速度飛快流逝，不，是不停地倒轉。到底哪裡出了錯？不，過去我從沒在看屍體幻影時確認時鐘？

我認為自己必須盡快離開這裡，但無論我怎麼試都出不去。這是怎麼回事？我必須醒來，為什麼眼睛睜不開？冷靜，冷靜。

我心裡想著「一、二、三！」用力睜開了眼睛。

「咦……。為什麼？」

雖然我睜開了眼睛，但應該在身邊的大哥卻不見人影。我還沒回到現實嗎？到底怎麼回事？我必須回到現實世界，究竟為什麼會這樣？

「大哥！」

「……。」

「大哥！你聽不到我說話嗎？」

●

「朴刑警！怎麼了？」

「……。」

「朴刑警！妳在做什麼？」

安警衛朝著還在對空氣揮舞警棍的朴巡警大喊。

「喔？啊……。安刑警……。」

「嫌犯呢？怎麼回事？妳有受傷嗎？妳流血了！還好吧？」

安警衛看到地上的血跡大吃一驚，連忙跪下察看朴巡警的傷口。

「呃嗚……我沒事。請等一下……把槍……。」

朴巡警回過神，把掉在地上的槍放回槍套裡。

「槍？妳遇到那傢伙了嗎？那為什麼不開槍？」

「對不起，因為……」

「知道了，好，人沒事就好。」

「對不起。都是因為我，讓他跑了。」

「不，這誰都可能會發生。妳的腿怎麼樣了？沒事嗎？」

安警衛看見朴巡警呻吟痛苦的模樣，從口袋拿出手帕，替她綁住流血的傷口止血。

「謝謝你，安刑警。真的很抱歉。」

「沒事的，妳沒繼續追是對的，以後再抓到他就行了。來，起來吧。」

朴巡警在安警衛的攙扶下站起身來。

「幸好傷口不深，能走嗎？」

「是的，我可以走。」

「妳是第一次來現場吧？」

「啊……對。」

「這樣啊，我應該提前讓妳熟悉現場狀況的，抱歉。」

「不是你的錯。是因為我太沒經驗。我有學過應該怎麼做，但當下反應不過來。」

「第一發是空包彈，所以大可以開槍。如果妳開了槍，我就能更快趕過來了。剛才不知道妳人在哪裡，找了很久。」

「對不起。我沒想到。腦海瞬間一片空白，也不知道為什麼手會抖得那麼厲害。」

「那是因為妳沒有現場經驗，不要太自責。凡事都有第一次，一開始都是最困難的。」

「過去我一直坐在辦公桌前，現在能到現場親自進行調查，我真的很高興。但一遇到殺人犯就感到很害怕。看來我是得意忘形了，忘記自己有幾兩重。」

「哎，什麼幾兩重，才沒那種事。會有這樣的反應很正常，對方手裡還拿著凶器，妳一定更害怕吧。而且對方還可能是個連續殺人犯，更是不敢大意。妳快忘記這件事，做好心理準備，就不會再發生相同情況了。下次要有不一樣的表現，好嗎？」

「好，我會的。謝謝你，安刑警。」

我現在被困在這裡了嗎？不管我怎麼喊，大哥都聽不到我的聲音，要是我永遠不能離開這裡……。不，不會的。再次閉上眼睛集中精神吧。但是我腦中思緒亂成一團，無法專注。為什麼？為什麼會突然發生這種事？要怎麼從這裡出去？難道隨著時間慢慢過去，我就能自然而然地回到現實嗎？

「始甫！你看到什麼了嗎？」

「大哥，你聽不到我說話嗎？」

雖然我馬上回答了，但是大哥好像還是沒聽見。

「喂！始甫！我問你看到了什麼嗎？哎，這小子，又在想什麼想到出神……。」

該不會他是在別的地方嗎？這是怎麼回事？

「大哥！大哥，你聽不到我的聲音嗎？」

「始甫！南始甫！喂，你到底在想什麼？」

「大哥！你聽不到……。」

就在這時，我猛然睜開了眼睛，大哥就站在我的眼前。

「回、回來了，得救了。啊……。」

「什麼？什麼回來了？怎麼了嗎？誰得救了？徐議員還活著嗎？」

「不是，大哥，謝謝你。要不是你……。」

「你在說什麼？」

「大哥剛才抓著我搖晃對吧？」

「什麼？喔，因為剛才不管我怎麼叫，你都沒反應，以為你又想事情想到出神了所以晃了幾下。不可以嗎？」

「不，大哥做得好……。哇啊，這到底是什麼情況？」

「為什麼？發生什麼事了嗎？」

我把在超自然現象中經歷的事情告訴了閔組長。他聽到我突然與現實世界隔絕，也大吃一驚。

「你說什麼？真的有這種事？」

「我整個嚇傻，感覺自己被困在裡面了。」

「那怎麼辦？你現在不能隨便回想案發現場了吧？」

「是嗎？」

「對啊，要是你再也醒不來怎麼辦？」

「說得也是。但如果有人能從外面叫我，我就能像剛才那樣回過神來。所以只要有人在旁邊看，適時搖醒我就行了吧？」

「也對……不，不可以。」

「為什麼？」

「不，你想想看。突然發生這種狀況，誰知道還會有什麼變化？如果我搖了你還是醒不過來呢？到時候你要怎麼辦？如果你永遠出不來怎麼辦？」

「可是……」

「喂，這事情很嚴重。怎麼辦才好？雖然必須抓到連續殺人犯……但幸好發現得早，這段時間你救了很多人，現在是該回去過平凡生活了。以後你最好還是停止使用那種能力。」

「大哥你這是在說什麼？幹嘛這樣？不過就一次而已，只有這一次突然出現新變化。很難說啊，說不定這是件好事。」

「好事？始甫，我明白你的心意，但這實在太危險了，這樣下去你……」

「啊！好啦，那起碼讓我抓住這次連續殺人犯，這樣可以吧？」

「謝謝你的好意，但比起抓住犯人，對我來說你比較重要……。」

「讓我幫忙完這次案件，只要抓住連續殺人犯就好……不，還有幫崔友哲刑警。好嗎？更重要的是，我知道為什麼徐敏珠議員不見了。」

「什麼？什麼意思？」

「現在幾點了？」

「現在？零點十二分。」

「沒錯。因為那不是案發時間，所以我看不見。」

「什麼意思？解釋清楚。」

「就是說，因為那不是徐敏珠議員的死亡時間，所以我看不見。剛才我看見的是案件發生之前的現場。上次我看到徐敏珠議員屍體是在凌晨兩點十五分。因為時間還沒到，所以這次我沒看到屍體。所以等到時間到了，我再回想就應該會看到她的屍體，也能知道她為什麼會死。」

「好，我明白你的意思了。但不能再這樣下去了。我知道原因了，就到此為止吧。別再說了。」

「為什麼？大哥，我沒事啊。等時間到了讓我再回想一次吧。你在旁邊叫醒我就行了。」

「始甫，你以為自己有兩條命嗎？只要錯一次你就完了。我會在當天案發的時間親自救徐議員。只要提前在這裡等，阻止犯人犯罪就行了。我們走吧。」

「大哥，我真的沒事……」

「不行！聽好了！我不會說第二次。不能再這樣下去了。我不能眼睜睜看你有危險。事情交給我，你退出，不要再來這裡了，知道嗎？」

「不，大哥……。」

第10話
超自然現象

「怎麼回事?怎麼現在才回來?」

崔警衛在車旁等著。

「喔……。崔刑警,朴刑警受了點傷。」

「受傷了?傷到哪?嚴重嗎?」

崔警衛急忙走近朴巡警,查看傷處。

「被刀割傷了,幸好傷得不重。」

「對不起,都是因為我……」

「不是的,朴刑警,幸好沒出大事。妳傷到哪裡了?」

「小腿……比起這個,嫌犯……」

「崔刑警,嫌犯跑走了。」

「喔,好,我知道。不過是不是應該先去醫院看看?」

「對啊,雖然傷得不重,但好像還是要縫合傷口。先去醫院檢查看看。」

「去醫院看看吧。但怎麼辦呢?好像得叫計程車去。」

安警衛有點慌張地說:

「計程車?你不一起去嗎?你急著去什麼地方嗎?」

「喔,對不起,我現在得把嫌犯帶回署裡。」

「喔,好……。什麼?嫌犯?崔刑警,你是說跑走的那個嫌犯嗎?」

朴巡警可能因為傷口還很痛，沒說話只是皺眉抬頭看著崔警衛。

「對，他自己送上門來的，能怎麼辦？我很想送朴巡警去醫院，但是得先把嫌犯帶去警監那裡。」

「哇！崔刑警太帥了。」

「幸好朴巡警傷得不重。很抱歉，等羅刑警過來，朴巡警妳就跟他一起去醫院，安刑警和我一起回警署吧。」

「什麼？這麼快就把羅相南刑警找來了嗎？喔嗚……所以也已經向組長報告了嗎？」

「帥吧？哈哈，你們再晚一點回來，我差點就要自己先走了。組長說事情忙完後立刻回指揮室。逮捕令應該已經下來了。羅永錫警衛和鑑識組也會過去。」

「那麼你先回去吧，我帶朴刑警去醫院。」

「不，安刑警……喔！羅刑警來了。」

崔警衛猛地舉手呼喊羅警查，原本走著的羅警查聽到聲音立刻跑過來，說道：

「聽說抓到那傢伙了？人在哪裡？真是的，我應該在場的……。」

「是啊，如果羅刑警在的話，朴刑警也不會受傷了。」

「啊！什麼？受傷了嗎？哪裡？傷到哪裡了？」

羅警查慌慌張張地查看朴巡警全身上下。

「不，我沒事的，羅刑警。」

「傷得不重，但還是得去醫院看看。」

「是嗎？啊，那我帶朴巡警去吧，崔刑警快回去吧，都警監正在指揮室等著。羅永錫警衛會帶著逮捕令和鑑識組一起過去。」

「好。安刑警和我一起走吧。」

「對不起，都怪我。」

「哎喲，幹嘛說這些？沒事，快走吧。」

羅警查扶著朴巡警走向自己的車。

「大哥，抓到連續殺人犯了嗎？」

「什麼？不，還不知道，現在只是抓到了嫌犯，要審訊後才曉得。到時搜查一下嫌犯的住處就知道了。」

「那大哥快去吧，我……」

「不行！一起去吧。不對，你今天先回家，明天再和我一起過來確認吧，這樣就行了。」

「明天嗎？今天的現象，明天還會發生嗎？可能會完全不一樣。」

「始甫，你可能會有危險。你醒醒，南始甫！我說過會保護你，我想遵守這個承諾，懂嗎？這次……不，反正不行。」

「大哥，你一直都放在心上嗎？怎麼變得這麼脆弱？我知道了，我會聽你的話，別擔心，你快去吧。」

「始甫，謝謝你。把你帶到危險的地方來的是我，只有嘴上說會保護你的也是我……我真是太糟糕了。」

「哎喲，大哥你又怎麼了？你有這麼軟弱嗎？還是你不相信我？看你最近越來越愛瞎操心，是不是年紀大了。」

「始甫，到此為止吧。今天已經抓到了嫌犯……。徐議員、崔刑警的事我都知道了，我來解決就行了。」

南巡警感到受傷，用強硬的口氣說道：

「大哥，雖然我不像你一樣是資深刑警，但我也是警察，你以為我是為了你才做這種危險的事嗎？唉，真是的，大哥你今天特別奇怪。」

「什麼？臭小子……」

「我也有使命感。身為警察的使命感。大哥的意思是要身為警察的我，為了保住自己的性命，對有危險的民眾視而不見嗎？你是當初那個要我當警察的大哥沒錯嗎？我真的很失望，至今大哥只是想利用我？啊！所以說，大哥是為了業績才找我來的嘛！」

「喂！南始甫！」

「不就是這樣嘛，大哥，我也是警察，是保護市民的警察，是見義勇為的警察，是人民的保母，知道嗎?所以不要再說那種夾帶私人情緒的話了……。」

「你這傢伙真的是……南始甫!你說得對。南巡警,是我反應過度了,請原諒我。」

閔警正立正站好,九十度鞠躬道歉。

「啊?什麼?那……既然你認錯了,我就大人不計小人過。」

「你說什麼?沒大沒小的傢伙……」

南巡警大笑,閔警正作勢要彈他額頭,然後笑說:

「喂,看來你真的成為一名警察了,南始甫巡警!」

「對吧?所以讓我再看一次,好嗎?」

「那個……好吧,那我也一起吧。」

「大哥,你不是該走了?聽說抓到嫌犯了……」

「有都警監在,沒關係,都警監是專家。還有檢察官也在,我可以晚點過去。」

「是嗎?那我等到案發時間再看一次。」

「好,我先打個電話。」

●

叭叭!

突如其來的汽車喇叭聲，崔友哲警衛和安敏浩警衛不悅地瞪著那輛車。

「安刑警，小心，過來。」

「巷子裡按什麼喇叭，真是的……。」

「就是說啊，但我們也不能怎樣，不想死就只能讓路啊，哈哈。」

在後面按喇叭的車沒有開過去，反而停在崔警衛旁邊。對方駕駛座的車窗降下，車裡的人熱情招呼：

「崔友哲，你怎麼會來這裡？」

「咦？敏珠？」

「啊，等我一下！」

徐敏珠議員將車再往前開了點，把車緊貼著巷子的圍牆停下。她開了車門，從車上下來。崔警衛和安警衛迎了上去。

「敏珠，這個時間……」

「怎麼回事？你是來看我的嗎？這時間見到你真開心。」

「不，我是來這裡辦事的。」

「真是的，你就不能順著我的話，說是來看我的嗎？」

「啊，是這樣嗎？」

崔警衛可能覺得不好意思，搔著後腦尷尬地笑了。

「啊！打個招呼。這位是安敏浩警衛。安警衛，這位是徐敏珠議員。」

「議員好。久仰大名。」

「久仰大名？從哪裡聽說過我？」

「喔……。他說過議員是警大的同學，所以……。」

「啊哈哈，沒錯。我只是問問而已，沒事的。」

「敏珠，妳又在捉弄人了？」

「啊！對不起。我開玩笑的，安敏浩警衛。」

「啊……好的，議員。」

徐議員眨眼笑了笑，安警衛微微鞠躬，尷尬地笑了。

「所以你怎麼會來這裡？因為連續殺人案……嗯？又發生在這附近了嗎？」

「不是的。我是因為別的事才過來，要在這裡訪問居民，進行調查。」

「可是這麼晚了……。也是啦，調查不分晝夜的吧。我是在說什麼，啊哈哈。」

徐敏珠議員假裝用拳頭打自己的頭，露出了燦爛的笑容。

「是啊。妳今天要睡父母家嗎？」

「嗯，我爸說我再不出現，他會忘記女兒長什麼樣，要我再晚也要回來看他們。還有你拜託我的事也……啊！所以……今天久違地要睡在爸媽家。」

「沒關係，安刑警已經知道了，妳可以直說……」

「搞什麼？你們在約會嗎？喂，真是的，組長工作這麼忙，這邊卻在談戀愛……喔，安刑警也在啊？」

「喔！組長……。」

這時，閔宇直警正突然出現了，崔警衛和安警衛不敢正眼看他，把頭側到一邊，相互皺眉，就像逃學被逮個正著的高中生。

「喔！閔宇直組長？連組長都來了……啊！原來你們約在這裡見面啊？」

「徐議員，好久不見了，過得好嗎？怎麼這麼晚才下班？」

「哪有晚啦，你們刑警這個時間都還在工作，大家都是領薪水的人，哪有什麼晚不晚，但還是謝謝你的關心。」

「啊哈，是嗎？即便如此，走夜路還是要當心，知道吧？」

「好，我會的。但看你們這樣大半夜出來，調查好像不太順利吧？」

「哈哈。是啊，每次都是……。」

崔警衛和安警衛依然不敢抬頭看閔警正，靜靜站著。徐議員扯了扯崔警衛的襯衫袖子，說道：

「崔友哲，你怎麼突然這樣？」

「喔？敏珠，那個……組長，你怎麼會來這裡……？」

「這不是我該說的話嗎？」

「組長，那個……崔友哲刑警……。」

「徐議員！占用妳時間了吧？妳回去休息吧，我們該工作了。」

崔警衛打斷了安警衛的話，試圖結束這個話題。他飛快拉開徐議員車子的駕駛座車門，並輕推了她的背。

「為什麼突然這樣？發生什麼事了嗎？」

「沒什麼，徐議員。我還有事情要指示崔刑警和安刑警，還有要問他們為什麼會來這裡。徐議員快回去吧，已經很晚了。」

「對，很晚了。哈哈。今天很高興見到妳，議員。」

「啊……對，我也很高興見到議員。議員再見。」

徐議員不情願地道別，並觀察崔警衛的神情。

「看這個氣氛，我也不方便再問下去。回頭再聯絡，辛苦了。」

「好的，徐議員，早點回去吧。」

崔警衛在徐議員坐進駕駛座的短暫瞬間用手保護了她的頭，以免她撞到車頂。

「辛苦了！」

徐議員降下駕駛座車窗，揮了揮手後離去。

等車子消失在視線之外，崔警衛對閔警正說：

「組長，對不起，是我拜託安刑警讓我來。」

「我不是叫你退出嗎？你介入的話，事情會變得更複雜。我和始甫會處理。好嗎？友哲。」

「既然組長喊我友哲，而不是崔刑警，那我就直說了。大哥，你知道敏珠對我來說是什麼人吧？我不能失去敏珠，大哥也經歷過那樣的……大哥，你真的不明白我的心意嗎？」

「我知道，就是知道才不答應。小子，你說你會救徐議員，你……要是我連你都失去了，那該怎麼辦？」

「什麼意思？我為什麼會死？我只是想幫助大哥一起保護敏珠而已。為什麼這麼激動？難道還有其他隱情？」

「哪有什麼隱情？我還不夠了解你嗎？我是怕你莽撞，弄得自己也有危險，嚴重的話……也可能會死不是嗎？」

「如果是這樣的話，請不要擔心，我會謹慎行事，所以……」

「不行，友哲。我太了解你了，還是小心為上。拜託你相信我這個當大哥的，別管這件事了，好嗎？把你的注意力放到趙檢察官的案子上，拜託！算我求你了。」

「是啊，崔刑警，聽組長的吧。我也會幫忙，一定會救回徐敏珠議員，你先回去吧。」

「大哥……。我知道你在擔心什麼，但是……」

「連你也要鬧，你們今天都是怎麼搞的？」

閔警正勃然大怒：

「臭小子！我都講這麼白了你還是聽不懂。你繼續這樣的話只會讓事情變得更麻煩。徐議員和你都會有危險！不對，是徐議員會變得更危險，臭小子！清醒一點！暫時別靠近徐議員！這不是請求，是命令！

聽懂了嗎？崔友哲警衛！以後任何妨礙調查的行為，我都不會輕饒。記住我的話，崔警衛。」

崔警衛看到原本不輕易發火的閔警正，竟然怒瞪喝斥自己，瞬間沉默。他認為現在不適合多說，於是決定放棄，先聽從閔警正的話。

「好，我知道了。組長，謝謝你。」

「謝什麼？我在做警察該做的事。唉……算了，安刑警，你在幹嘛？還不把他帶走，你負責送他回家。還有以後不准再對友哲提起任何事，明白嗎？安警衛。」

「是！組長，我會銘記在心的。崔刑警，我們走吧。」

「那我走了，大哥，對不起。」

「好，友哲啊，別擔心，快回去吧。」

閔警正一直看著崔警衛和安警衛的背影，直到他們消失在巷子盡頭才轉身。

「啊！幹嘛啦？」

南巡警緊貼在閔警正身後開玩笑地說：

「大哥在這裡做什麼？」

「喂，你嚇到我了啦。你知不知道這樣很危險。」

「最好是啦，大哥你雖然嚇到，可是沒有一拳揮過來。」

「喂！那是因為我的反射神經快，瞬間認出你才沒有出手，臭小子。哈哈哈。」

「是是是，不過大哥在這裡做什麼？哎，我等了好久都沒看到你，才過來找。說什麼要去上洗手間……。啊，剛才徐敏珠議員回家了。這裡好像是徐議員的家。車牌號碼沒錯，那輛車……」

「我也看到了。是那輛車嗎？」

「大哥也有看到？我是看到她下車，就確認了一下車牌，就是我當時看到的那輛車沒錯。」

「好。啊，這裡是徐議員的父母家，她自己住在汝矣島。」

「啊，那她為什麼在這裡……」

「我也不知道。現在該去查清楚了吧。」

「是，大哥。時間不多了，快走吧。」

「好，那我們走吧？」

兒媳婦死亡D-2／徐議員死亡D-4

凌晨兩點整。閔警正和南巡警來到徐議員的車子所在的停車場。

這時，閔警正的手機鈴聲響起。

「大哥，你的電話。」

「喔，等一下。」

閔警看了眼從口袋裡拿出的手機後，立刻按下了通話鍵，說道：

「檢察官，審訊已經結束了嗎？」

「是，組長，但是怎麼辦？不是他。」

「啊……。這樣啊，我也覺得太容易就抓到了。」

「什麼？你早就知道了嗎？」

「不是的，我也希望是抓到犯人。但總覺得他太容易就被抓到，好像不是。如果是這麼好對付的犯人，早就被逮捕了。檢察官，讓妳辛苦到這麼晚，真不好意思。」

「我哪裡辛苦，刑警們更辛苦，請好好慰勞他們。還有組長，我們什麼時候再討論一下黑暗王國的事？」

「啊，我會儘快安排見面的時間，請再等一下。」

「好的，你還很多事要處理，真抱歉打擾你。」

「別這麼說，我很高興妳先提起。妳忙吧。」

閔警正把手機放回口袋後轉過身，這一次南巡警也緊黏在他身後，但是閔警正這次沒有被嚇到，反而開玩笑地瞪了南巡警一眼。

「大哥，發生什麼事？」

「什麼事？」

「啊？不要開玩笑了。不是他嗎？你們抓到的嫌犯不是凶手？對嗎？」

「嘔嘔，你靠太近我都要窒息了。是啊，檢察官說不是他。」

「真的不是嗎？啊，我還很高興抓到了……。」

「別喪氣，只要像這樣子不斷地縮小範圍，馬上就能抓到他，振作。」

「好……不過大哥你是怎麼猜到的？」

「我不是猜，而是覺得他比預期還容易抓到，所以直覺告訴我不是他。」

「原來。我還因為抓到嫌犯而鬆了一口氣。」

「始甫，不要對調查連續殺人案有壓力。沒關係的。」

「我並不會覺得有壓力。」

「好，我知道了。我是怕你因此太失望。」

「我不是失望，是想要快點解決……」

「來吧！南巡警，時間到了，快點看一下吧？你不是背負警察的使命嗎？」

「吼，幹嘛又鬧我？」

「我怎樣？是你自己說懷抱著強烈的使命感，一定要完成這件事啊？南始甫巡警大人。」

「別再說了。好，我要開始看了，如果我過了很久都不說話，請搖醒我，可以嗎？」

「知道了，我會目不轉睛地盯著你，別擔心。」

南巡警調整了一下呼吸後閉上眼睛。從他的眉宇間看得出他費了很大的勁，聚精會神。閔警正看著南巡警的臉，表情也跟著扭曲。

「真不知道這樣做對不對。」

我眼前的大哥消失了，看來我是進入了超自然現象裡。我趕緊把臉貼在車窗上，查看車裡。不過我依然開不了車門，也沒有看到徐議員的屍體，凶手還沒犯案嗎？周圍也沒有什麼特別之處。

這時，一個戴著棒球帽和口罩的人正在四處張望，朝車子走來。啊！他就是我在後視鏡裡看到的那個人！怎麼辦？

「咦？怎麼回事？」

我不自覺地睜開了眼睛，大哥的臉出現在眼前。

「始甫，怎麼樣？你還好吧？」

「是大哥把我搖醒的嗎？」

「什麼？沒有啊，我什麼都沒做。怎麼回事？是你自己回來的嗎？」

「對，就像以前一樣。可是為什麼啊？啊，比起這個，凶手出現了。我看到他了。」

「凶手？是誰？不對，他長什麼樣子？」

「他用棒球帽和口罩遮住了臉，我看不到他的長相。這不重要，現在犯人出現了！他馬上就要犯案了，我得快點回去。」

「等一下，你可以嗎？」

「還有大哥在，如果你覺得狀況不對就搖醒我，好嗎？我得快點去確認。」

我來不及等大哥回答，又閉上了眼睛。但路上卻看不到那個人。他去哪裡了……？

呃！

我嚇得用手捂住了嘴，原來他蜷縮著身子躲在車後座。他看不見我嗎？如果他能看到我怎麼辦？我應該不屬於這個空間，卻總有自己是實際存在於這裡的感覺，頭腦一片混亂。

怕有個什麼萬一，我壓低身體，小心翼翼地貼上車子的後方，慢慢地把頭探到車窗邊，偷看躲在車裡的那個人。我再次捂住了嘴。我和那傢伙四目相對了。

「怎麼辦？」

「怎麼了？發生什麼事？這次也是你自己回來的嗎？」

「啊……對，可能因為我嚇了一跳吧。」

「為什麼？發生什麼事了嗎？」

「我和他對看了。他能看見我嗎……？」

「你說什麼？你是真的進入那個地方……不，該怎麼說才對，你進入了那個時空嗎？你現在是來回穿越……就像時光機那樣嗎？」

「不確定……。我的確和他對看了……我不確定他有沒有看見我。可能是我太驚慌嚇了一跳才突然回來了。等一下，我再回去看看。這次我要從遠處觀察。」

我慢慢走開到離車子遠一點的地方。

「你不會……死在那裡吧？」

「會死嗎？」

「不，不是啦，我不是想嚇唬你，只是擔心……這樣不行，這個你拿去。」

大哥從口袋裡掏出手槍遞了過來。

「幹嘛給我槍？」

「如果你人的確到了那個時空的話，應該就可以用槍。遇到危險時就用吧。要是那傢伙想殺了徐議員，你也可以……」

「大哥，等一下，你在說什麼？我真的到了那個時空嗎……哎，怎麼可能……。」

我搖搖頭，轉過身喃喃自語，這時感覺到有人把手搭在我肩上，回頭一看，大哥把槍用力地塞在我的手裡。

「始甫，我給你是為了以防萬一，可能不是我想的那樣，但誰也不能確定究竟是什麼狀況，你就帶著吧。」

「大哥……。可是我真的可以在那裡逮捕他……不對，我可以開槍嗎？」

「……。」

「你也不知道吧？是啊，我也搞不清楚，大哥當然……。好，我知道了。我會盡量不用到槍。」

「始甫，你自己判斷吧，要是覺得有危險就用吧。知道嗎？我們還是可以在這個時空裡保護徐議員，所以你先顧好自己，明白嗎？」

「好。知道了。」

我把大哥遞來的槍放進褲子後口袋裡，再次閉上眼。如我所預期的，這次我睜開眼時，站在離車子有段距離的位置。但因為看不清車裡的狀況，我不得不再次走向車子。我盡可能壓低身子慢慢靠近車，這時候徐議員父母家的綠色大門打開了。

崔警衛和安警衛進入指揮室時，都警監獨自坐在會議桌前。

「啊！已經結束了嗎？」

「喔，回來啦。辛苦你們了。」

「哎喲，不會啦。韓檢察官正在審訊嫌犯嗎？」

「沒有。她說要先打給組長……啊，來了。」

韓檢察官與閔警正結束通話後走出了會議室，安警衛點頭問候。旁邊的崔警衛也用眼神向韓檢察官打招呼。

「辛苦了。」

「不會，警監也辛苦了。各位刑警奮力抓到嫌犯，可是……他不是我們要找的連續殺人犯。」

「什麼？真的嗎，警監？」

安警衛驚訝地看著都警監。

「很可惜，但他不是。」

崔警衛皺眉，不耐煩地對安警衛說：

「搞什麼啊，那他為什麼要逃成那樣？還傷了朴刑警。」

「什麼意思？朴巡警受傷了嗎？」

「傷到哪？她現在狀況如何？」

韓檢察官和都警監擔心地看著崔警衛和安警衛，崔警衛和安警衛同時搖頭擺手。

「沒事、沒事。她的小腿受了輕傷，羅刑警送她去醫院了。」

「對，朴刑警只是輕傷，所以我忘了說。」

「好吧……。是怎麼受傷的？」

「她被犯人的刀劃傷了小腿，現在應該已經治療完，回家了吧。檢察官，請不要太擔心。」

「可是……他為什麼要逃跑？」

「是因為毒品。我看他手臂全都是長期注射毒品的瘀血痕跡。他是因為這樣所以才逃跑。」

「嘖，這傢伙。竟然想逃跑？還敢動刀劃傷警察？這種傢伙一定要送他去吃牢飯。」

「沒錯，崔警衛，我一定會讓他去吃牢飯。我們朴巡警去了哪家醫院？」

「我們朴巡警？」

韓檢察官這麼親密地稱呼朴巡警，崔警衛吃驚地反問。

「怎麼了？我和朴巡警很要好，你不知道嗎？」

「是嗎？喔，才剛說人就來了，『我們朴巡警』。」

朴旼熙巡警去醫院接受了治療，在羅相南警官的攙扶下走進指揮室。

「喔！朴巡警，妳還好嗎？」

「沒事吧？檢察官非常擔心妳，心心念念著『我們朴巡警』。」

「啊啊……。我沒事，只是一點輕傷。警察竟然還受傷……。我真是沒臉見大家。」

「哎喲，不要這樣說。當時的情況很危險，幸好傷得不重。」

羅警查用篤定的語氣問崔警衛：

「所以那傢伙是殺人犯吧？對吧？」

「那個……他不是凶手，是吸毒犯。」

「真的嗎？警監，是真的嗎？」

羅警查似乎不相信崔警衛的回答，又向都警監問道。

「是的。犯人不是他。大家都辛苦了……。但他確實有犯罪，所以大家不要太失望，特別是朴巡警，知道嗎？」

「是，警監。」

「大家都辛苦了，朴巡警甚至還受了傷。只要我們像這次這樣齊心協力，很快就能抓到真正的凶手，對吧？羅警查。」

「當然！雖然這次沒抓到他，但一定！我一定會用這雙手抓住那個連續殺人魔。」

原先感到失望的羅警查這時握緊雙拳，放聲大笑。

「要讓那傢伙見識一下這股氣魄。」

崔警衛望著羅警查露出燦爛的笑容。韓檢察官也握緊拳頭，微笑道：

「不過，朴刑警妳應該回家休息，為什麼要來這裡？」

「我很好奇事情變得怎麼樣了，但那個人不是凶手真可惜，我還以為破案了……。」

「朴刑警，不要太失望，很快就會抓住凶手的。還有兩個人沒有確認身分，想來其中一個就是真凶吧？」

羅警查聽了崔警衛的話，插嘴道：

「崔刑警，其中一戶人家，沒有組長的允許是不能接近的，你知道吧？」

「對啊，我知道。因為那戶人家被組長罵得很慘嗎？」

「不是……其實……」

羅警查為難地瞥一眼韓檢察官。

「嗯，現在可以跟大家講了，我會再跟組長說一聲。」

「可以說了嗎？」

「是的。調查雖然被上面的攔下來了。不過經我調查後發現，那棟房子的屋主是江南財力雄厚的資本家，從貸款到俱樂部、遊戲廳、飯店等，經營著多種事業。照這樣看來，屋主在政經界的人脈很廣，所以才能直接向檢察總長提出申訴。」

羅警查對上崔警衛的目光，默默點頭，沒說話。

「經我和組長商量後，暫時中斷對那戶人家的調查。不過，另外派給了羅相南警查一個任務。」

「任務？什麼任務？」

「組長要我低調監視那戶人家，還有，檢察官另外祕密指派了兩名檢察官支援。」

「因為各位刑警已經很忙，所以由檢方支援。」

「所以呢？發現什麼了嗎？」

羅警查觀察韓檢察官的臉色，欲言又止，韓檢察官面帶微笑說道：

「羅警查，把你知道的都說出來吧，現在應該沒關係了，我會跟組長說明的，不用擔心。」

「啊，好的。我查過了，那屋主的兒子似乎就是我們要找的人，奇怪的是，屋主實際上住在別的地方，兒子才是住在名單上那個地址的人，我一直在找兒子，但他卻下落不明。沒人見過他，也沒人知道他的去向。」

「是沒工作整天窩在家裡嗎？還是說發現我們在注意他，逃到別的地方去了。」

「不無可能。不管怎樣，我會再觀察一段時間。屋主叫朱必相，經歷有點特別。過去是一名賽車選手，現在主要從事貸款行業和俱樂部事業。正如檢察官所說，他最近進軍住宿業，手上有幾家飯店。我一直在跟蹤他，但他根本不去兒子住的地方，也不曾在外面和兒子見面。埋伏在家門前的搜查官也說沒人進出過。」

「要嘛是個超級宅男，不然就是已經跑了。」

崔警衛不悅吐槽，羅警查點頭贊同繼續說道：

「也許吧？以防萬一，我問過鄰居朱必相的兒子有沒有和父親同住。鄰居說自從妻子幾年前去世後，朱必相一直都是獨自生活，知道他有個兒子，但長大之後就沒再見過了。據說他把孩子送到了外婆家……。」

「是嗎？那正在監視的那戶人家就是外婆家嗎？」

「即使如此，那裡也過於安靜，像沒人住一樣。」

一直安靜旁聽的朴巡警像是想到什麼，眼睛稍微睜大，開口說：

「有人住。雖然不知道那個人是否就是朱必相，但那時的確有人進去了那棟房子。祕書稱呼他社長。應該就是朱必相吧？」

「啊，沒錯！朴刑警那時候……」

「的確，所以才會提出申訴，說什麼警察監視人民。」

「啊！非常可能是這樣。不過，從那之後就沒有人進出那棟房子了。」

「我們最好盡快查封、搜查那棟房子，只要搜查令下來，我們就能進去……」

韓檢察官打斷充滿幹勁的崔警衛。

「崔警衛，我明白你的心情。不過很明顯地，即使我們申請搜查令也會被駁回。對方是能直接向檢察總長提出申訴的人物，沒有確鑿的物證是不可能的。這也是為什麼組長會禁止大家接近那棟房子。」

「話是沒錯，不過這其中一定有什麼……。我們不能就這樣坐以待斃吧？不然我們先緊急逮捕他……」

從某處突然傳來帕華洛帝的《卡羅索》。

「啊！是我的鈴聲，等一下……」

都警監拿出手機接了電話。

「喂？羅警衛。怎麼了？」

「現在方便講電話嗎？」

「嗯，你說，嫌犯的家裡發現什麼了嗎？」

「是的，我們找到了一百公克冰毒和針頭，沒有找到疑似殺人凶器的東西。現在已經沒收了嫌犯的衣服，被害者……」

「啊！羅警衛，不用了。已經確認過他不是我們要找的殺人犯，我應該要馬上聯絡你才對。」

「啊……。不是的。我不是因為這個才打給你。關於連續殺人案，我有件事要跟你說。」

「是嗎？那你等一下。……檢察官，如果案子的事說得差不多的話，我可以走了嗎？」

「當然。崔刑警，那件事明天再和組長討論吧，我也該走了，已經很晚了。」

「好的，檢察官。」

都警監稍微點頭打招呼後，立即走出指揮室。

「羅警衛，我馬上回去，等我到了再說，等我一下。」

「是，警監。」

綠色大門打開，南巡警看見了徐敏珠議員。她手裡拿著一個黃色信封，走下樓梯，朝停車的地方走來，看來現在就是案件發生的前一刻。

南巡警為了阻止不知情正要上車的徐議員，不得不站起來暴露自己的存在，朝徐議員揮手。徐議員似乎沒看到他，逕自走向車子。南巡警著急地放聲大喊：

徐敏珠議員！請等一下。我……我是南始甫巡警！

「……。」

徐議員！不行。請停下來！

「……。」

嗶嗶！

徐議員似乎聽不見南巡警的呼喊，看都沒看他，用遙控鑰匙打開了車門，準備坐上駕駛座。南巡警迅速跑過去，想阻止徐議員。

徐議員！請停下來！不可以上車！

南巡警繼續大聲喊叫，但徐議員依然毫無反應，坐上了車。南巡警就站在徐議員前面她卻看不到，於是南巡警判斷凶手也看不到自己，急忙查看凶手躲藏的後座。

凶手躺在車後座，屏住呼吸，因為穿著黑色襯衫所以不容易察覺。他戴著棒球帽和口罩蜷縮著身子，南巡警這次也看不到他的長相。南巡警不斷朝後座查看，想看清楚犯人的長相，這時他又與凶手四目相對，不過凶手好像沒有看到南巡警，將視線轉向了其他地方。南巡警確定自己在這個空間裡是隱形的，鬆了一口氣。

就在這時，有人呼喊了南巡警。

「始甫，怎麼了？你看到徐議員了嗎？欸？你聽不到嗎？」

「大哥，你聽得到我的聲音嗎？」

「喔，你有聽到啊？現在到底是怎麼回事？」

「什麼？」

南巡警發現閔警正又能聽見自己在超自然現象裡的聲音，瞬間感到驚慌。

「啊？什麼？」

「大哥能聽到我的聲音對吧？」

「可以啊。你……怎麼回事？你眼睛還是閉著的。」

「對，我還在看幻影，人也在超自然現象裡。不知道是不是恢復正常了……。無論如何，徐敏珠議員出來了，現在上了車，凶手就躲在車後座。」

「應該要阻止徐議員上車。」

「我有，我還跑到徐敏珠議員面前，要她不要上車，但她好像看不到我。看來我是隱形的狀態，怎麼辦……喔！等一下。」

「為什麼？又怎麼了？始甫？」

「等一下，大哥，徐敏珠議員正從信封裡拿出一些東西。」

徐議員正在翻看從黃色信封中拿出的文件，而她的另一隻手拿著某個東西。為了確認徐議員正在看什麼，南巡警走到駕駛座前，把臉貼近車窗。

徐議員手中的文件看起來像一份會員名單，南巡警想看清楚內容，徐議員卻把文件和另一手的東西放回信封裡。從她吃驚的表情看來，想必內容非同小可。

就在這時候，躲在後座的人慢慢起身，南巡警發現徐議員即將被害，拿出手機確認案發時間。不過手機裡的日期與時間依然快速飛轉著，南巡警急忙呼喊閔警正：

「大哥！現在幾點了？」

「……。」

然而閔警正沒有回應。南巡警以為閔警正在遠處，於是更大聲呼喊：

「大哥！你在哪裡？你聽不到我的聲音嗎？」

「喔？先生，你說什麼？」

不過回答他的不是閔警正，而是一名女人的聲音。南巡警轉頭看向聲音來源卻沒看見人。

這時，車上的徐議員將頭探出窗外。

「先生！在這邊。」

「啊！我……我嗎？妳、妳看得到我嗎？」

南巡警突然被徐議員搭話，驚慌得結巴。

「我看得到你嗎？對啊，你不是就在我面前嗎？不過你剛才說什麼？你不是在跟我說話嗎？」

「啊……。這樣……啊！妳好，我是南始甫巡警。」

南巡警這才察覺對方看得見自己，向徐議員點頭招呼。

「巡警？有什麼事嗎？」

「妳是徐敏珠議員吧？喔……。那個，妳認識閔宇直組長吧？」

「對，我認識。你和閔宇直組長一起來的嗎？」

徐議員看了一下周圍。

「不是，他沒有來。可以請妳先下車嗎？」

「要我下車？為什麼？」

南巡警當下認為，如果徐議員看得到自己，那麼後座上的凶手一定也正在看著。他想讓徐議員下車後再離開這裡。

由於南巡警突然出現，凶手再次趴回後座。南巡警不敢直視，只能用餘光偷瞄後座，小心翼翼地對徐議員說：

「請相信我，徐議員。」

「什麼意思？沒頭沒腦地要我相信你什麼？」

「不，不是那樣的，是閔宇直組長要我來的，還有崔友哲刑警……啊，反正……就是這樣。請先下車，我再跟妳說明。」

「這樣啊？好，請等一下。」

徐議員把黃色信封放進副駕駛座前的抽屜後，下了車。

「組長要你來做什麼？」

「喔，是這樣的，組長想請妳過去那邊見個面……」

「閔宇直組長也有來？你剛才不是說他沒來嗎？」

「喔，不是的，組長也有過來了，是真的，過去那邊就知道了。」

「先生，你是南巡警對吧？看你沒穿制服，真的是刑警嗎？方便讓我看一下你的警證嗎？」

「是！請等一下。放去哪了？喔，在這裡。」

南巡警在皮夾裡翻出警證，遞給徐議員。徐議員似乎覺得很荒謬，苦笑著說：

「這是什麼意思？你到底是誰？」

「我說過我是巡警，南始甫。」

「第一次見面就想唬我嗎？」

「唬妳？不是，我哪有……」

「如果不是的話，那你現在在做什麼？你手上是空的，什麼都沒有。」

「沒有？不是，就在這裡啊……。」

「夠了，請出示警證，否則……」

「等一下，警證就在這裡……妳沒看到嗎？」

「哪裡？我要看到什麼？」

就這樣，徐議員看不見南巡警出示的警證，而搞不清狀況的南巡警看了看皮夾裡的警證，又看了看徐議員。

「你到底是誰？你說誰派你來？是閔宇直組長要你來的嗎？」

「對，是的……啊，等一下。」

南巡警感覺到後座的犯人有動靜，微微側頭，躲在車後座的犯人從徐議員下車之後，就抬起頭觀察著南巡警和徐議員。凶手見南巡警看過來，急忙低下頭。為了救徐議員，南巡警必須趁現在看清楚犯人的長相。他苦惱著究竟該不該打開後座車門，直接去看清楚凶手的臉。

「那個，南巡警？我們還在說話，你在看哪裡？你是哪個警局的？你真的是警察嗎？」

「我是大方派出所的巡警，南始甫。」

「派出所？但閔宇直組長是警察廳廣域搜查隊……。」

「議員，雖然妳可能不相信，但是……殺害妳的凶手現在躲在車後座，所以……」

「什麼？殺我的凶手？什麼意思？在哪裡？」

「議員，請不要看。啊！」

南巡警想阻止徐議員卻晚了一步，徐議員轉頭看向車後座，而在後座偷偷觀察的凶手一察覺徐議員的視線，就慌忙藏身。然而，徐議員已經看見車後座上有東西在動，她走了過去想確認是怎麼回事。

「徐議員，請等一下。」

南巡警急忙擋在徐議員前方。

「你是誰？誰在我的後座上？殺我的凶手……不對，現在是要殺了我嗎？」

「對，不對，總之……不是我，是凶手在後座……」

「你也是一夥的嗎？為什麼要殺我……啊！對了！」

「不行，議員！」

徐議員似乎想起了什麼，露出驚訝的表情後突然衝向副駕駛座。南巡警想阻止她，跟在她後頭。就在徐議員要打開副駕駛座車門的那一刻，躲在後座的凶手打開後車門走了出來，手裡持刀想威脅徐議員。

「議員！請小心！」

「你又是誰？」

南巡警試圖保護徐議員，但由於徐議員生命已經受到威脅，他無法再靠近。

凶手一句話也沒說，持刀威脅著徐議員。站在徐議員後方的南巡警拿出閔警正給的手槍，瞄準犯人說道：

「不要動！你敢動我就開槍！」

「……。」

「議員，很危險，請退後讓我來處理。喂！不准動！我真的會開槍！」

「那個，南巡警，你到底在做什麼？你真的是警察嗎？」

「我真的是警察，請相信我。」

即使南巡警持槍瞄準自己，凶手仍不動聲色地走近徐議員，拿刀指向她。徐議員後退，慢慢離開車子旁。凶手繼續持刀威脅，並走到副駕駛座打開車門。

「不准動！我叫你不准動！我真的會開槍！這傢伙是怎麼回事？」

「真令人失望。身為警察，在這種情況下……」

「什麼意思？議員，我真的是警察。」

「我是說你的槍，就算拿把玩具槍也好，到底在開什麼玩笑？」

「妳說什麼……議員，妳有看見我的槍嗎？」

「又問？你不是警察吧？你到底是什麼人？」

「啊……。原來如此……對不起，議員。」

他們看不見槍，南巡警現在才醒悟。

在這時候，凶手已經從副駕駛座上拿出黃色信封，小心翼翼地後退，試圖逃跑。南巡警認為要是現在不查清凶手的身分，就有可能救不了徐議員，因此不管三七二十一衝了過去。

凶手被南巡警突然的動作嚇到，忘了用自己手上的刀威脅，轉身想逃。不過，南巡警快他一步。南巡警用力拉住了他持刀的那隻手，但凶手轉身用抓著信封的拳頭揮向南巡警的臉。南巡警的頭因凶手的力道歪向另一邊卻始終沒放開手，並在同時揮出拳頭打向凶手的胸口。凶手痛苦地抱住腹部，被南巡警抓住的袖子也跟著往下扯，稍微露出了肩膀。

凶手的肩膀上有一個醒目的紋身，看起來像王冠。南巡警趁著凶手痛苦難耐時扭他的手臂，他卻轉過身一腳踹向南巡警的腹部，受到衝擊的南巡警向後倒下。凶手看到他摔倒便迅速轉身逃跑。南巡警皺著眉起身，想再追上去。

但是就在那一刻，不知是誰握住了南巡警的肩膀。

第11話 不變的真相

在漆黑的走廊盡頭，只有一間辦公室亮著燈。那裡就是首爾地方警察廳科學搜查中心，科學搜查系的辦公室。都敏警監開門走了進去，問道：

「羅警衛，有什麼狀況嗎？」

「你來了，警監。」

「是，辛苦了。有什麼事？快說吧。」

「警監，請先坐這裡。」

羅警衛帶都警監來到有螢幕的桌前，說道：

「我在查看連續殺人案發生地點附近的監視器畫面時，發現了一個疑點。在離案發現場五百公尺遠處拍到了一輛可疑的車。」

「五百公尺？好。那輛車怎麼了？」

「那個，第一起和第二起命案的案發當天，都有在案發時段被拍到相同型號的車，只是車牌號碼不一樣。」

「那有什麼問題？難道駕駛是同一個人嗎？」

「不是。坐在駕駛座上的人……穿著不一樣。他們都戴著帽子和口罩，沒辦法確定是不是同一個人。不過，擋風玻璃的同一個位置都貼了一張違規停車的貼紙。不只是位置，就連貼紙被撕掉的痕跡也一樣。所以我放大後仔細對照，確定貼紙撕掉後殘留下來的形狀是一致的。」

「嗯，你確定沒看錯？」

「雖然影像很模糊，但是貼紙被撕開的痕跡確實吻合了。請警監親自過目。」

「好，讓我看看。」

羅警衛在螢幕上顯示了兩個影像畫面。

「這是兩輛車的對照圖。請看。」

「看起來的確相同，但是……要說是同一輛車……」

「是的。所以我又一一比對了兩輛車的外觀，包括前燈、保險桿、引擎蓋、車輪、刮傷等處。」

「喔，的確，座椅的顏色看起來也相同，所以判斷是同一輛車嗎？」

「除了車牌號碼不一樣以外，所有地方都一致，應該是同一輛車。」

「好，查過車輛資料了嗎？」

「……是的。」

羅警衛的聲音聽起來沒什麼自信。

「怎麼了？車主不同人嗎？」

「是的，我去車主登記的地址查看過，但他們都不是真正的車主，這兩輛都是贓車。警監，所以我懷疑……」

都警監歪頭看著還不夠完整的證據，羅警衛則繼續說道：

「最重要的是，你可以看到第一輛車的車內後照鏡上，掛有一條星星項鍊。」

「喔，沒錯，那麼第二輛車也是……」

「不，第二輛車沒有項鍊，只是車的外觀都相同……」

「先通緝這兩輛車查出行蹤吧。等找到之後應該就有線索了，確認之後才知道是不是。」

「是的，目前正在透過監視器影像追查。」

「這樣啊，做得好。那查過第三起命案當天有沒有拍到這輛車嗎？」

「是的，查過了。那天也發現了一輛後照鏡上掛有星星項鍊的車，看起來和第一輛車掛的項鍊相同。」

「真的嗎？又是同一款車，不同車牌號碼……」

「不。這次的車款與與車牌號碼都不一樣，車主也是不同人。請再看一下這裡。」

羅警衛在兩輛車的照片旁邊，又叫出另一張車的照片，說道：

「請看第三輛車的後照鏡，有一條項鍊。」

「嗯，看起來是一樣的……但是無法辨別。」

「是的，沒錯。儘管輪廓看似相似，但不能斷言是同一條。所以我把影片送到了國立科學搜查研究所，正在比對。另外，這輛也是通緝中的贓車。」

「又是贓車？那有可能是同一人所為。目前這三輛車都有被通緝嗎？」

「是的，警監。另外還有一件事要跟你商量。拍下這些車輛的時間介於凌晨兩點到三點之間。這個時間不是犯案後移動的時間，所以我懷疑是在犯案之前被拍到的。考量拍到的地點距離案發現場五百公尺，那麼犯案時間就有可能是介於凌晨三點到四點之間。不知道警監有什麼看法？」

「嗯……有道理。如果真正的車主是殺人犯的話，這個時間也和月光最暗的時間吻合……看起來是有關聯的。忙到這麼晚，辛苦你了，羅警衛。」

「不，大家都忙到很晚。我覺得這件事得盡快告訴警監比較好，才想打電話通知你。」

「嗯，做得好。如果是有急迫性的重要資訊，可以在集合開會時直接提出來沒關係。大家都是為了破案才聚在一起。No problem! OK?」

「啊，好的。我之後會直接提出。」

「好啦。已經很晚了，你先回去吧。明天開會再一起討論吧。」

「南始甫！你還好吧？又怎麼了？」

「喔，大哥！是大哥嗎？」

沉默好一陣子的南巡警突然皺著眉一臉痛苦，閔警正於是急忙抓住他的肩膀搖晃。也是在那一刻，南巡警回到了現實。

「怎麼了？你為什麼不回答？我很擔心。」

「大哥，等一下，我現在必須馬上回去，請不要碰我，好嗎？」

「喔？為什麼這麼急？」

南巡警為了追犯人再次閉上眼。閔警正見他用力皺緊的眉間，不敢繼續追問原因。

沒多久，南巡警再次睜開了眼睛，閔警正不在這裡。

南巡警再次回到超自然現象裡。他趕忙轉頭看向犯人逃跑的方向，卻不見犯人蹤影。看來是很難追上犯人了，他想到應該先查看黃色信封裡裝的東西。

他環顧四周尋找徐議員，注意到徐議員不知何時又坐上了駕駛座。南巡警拍打駕駛座車窗大喊：

「議員，請把車窗放下來。」

「……。」

「議員，妳也看到了，我不是壞人，我是要保護你……。」

南巡警停了下來，靜靜地看著車窗內。他感受到詭異的氣息，眼前的場景似曾相識。徐議員坐在駕駛座，頭偏向右側。

「怎麼回事？難道……。」

南巡警小心翼翼地拉住駕駛座的門把。

「……。」

車門開了。和他第一次看到徐議員屍體時的情況一樣，車內有股奇怪的味道。南巡警驚覺狀況不妙，連忙查看了徐議員的生命跡象。果然沒了呼吸，徐議員死了。「這是怎麼回事……」南巡警以為自己已經救了徐議員，但眼前的徐議員還是死了，他的腦海瞬間變得空白。

「始甫，發生什麼事了？徐議員還好嗎？」

「啊！大哥，你能聽到我的聲音嗎？」

「聽得到，怎麼了？有什麼問題嗎？」

南巡警也不知道眼前的情況究竟是怎麼一回事，感到非常混亂。原本以為救回了徐議員，卻再次看見了她的屍體；徐議員原先看不到自己，卻又在某個瞬間突然看得到；還有閔警正為什麼又聽得見自己在超自然現象裡的聲音。

難道還有什麼未知的規則嗎？

南巡警雙手抱頭胡亂抓著頭髮。

「始甫，你怎麼了？還好吧？如果你聽得到我的聲音，回答我一下好嗎？」

南巡警望著閔警正回答道。

「啊！大哥，對不起。」

「你睜開眼睛了，所以是回來了對吧？徐議員還好嗎？」

「對不起，我沒救到徐議員。而且我也沒看到凶手的長相。」

「嗯，那也沒辦法。你沒事嗎？」

「我沒事，但現在該怎麼辦？我們不知道具體的案發時間……」

「沒關係，大概是凌晨兩點左右吧。你叫徐議員的時候是兩點十分，所以我們只要從凌晨一點開始埋伏在這附近，在徐議員出來之前逮捕犯人就可以了。」

「啊！沒錯。」

「對吧？是這個時間沒錯吧？」

「不，我是說我知道為什麼會發生這種狀況了。」

「哪種？你是指犯人的犯罪動機嗎？」

「不是，大哥，我是說……」

南巡警詳細解釋了自己在超自然現象中的經歷。起初，徐議員看不到自己，在某一刻卻看得到了。這是因為時鐘。南巡警在超自然現象中用手機查看時間之後，超自然現象裡的人就開始看得見他。手機時間快速流動必然是某種契機。

南巡警一邊整理雜亂的思緒一邊解釋，閔警正就像出了神一樣，微張著嘴吃驚地眨眼看著南巡警。

「大哥，你嚇到了嗎？我自己也不敢相信。不過還不確定是怎麼回事。如果再回想一下……」

「夠了，我相信你。去看超自然現象對你有什麼好處，幹嘛一直看，說不定會有危險，先這樣吧。已經知道什麼時候會犯案，也知道徐議員是怎麼死的，案發當天要阻止就簡單多了。」

「好，老實說我的身體有點痠痛，也很累。」

「你看起來確實是累了，回去吧。已經很晚了。我要回署裡，你也快點回去休息……以防萬一，你記得把剛剛發生的事都整理好，明天再說吧。記下來，免得忘記。」

「好，我回去的路上會先整理。」

兒媳婦（柔莉）死亡D—1／徐議員死亡D—3

整個世界都陷入黑暗的夜晚，還亮著燈的指揮室充滿冷冽的氣氛，大家都表情嚴肅各自忙碌，沒有人交談。

這時，羅警查桌上的電話響起，瞬間所有人看向羅警查。羅警查立刻接起電話，但沒有說什麼，沉著臉掛上電話。

「組長……。扣押搜查令申請被駁回了。怎麼辦？」

「什麼？真的嗎？」

「是的，剛剛是檢察搜查官打來的電話，她說會再過來說明詳細情況。」

崔警衛輕輕嘆氣說：

「對方真的這麼了不起嗎？扣押搜查令被駁回的情況很罕見……真是個厲害的傢伙。」

「是啊，雖然早預料到了，但我們申請的不是拘捕令，居然連扣押搜查令都被駁回，真是……。看來對方日後也不可能乖乖配合。這事情不好搞，沒確切證據的情況下，會比想像得更棘手。」

「組長，那該怎麼辦？他可是最有可能的嫌犯。」

「等檢察官來了再制定對策。朴刑警，妳打給安刑警，問他和南巡警進展如何。」

「是，組長。」

「崔刑警，在檢察官來之前，你跟我到會議室談一下。」

「我知道了。我去自動販賣機買杯咖啡，組長先過去吧。」

「好，謝了。」

崔警衛走出指揮室後，走向走廊盡頭的自動販賣機。羅警查不知道什麼時候也出來跟在他後頭。

「喔，羅刑警，要幫你買一杯嗎？」

「好啊，但是組長為什麼私下找你談？」

「為什麼問這個？我也是要等等去談了才知道。」

「喔……這樣嗎？是因為李大禹大法官和趙德三檢察官的案子嗎？」

「那案子怎麼了？你想問什麼？」

「李弼錫議員的死也是這樣，就算我腦子再差，怎麼可能不知道這與李敏智案有關？你在挖那個案子對吧？」

「啊？是要挖什麼？沒那回事。我的確對敏智小姐非常抱歉……但能怎麼辦？我們已經盡力了，不是嗎？這兩者之間沒有任何關係，不要亂想了，好好追查連續殺人犯吧。組長可能是因為扣押搜查令申請被駁回，才找我私下聊的吧。」

「真的嗎？但是剛才他說搜查令的事等檢察官來了再……」

「所以，也許在檢察官來之前，組長有話要先跟我講吧。羅刑警，你是怎麼了？好了！快拿著咖啡回指揮室！有時間關心別人的事，不如好好做自己的工作。」

崔警衛推著羅警查的背，作勢要他快走。

「哎喲，崔刑警，我們什麼交情你竟然這樣，我好失望。啊，看起來真的像是有什麼啊……。好啦知道了，那我就相信你，先走了。」

羅警查邊走向指揮室，歪頭抱怨著。

崔警衛一手拿著兩杯咖啡走進會議室。

「喔，謝了。坐吧。」

「組長，你想談徐敏珠議員的事嗎？」

「什麼？」

「昨天你不是和南巡警一塊去了徐議員父母家嗎？」

「什麼？你跟蹤我了嗎？是誰？哪個傢伙竟敢洩露我行蹤？」

「啊？哈哈，哪有什麼跟蹤還洩露的，真是的……所以不是嗎？」

「不知道，別問。我不是叫你別插手徐議員的案子嗎？我叫你來不是為了這個。」

「啊……。是嗎？不然呢？」

「我想問你有沒有查到關於黑暗王國的事，啊，對了。調查的時候，你有留意吧？黑暗王國是對外保密的，一不小心我們會先被發現，時時刻刻都要小心。」

「我有！你每次都要強調，我耳朵都要長繭了。我會注意的，請不要擔心。」

「我哪有……不，沒錯，因為不管強調幾次都不夠，一定要保持警覺。你查過李弼錫和李大禹的案子了嗎？」

「有，我問過了轄區警局的負責人，沒有目擊者。啊！第一個發現李弼錫議員屍體的大樓住戶說，看到李議員的屍體之前，有看到一輛車開出了大樓公寓。不過，聽說那個住戶前後證詞很反覆，後來又改口說自己那天喝得爛醉，不記得了。警方查看了李議員死亡時間前後的監視器影像，但一無所獲。目擊者說看見那輛車的時間也查過了。」

「以防萬一，你去拿那天的監視器影片。」

「是，我知道了。」

「李大禹大法官的案件也以自殺結案了吧？」

「是的，但是南部警察廳警監朴哲基不願意協助我們，好像對我們有戒心。所以，從那天以後，我就沒有去找過他了。我另外見了當地報社的記者探問過了，他們說沒有特別的地方，我怕多問反而不好，打算讓人再查一下。」

「好，再打聽一下。不過你真的認為李弼錫、李大禹和趙德三三人的死跟黑暗王國有關嗎？你有什麼想法？」

「第一次聽組長說的時候我沒有提過嗎？我的想法和組長差不多。雖然不確定黑暗王國是不是一個組織，但如果三個人都被謀殺的話，很有可能是擁有強大權力的人做的。將黑暗王國視作擁有龐大權力的私人組織也合理。」

「是啊，沒錯。對方的殺人手法不像是黑社會，有專家的感覺，可不是普通的角色……。有關於社交派對的消息嗎？」

「我有空就會調查社交派對的相關情報，但沒什麼收穫。因為要謹慎防備，所以我是透過線人收集情報，但……別說是情報了，連私下的消息都沒有。」

「是吧？我也在許多地方安插過眼線，但都沒下文。目前不確定黑暗王國究竟是什麼，不過從曾有高官、政經界人士參與其中來看，絕對是用來指稱某個私人組織的名字……。黑暗王國從沒洩露過一點蹤跡，行事非常乾淨俐落。」

「就是說啊。以我們這樣的速度，可能連他們的影子都追不上。」

「必須採取特別措施，否則我們反而會白挨打。」

「特別措施？是什麼？」

「那是……以後再想吧。」

閔警正可能自己也覺得不好意思，尷尬地笑了出來。

「話說回來，蔡利敦為什麼會拿到那個？那份名單到底是什麼？真的是名單嗎……？」

閔警正自言自語，抹了抹臉。

「總之等檢察官來了，再一起討論黑暗王國吧。我們得先討論一下對嫌犯住宅的扣押搜查。可是……不了，這還是得等檢察官來了之後再說。你先回去吧。」

崔警衛想起身離開卻猶豫地說：

「大哥。」

「什麼啊？在工作場合喊大哥？好嚇人。」

「大哥，你真的不打算告訴我徐議員的事嗎？」

「嗯，我不會說的，所以不要再問了。你不要為難南巡警，始甫已經夠累了。把事情交給我吧，你再去打聽一下社交派對的事。老弟，知道了嗎？」

閔警正微笑望著崔警衛。

「唉……看來我不該再問下去。我知道了，大哥。」

「嗯，你就相信大哥我吧，如果檢察官來了就打給我。」

「是，我會的……。」

●

「好，朴刑警，就這樣向組長報告吧。辛苦了。」

安警衛掛斷電話後，南巡警立即問道：

「怎麼說？」

「原本想對嫌犯的住宅進行扣押搜查，但扣押搜查令被駁回，可能還需要一些時間。」

「駁回原因是什麼？」

「雖然沒說得很清楚，但原因很明顯。根據保障居住與私生活隱私權等基本權利的宗旨，扣押搜查必須慎重。扣押搜查的必要性不足，沒有犯罪的證據。大概是這樣的吧？」

「哇，安刑警好像法官喔。」

「哎，又不是第一次被駁回了。我跟組長說再繞一圈後才回去，可是該怎麼辦？這次花了滿久的時間。光是從目前確認的區域來看，每個時段的偏僻地點都不同，甚至還會增加。我擔心犯罪當天會變得不一樣，或會出現新的地點。」

「我也很擔心這個。也可能在預測的案發日前出現變化。還有十三天對吧？」

「是的。比預測案發日期提前一星期，所以剩十三天沒錯。」

「如果想在兩小時內查看完所有地點的話，就必須放棄某些地點。現在應該要彙整一下之前寫的現場巡邏日誌，重新整理路線。等科學搜查隊確認A點之後，我們只要在犯罪時段，按照週一、週二……每天不同路線巡邏不就可以了嗎？最後和科學搜查隊的預測對照，確定犯罪地點。你覺得呢？」

「組長也是這樣說的。是南巡警提議的嗎？」

「是嗎？組長也有提這種做法？」

「啊，那天全體會議時你不在。對，哈哈……。走吧，我一邊跟你說會議內容。」

「好。」

安警衛設定好計時器後，看著南巡警說道：

「開始吧。不過南巡警，你有哪裡不舒服嗎？」

「啊？為什麼這樣問？」

「你從剛才就一直撫著心臟。是胸口不舒服嗎？還是肚子不舒服？消化不良？」

「啊……那個，不是消化不良。不知道怎麼了，上腹部有火熱的刺痛感，感覺像撞到。」

「原來是這樣。這麼一看，你右臉也有點瘀青，還是說你睡相很差？」

「是嗎？不會啊……反正不是很嚴重，不用在意。」

「如果還是覺得不舒服，隨時跟我說不要勉強。」

「我會的。」

安警衛查看剩下的路線說道：

「可是怎麼辦？靠機車兩小時內應該繞不完。」

「是啊，還是要用開車的？」

「嗯，不然騎打檔車怎麼樣？一樣方便但速度很快，應該比開車好。」

「喔！好啊，但我沒有駕照。」

「我有駕照。那從明天開始就騎巡邏用的打檔車吧。可以縮短一些時間。」

「好，那明天……」

南巡警話說到一半，突然皺起了眉頭。

「怎麼了？明天有什麼事嗎？還是你有哪裡不舒服？胸口嗎？」

「安刑警，那裡……你看得到那個車牌號碼嗎？」

南巡警用手指了指路上等紅綠燈的車。

「哪輛車？」

「右邊，黑色Grandeur轎車。」

「Grandeur……看到了。哎，這次好像不是幻影。」

「不，我是要問車牌號碼。你看到多少？」

「車牌號碼？271-RA……3124。」

「對吧？是271-RA-3124。」

「是的，為什麼突然問這個？」

「……安刑警，反正今天沒時間繞完，就先收工吧。我還有事，先走了。」

南巡警夾在路上那輛車和安警衛之間左右為難，慌張地說。

「這麼突然？那要怎麼跟組長……」

「我再另外聯絡他，對不起，安警衛！」

南巡警偶然發現的車，是差點撞到南順奶奶的贓車。等紅燈的贓車在轉綠燈之後發動。為了追上那輛車，南巡警匆忙結束對話。

南巡警把機車的油門催到最底，趕上了那輛黑色Grandeur。那輛車慢慢加速，然後開始超速行駛。從外觀上看是輛普通轎車，但引擎聲像是改裝過的跑車。

南巡警評估後覺得追不上，慢慢地減速停在路邊猶豫著該繼續追，還是放棄，接著他很快催起油門，再度追在那輛轎車後面。

不出所料，很快就進入了塞車路段，南巡警在車陣中很快就找到不遠處的黑色轎車。他穿梭在車輛之間，飛快到了黑色轎車後方，可是車牌號碼不一樣，不是他要找的那輛。南巡警急忙重新環顧四周。

該不會錯過了吧？

這時，另一輛Grandeur再次進入視線，他睜大眼確認車牌號碼。

「271……RA-31……24！」

就是他追的那輛車。那輛車在第三車道打著右轉燈，等前方車開過去。南巡警穿過擁擠的車流，徑直騎向那輛車的駕駛座。但是隔熱紙很黑，無法看到車內。

南巡警又往前移動，從擋風玻璃看清了駕駛的樣子。是一名黑髮間有著稀疏白髮的中年男性，身上穿著筆挺的經典格紋西裝。

南巡警思考著要在車發動前要求那名男人下車，還是繼續追趕，看一下男人住在哪裡。由於騎著機車不可能繼續追下去的，所以他決定先確認駕駛的身分。

南巡警將機車停在贓車前，走到駕駛座旁，敲了敲車窗。

叩叩叩！

「先生。請搖下車窗。」

駕駛座車窗慢慢降下，一名中年男性露臉。

「什麼事？」

「打擾了，我是警察，你超速了，請出示駕照……」

「超速？你說我嗎？什麼時候？」

「你在江南塔十字路口超速行駛，請出示你的駕照……」

「這什麼意思？你說你是警察？看你的穿著，好像不是交通警察。」

「喔，是的，我不是交警，我是隸屬大方派出所的警員。」

南巡警這才想起自己穿著便服。

「喂！你要我怎麼相信你？你是在跟蹤我嗎？」

「跟蹤？我沒有跟蹤，是你超速……」

「我趕時間，你先證明自己是不是警察。」

「啊……好，等等……」

就在南巡警在口袋裡翻找皮夾的時候，原本塞住的車流開始一點點移動。中年男子等得不耐煩，將排檔打到D檔，引擎瞬間發出嘈雜聲。

「真是的，前面的車都開走了耶？警察先生，移開你那台機車。現在的交警都改騎機車了嗎？」

中年男子瞪了南巡警一眼，大笑起來。

「請看，我是警察，所以請你出示駕照。」

「給我，讓我仔細看看。哪裡……」

「啊！你不能拿走……欸？你在做什麼？」

中年男人搶走南巡警的皮夾，隨便看了一眼便降下副駕駛座車窗，把皮夾用力扔向人行道。南巡警被突如其來的情況嚇了一跳，只能愣住眨著眼看他。

「喂，你這小子！竟敢騙我？警察會騎那種小機車嗎？這像話嗎？竟敢瞧不起人。那種證件路邊都能買到，還想騙我？」

叭叭！

停在贓車之後的車輛按喇叭，南巡警向後面的車做了個手勢，讓後面的車繞過這輛車。

「你看。後面的都受不了了吧？別廢話了，快把機車移開。你不移開的話，我只好輾過去了。」

「什麼？要是輾過去你也會有麻煩。快把車熄火，下車吧。」

引擎的聲音像是在表現中年男人的心情，變得更大聲了，彷彿不惜輾過機車離去。

「你在做什麼？我不是叫你把車熄火嗎？快熄火。」

「你是哪裡的警察？是刑警嗎？為什麼要跟蹤我？你不能這樣跟蹤老百姓吧，不是嗎？」

「你胡說什麼？誰跟蹤你了？是你超速，我要看你的駕照……」

「給我聽好了！看來你不知道我是誰，我很忙現在就要走了，下次再這樣的話，我讓你吃不完兜著走。你再不讓路，我真的不會放過你，聽到沒？」

「你還不配合嗎？請你配合拿出駕照。妨礙公務執行罪可以處以五年以下有期徒刑或一千萬韓元以下罰款。我再說一遍，請出示駕照。」

「真的聽不懂人話啊，該死……蠢貨，快把車移開！快點！」

中年男人指著南巡警大發雷霆。

「不行，我知道這台車是贓車。你也不是第一次超速，你以為我不知道嗎？所以請交出你的駕照或下車。請快點。難不成你沒有駕照？」

「哎……好，就當你真的是警察吧。你說你是哪來的？哪個單位？」

「我隸屬大方派出所。」

「啊哈，大方派出所？江南警署署長是我的朋友。洪斗基署長。啊，你不是江南警署的所以不會知道吧。你這傢伙，我這次就放過你，不會讓你的人事考核出問題。趁我現在還不知道你叫什麼名字，最好乖乖讓我走。快移開機車。」

「既然講人話聽不懂，那就沒辦法了……」

「煩死了，你算哪根蔥？你真正的身分是什麼？真的是交警嗎？你是刑警吧？那麼想看我的駕照，就拿拘捕令過來。哎，該死，我都說沒時間了！到底想怎樣？我很忙！說了這麼多還聽不懂我也沒辦法了。」

南巡警覺得繼續好言相勸也沒用，於是把手伸進開著的窗戶，想開鎖。這時中年男人突然倒車，伴隨著巨大的引擎聲用可怕的氣勢再次往前開，撞向前方的機車之後隨即右轉，快速逃跑。

南巡警抓住駕駛座的車門想要阻止，但是力量不夠大。他趕緊撿起掉在人行道上的皮夾，扶起了前方被撞到的機車。可能是被車撞壞了，機車發動不了。南巡警無奈之下，只好將機車先停在人行道邊，伸手招計程車。

這時，一輛打檔機車停在了南巡警面前。

「啊！安刑警，你沒回警察署嗎？」

「對不起，我擔心發生事情就跟了過來。遠遠看見……。我看見突然有輛車向前衝，嚇了一跳。發生什麼事了？」

「啊……說來話長……。」

「啊！是犯人啊。你又看到另一起殺人案了嗎？還是徐議員嗎？先上車吧，我載你追上去。」

南巡警急忙上了機車的後座。但無論如何怎麼加速都很難追上那輛車。他似乎開遠了或進入了附近的建築物。

兩人最終放棄，回到了被撞壞的機車停著的地方。在回去的路上，南巡警把與那輛車相關的事件告訴了安警衛。

「南巡警，你說的是真的嗎？哇，這些都是你自己想到的嗎？可是當事人不知道真的沒問題嗎？」

「是的，目前為止是這樣。只要當事人不知道自己會死，就不會有太大的變數。這次沒有別的辦法了，也沒有時間了，所以我不得不對大兒子說謊。」

「不管怎樣，幸好順利解決了，那位媳婦應該會平安無事吧？」

「我也不確定，應該要再去一趟看看。」

「是嗎？那要我一塊去嗎？以策安全。」

「不用，我自己去就好了，別擔心。」

「我不是擔心。有個問題我不知道能不能問，我一直很好奇，但找不到機會問。」

「什麼事？沒關係，想問什麼儘管問。」

安警衛猶豫片刻，開口說道：

「你說到目前為止都有成功……我是說，被你看見屍體的人，你都有救活他們嗎？從沒失敗過？」

「不是，當然不可能救回所有人。有時候要是我能多注意一點，應該能救回來，我每次都很自責，想著是不是自己犯了什麼錯，所以只要回想起那些事，都會很難受……。所以才拜託大家不要說出去。」

「喔，對不起。那個時候因為……啊……。這件事也不能……。」

安警衛為自己透露了徐議員將死亡一事道歉，卻又欲言又止，為難地搔搔頭。

「什麼意思？組長也說你是因為必要才講出來的。發生什麼事了？」

「啊，沒有什麼事，只是我口風太不緊了。」

安警衛用手打了打自己的嘴，接著說：

「我沒想到徐議員和崔刑警是那種關係，真的很抱歉，南巡警。」

「現在說這些都沒用了。沒關係。組長已經再三囑咐崔刑警不能講出去，我也應該要相信崔刑警。總之，以後請小心。」

「對不起，請原諒我吧。」

「哈哈哈。好，沒問題。但請跟我說你為什麼會跟他們提到徐議員的事。」

「那個……我不能說。如果你好奇可以直接問組長，我不能告訴你。」

安警衛搖了搖頭。

「是嗎？很嚴重的事嗎？」

「是的。所以就先不聊了吧。比起這個，請再跟我說一些你沒能救回的人發生了什麼事，我很好奇是什麼情況，但如果你覺得不方便也沒關係……。」

「沒救回人的原因你已經知道了，就是屍體本人知道了真相。」

●

在我準備考警察的第一年，我每天兩點一線，從考試院到補習班，再從補習班到考試院，日復一日。那一天，補習班剛下課，我留在自習室讀書，很晚才回家。

「年輕人，你這麼晚才回來？」

「阿姨好。」

「讀書讀到這麼晚，很辛苦吧。還好嗎？」

「是啊，讀書就……就那樣吧？哈哈。」

「唉，是啊，是我多問了，準備考試可不容易，是吧？年輕人，這個拿去吃吧。保存期限到明天為止，你早上再吃也可以。」

「啊，不用了，沒關係。」

「拿去吧，我看到你就想到我兒子。我兒子在準備考公務員時去當兵了。唉，天氣這麼冷，一定很辛苦吧，幸好再過不久就退伍了，現在也比一開始進去時舒服多了。啊，兩天後是他最後一次休假，剛才有打來。最近軍中還可以用手機，多好啊？這世道好了很多，對吧？」

「是啊，現在可以用手機比以前好多了。可靠的兒子就要退伍了，一定很高興吧。他在準備什麼公務員考試？」

「七級行政公務員考試，哈哈。好了！總之收下這個，快進去吧。天氣很冷，別讓我也在這吹風，好嗎？」

「那好吧，謝謝。非常……呃！什麼啊？」

「怎麼了？年輕人，你怎麼了？」

「阿姨，那個……啊！」

我實在太吃驚，用手指著眼前的屍體。

「那邊怎麼了？哪裡？有什麼？」

阿姨看了我指的地方，又抬頭看了看我，問道：

「年輕人，你怎麼了？」

阿姨看不到，顯然這次也是超自然現象。一具殘缺不全的屍體就躺在超市門口。死相淒慘到讓我反胃。到底是怎麼回事？慘不忍睹的屍體讓我卻步。

「年輕人，你怎麼了？怎麼這麼緊張？是太冷了嗎？你哪裡不舒服嗎？」

「喔……。不是的，阿姨，請等一下。」

「還是你在找什麼？需要什麼告訴我，我幫你找。你看到老鼠了嗎？在哪裡？」

頭疼又反胃，再加上阿姨的提問攻勢，頭好像要炸開了。如果不打斷阿姨的話，我的大腦可能會爆炸，正當這麼想時，我突然感到一陣噁心。

「阿姨，等等……嘔！嘔嘔！」

「哎喲！怎麼了？你消化不良嗎？怪不得臉色不好，等一下。」

阿姨急忙跑進超市。我勉強壓下了反胃的衝動，沒吐出來，慢慢調整呼吸走近屍體，觀察屍體的眼睛。果然是車禍。屍體毀損到這種程度，絕對是新手駕駛或酒駕導致的。屍體的衣服被血浸濕了，還有部分被撕裂了。

我這才清楚看到整個情景。仔細一看，那個人穿著軍裝。胸前還掛著名牌。李泰燮……這具屍體的名字是李泰燮。

「李泰燮……」

「咦？年輕人，你怎麼知道這個名字？你們認識嗎？」

看來我不知不覺把名字講了出來。

「啊？喔……阿姨認識李泰燮嗎？」

「當然，很熟。」

「真的嗎？如果妳知道他是誰，可以跟我說他住在哪裡嗎？」

「為什麼？怎麼了？」

「不是，那個……妳可以告訴我嗎？他的生命有危險。」

「什麼？生命危險？發生什麼事了？泰燮死了？」

「不，沒有。那個叫李泰燮的人住在這附近嗎？」

「哎，你不告訴我是什麼事的話，我也不方便告訴你。我要先知道原因才能跟你說他住在哪裡。」

「阿姨，那個……我怕妳會覺得奇怪。」

「為什麼？沒關係，你就說吧，好嗎？」

「其實……阿姨，我能看見將死之人的屍體。是真的！我知道妳不會相信，但是現在前面有一具屍體……只有我能看到。我知道我看起來像個瘋子，但我沒有發瘋。呃，阿姨……。妳……妳為什麼哭了？」

原來，三個月前我在那附近救過人，阿姨認識那個人，並從他那裡聽說我有看見未來屍體的預知能力。阿姨會替我準備食物，親切照顧我，也是因為知道我的狀況。

●

「我別無選擇，只好說實話，請阿姨在我解決之前一定要保密。但是阿姨告訴了她兒子，叫他那天要小心。不過她騙我說沒有告訴他。」

「所以呢？……最後還是被車撞死了？」

「不是，他平安度過最後一次休假。」

「啊？還活著嗎？不對，那之後……」

「是的，他死於一場軍中意外，而且當時離退伍只剩兩天，是被裝甲車輾過……。」

「啊，要你說出來真的很抱歉……。你現在還會覺得難受嗎？」

「回想當時的情況……是啊，所以我盡量不回想，那時候太難受了。」

安刑警看著我的表情，試圖轉移話題：

「不過南巡警你的記性真的很好，和剛認識的時候比起來……啊，我是說……你的記性變好非常多……真奇怪……總之……」

「你是故意的嗎？想搞笑轉換氣氛嗎？」

「啊哈哈，很好笑吧？目的達成……不是啦，我是說……。」

安警衛尷尬地笑著搔搔頭。

「哈哈，你說得對，我的記憶力比以前好很多，但不是每次都可以。我只記得看到屍體的那一刻，像是在腦中拍照的感覺。」

「原來是圖像記憶啊！」

「圖像記憶？」

「是的，就是能把看過的東西都記下來的能力。和南巡警你說的一樣，像是拍照一般記住。」

「原來如此。但我記性不持久，只是瞬間記憶力好而已。我會把那天看到的東西記在手機裡也出於這個原因。起初，我會把看到的每件事都記下來，因為那時候我不知道重點在哪裡。最近稍微熟練了一些，懂得找到關鍵，所以只記錄重點。特別是那些沒能救回的人，看到他們的情景我會記得更久，也經常會回想起來。」

「很辛苦吧，算是一種職業病。」

「沒錯。哈哈。對啊，這是一種職業病。」

安刑警想了一下，說道：

「那我真的得認真跟崔刑警說一下了，萬一……」

「好，麻煩你了。每次我見到崔刑警的時候，都覺得很抱歉，不自覺地迴避他。請安刑警好好提醒他一下。組長也說會叮嚀，但……。我真的不希望再發生那種事了……。」

「那種事？」

「喔，沒什麼。總之崔刑警不能告訴徐議員。」

「對，不然徐議員最終會死在別的地方。」

其實，阿姨的兒子沒有死。當初我將規則都告訴了阿姨，說她如果告訴兒子會死的事，阿姨就必須代替兒子死去。因此交代她無論如何絕對不能讓兒子知道。

然而，我的叮嚀成了更加慘痛的錯誤。阿姨為了救兒子，明知自己可能會死，還是告訴了兒子。這就是為人母的力量，對子女無私的愛嗎？

阿姨的兒子退伍前兩天，阿姨被公車撞死了。從那以後，我再也沒對任何人提起過看見屍體幻影的規則和變數。因為我深刻地體悟到有人願意如此犧牲。

要是崔刑警知道能代替她失去性命，有可能寧願犧牲自己。所以，我對安刑警撒了謊。縱使安刑警說會保守祕密，我還是沒能說出事實。

〈下集待續〉

國家圖書館出版品預行編目（CIP）資料

看見屍體的男人. II, 死亡設計者/空閑K著；黃莞婷譯. -- 初版. -- 臺北市：臺灣東販股份有限公司, 2023.10
1冊；14.7×21公分
譯自：시체를 보는 사나이. 2부, 죽음의 설계자
ISBN 978-626-379-022-3（上冊：平裝）

862.57　　112014360

看見屍體的男人II
死亡設計者（上）

2023年10月1日初版第一刷發行

作　　者　空閑K
譯　　者　黃莞婷
編　　輯　曾羽辰
美術設計　黃瀞瑢
發 行 人　若森稔雄
發 行 所　台灣東販股份有限公司
<地址>台北市南京東路4段130號2F-1
<電話>(02) 2577-8878
<傳真>(02) 2577-8896
<網址>http://www.tohan.com.tw
郵撥帳號　1405049-4
法律顧問　蕭雄淋律師
總 經 銷　聯合發行股份有限公司
<電話>(02) 2917-8022

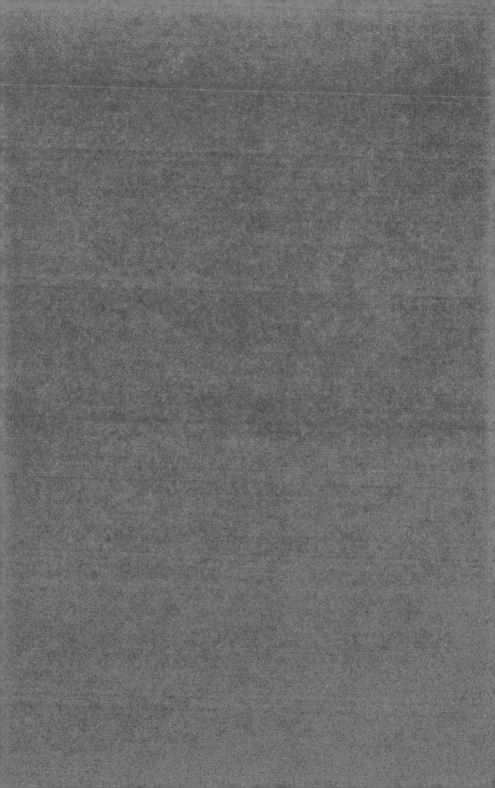